DATE DUE			

ÁNCORA Y DELFÍN. — 324
ANA MARÍA MATUTE. — LA TRAMPA

ANA MARÍA MATUTE

LOS MERCADERES

* * *

LA TRAMPA

EDICIONES DESTINO

© Ana María Matute
© Ediciones Destino
Consejo de Ciento, 425. Barcelona-9
Primera edición: junio 1969
Segunda edición: abril 1973
ISBN: 84-233-0765-4
Depósito legal: B. 15.400 - 1973
Talleres Gráficos A. Núñez
París, 208. Barcelona-8
Impreso en España - Printed in Spain

...trafican con cadenas, uncen hombres,
comercian la verdad,
desgracia siembran, ¿qué crecerá...?

Tarás Shevchenko

PRIMERA PARTE

RODEADA DE PLANTAS
Y
DE YERBA SALVAJE

I

DIARIO EN DESORDEN

Eʟ curso del tiempo está ahí, mano de uñas finas, pequeña garra de pájaro, que tanto odié. ¿Por qué se marchita el odio, también? El odio era fresco, ácido, como ciertas frutas. Sin duda alguna la mano es vieja, pero los dedos no tiemblan mientras mondan cuidadosamente los albaricoques. Yo siempre como enteros los albaricoques, con su piel, con dentera y placer, con cierta ingenua crueldad. Entonces, hace tiempo, ella decidía lo que era o no era correcto, tanto en la mesa como en el mundo que me destinaba. Sin embargo, una vez, ensartó en la punta del cuchillo tres o cuatro pepinillos en vinagre, y se los comió. Aséptica, implacable, soez y olímpica. La recuerdo, en ristre el cuchillo, gastado y afilado por el uso, más sutil que una navaja; la recuerdo contraviniendo sus códigos, sus amonestaciones, su ley. La vuelvo a ver, ahora, y sigue pareciéndome, igual que entonces, delincuente y ejemplar.

Monda los albaricoques, esta noche cálida de junio. Pulcra y feroz, yo no sé si es o no es ortodoxo lo que hace. Sólo que presencio algo parecido a ver despellejar la primavera. Dentro de unos días celebrará, una vez más, el fasto, el extraordinario día en que dio un

grito (el primero y posiblemente el último) sobre la
faz del mundo: porque ella es lo único que verdaderamente, tangiblemente, existe.

A veces —ahora, por ejemplo— me digo si será
cierto que sólo ella está viva, prolongando indefinida-
mente la hora del postre, en vísperas de su gran conmemoración. Porque esa conmemoración es lo único
indudable de cuanto nos rodea en esta casa, en esta
isla dentro de la isla.

¿Cómo es posible que lo haya conseguido? ¿Cuáles
fueron sus artes, para reunirnos así, dispares y distantes, sólo porque se prepara a cumplir el año decisivo,
el sorprendente, sarcástico año con que nos amenaza
desde hace…? No sé. No tiene edad, ella es el tiempo.
Siempre igual, viva y mortal, eterna paradoja. Ya no
se levanta la ola blanca encima de su frente. Hacía
tanto tiempo que no la veía, que no la oía, y de golpe
la distancia se ha fundido, todo lo acapara ella: el
mundo es ella. Los demás, a su lado, parecemos excluidos del mundo. No la vi envejecer, pero sé que ha
pasado mucho tiempo, muchos años sobre aquel año,
el último en que la vi.

Forzosamente, debe envejecer. Aunque sea internamente, como los árboles. La muerte trepará por sus
arterias, asomará un día al gris de sus ojos: aunque
sea en calidad de desafío, o epigramática promesa. Es
preciso decirle: "no has cambiado, los años no pasan
para ti". Y es verdad. El calendario, el curso del sol y
de la luna, los equinoccios y solsticios no tienen nada
que ver con ella. Tampoco en el gran día, doce meses
antes de su auténtico centenario. Ni dentro de ocho
días, cuando paladee la gula de su noventa y nueve
aniversario; cuando asistamos todos a ese nuevo año,
irónico, burlón, con que parece azotarnos por puro y

melancólico escarnio. Porque la tristeza — yo empiezo
a llamarla melancolía — nunca la abandonó, estuvo
siempre en ella desde el primer día en que la vi. A veces, en el recuerdo (al tiempo que yo envejecía), su
gesto despectivo se volvió simple tristeza. Puede que
sea éste el secreto, la razón de que mi odio se agostara.

Nadie sabe, como sé yo, por qué anticipa un año
la celebración del centenario. ("Necesito adelantar la
fecha; si aguardo a celebrar la fiesta de los cien años,
ese año no se cumplirá".) Yo conozco el curso de sus
pensamientos porque no es misteriosa, es como una
copa vacía, para mí. Sabe a la vida caprichosa, cruel
y aguafiestas. Ella teme que el verdadero centenario
no se cumpla. Que el gran capricho le arrebate al lugar
mísero y fastuoso donde los muertos aguardan, está-
ticos, algún recuerdo, alguna palabra capaz de rena-
cerlos fugazmente, entre frases vagas, ajenas. Palabras
que ya no entenderían, aunque resucitasen.

Sentada en su sillón-portátil (no es sillón de invá-
lidos, esa palabra no le gusta: es simplemente portátil,
como una máquina de escribir o un transistor) triunfará
una vez más sobre nosotros: los que vivimos, y los que
murieron, Tío Álvaro, Jorge de Son Major, el Gran
Abuelo, mi madre... Nosotros crecemos, nos agostamos,
morimos. Ella triunfa, quieta y solemnemente, sin
asombro ni regocijo, sin aparente bienestar. Triunfa,
porque siempre triunfó: en el instante de su nacimiento, en juventud, en vejez. Porque sus palabras arras-
tran el silencio, como algunos barcos una cola espumosa, esperanzadamente seguida por los tiburones,
prestos a devorar los restos que algún pinche lance
por la borda. Posee el don de fabricar silencio, de
hacerlo manar, como una fuente. Provoca confusión,
recelo, miedo, admiración, odio... ¿qué importa?

Provoca, sobre todo, sentimiento, silencio. Cuesta romper a hablar, detrás de sus palabras: aun cuando esa frase sea una pregunta. Es terroríficamente prevalecedora.

Y pasará este cumpleaños, y posiblemente alcanzará, sin mayores dificultades, el centenario. Tal vez, observándola bien, a través de la conversación que pálidamente la secunda, puedo descubrir la carcoma. Desde mi puesto en la mesa — el puesto de siempre —, callada, quizá regrese a mi perdida infancia. Mirándola y en silencio, como en el tiempo en que ambas cosas me reprochaba. Así procuro, como entonces, "que nadie se fije en mí, ni se acuerde de mí". En esta apacible y seguramente cordial cena familiar, viendo cómo devora tiernos y dorados albaricoques, mientras asisto al curso de sus interminables postres, descubriré la carcoma.

Pero la carcoma no ha llegado con los años. Como la tristeza (o melancolía) siempre existió. Ahí, en esta gruesa columna entre ruinas, abrazada, por toda clase de plantas salvajes y restos de yedra, a las que sobrevive, primavera tras primavera, albaricoque tras albaricoque, manzana tras manzana. Imagino la columna en el largo invierno; impúdica y fría desnudez, hollada por las lluvias, profanada por remotas inscripciones de muchachitos obscenos, vagamente apresada por esqueletos de hojas, espinosos tallos, ensortijados fantasmas de flores. En otro tiempo...

Nunca dará la sensación de sentirse apresada. Ni por la propia vejez, ni por la muerte de sus allegados, ni por la de sus enemigos, ni por los nacimientos que, más o menos lícitamente, puedan llevar su sangre. Es como un estacionario escarnio a la vida y a la muerte. Una injuria sedentaria, sin emoción alguna, ante la vida y ante la muerte. Estremece pensar cómo se niega a perecer, impávida e irracional, poseedora de considerables bienes terrenos, espectadora de la ruina y la ceniza que rodean a su cuerpo terco. Testigo incólume del efímero reino de las campanillas azules, de las bugambilias, de aquellas humildes y espumosas cabezas de lúpulo. Tiranizando toda vida en torno, con la golosa promesa de su muerte. Como si en cada uno de sus espesos silencios dijera (y ahora pienso en ti, Borja): "Paciencia, serenidad. Después de todo, algún día me moriré".

Ha terminado los albaricoques, los huesecillos húmedos relucen en el plato como oscuros ojos de niña. Me acuerdo de la estampa de Santa Lucía, que me angustiaba en tiempos. Antonia retira suavemente el sillón portátil de la mesa, lo acerca a la salita, donde el café humea. No guarda ningún régimen alimenticio, ni siente otra molestia que la de no poder — sospecho que más bien se trata de no querer — avanzar sobre sus diminutos e hinchados pies.

Su taza, negra y llena, insulta a la pálida infusión de manzanilla de tía Emilia, humillada por dietas y prohibiciones. Tía Emilia se priva, ya — ella sí desmoronada, lacio manto en una alfombra —, de los pocos y míseros goces que aporta la vejez: gula, avaricia, pereza... Tal vez, le quede la pereza. Pero según me dijo antes, padece insomnios. Triste recompensa a su obediente y castigado cuerpo. Tía Emilia da sorbos resignados al borde de la tacita, porque —lo recuerdo bien— no soporta las bebidas excesivamente calientes. (¡Oh, aquella botella de coñac, aquella copa de rojo cristal, que guardabas en la cómoda de tu cuarto! No es justo que lo hayas pagado a tan alto precio, mientras ella, la gran degustadora, ignora vísceras y alifafes.)

Injusticia sobre injusticia, esta casa continúa edifi-
cada sobre la arbitraria repartición del bien y el mal
que la caracterizó. Siento una difusa irritación — sigue la injusticia, puesto que el odio, en cambio, está
apagado— hacia tía Emilia. Marchita muñeca rubia,
hubiera deseado convertirse en una abuela plácida,
golosa; de esas que llevan caramelos en el bolso y se
duermen sobre el periódico. Pero la vida ha huido, y
le sigue negando cuanto podría hacerla modestamente
dichosa —incluso la orfandad—. Habría sido una
abuelita fofa y buena, con cutis de aún excelente calidad: amarillento terciopelo, caídas y bondadosas
mejillas junto a su boca todavía glotona, burguesamen-
te sensual. Habría regalado bicicletas por época de
exámenes, y contado de vez en cuando la historia
de Repuncel (único cuento que sabía). Pero ahí está,
sin nietos, sin café, sin dulces, sin coñac ni Marie Bri-
zard. Sin cigarrillos, con lentes, con insomnio. El cuerpo le resbala, como un traje de su percha. Sólo con-
serva su eterno asentimiento. Día tras día admite su
carácter irresponsable, sus cortas luces, sus excesivas
indulgencias para el hijo solterón y dilapidador. Admite, año tras año, la absoluta carencia de energía con
que debiera sostener su digna viudez de héroe na-
cional.

Tengo la sensación de que su marido, desde esa
fotografía que antaño me desasosegara, la mira despe-
chado. Pienso que los hombres como tío Álvaro nacieron para morir violentamente. Su larga cicatriz, su
rostro enjuto, sus ojos aferrados a una idea rígida
y escueta del mundo. De niña se me antojaba remoto,
brutal y misterioso. Ahora, ese viejo retrato, en su
lugar, en la mesita de siempre, me ofrece un rostro
insulsamente obvio. Y su gran justificación: no era

verdad, no tenía apenas dinero. Este hombre de quien siempre oí feroces virtudes (tanto castrenses como civiles), estaba medio arruinado. Por lo visto (aunque en aquel tiempo nadie lo decía), le gustó mucho jugar al póquer. Ahora sé de quién heredó Borja la misma afición y debilidad. Borja, querido, tú te encargaste de alegrar, con los últimos bienes heredados, tu poco respetuosa — verdad es confesarlo — orfandad. Borja, tú tampoco has cambiado. Por contra, ay, aquel hombre *que hacía fusilar a quien quería,* ¿existió alguna vez?... Lo cierto es que murió consecuente consigo mismo. En el suelo (como es de rigor), y a las puertas de Teruel. Contrariamente a los ejemplos de su vida, no hay nada atroz en esa muerte. Resulta una muerte natural, razonable. No hay gran violencia, a decir verdad, en esa muerte. No creo que dejara condecoraciones, aunque se las concedieron. Es evidente que, salvo en el juego y para el juego, fue de una austeridad rayana en la avaricia. Ahora, en el retrato, únicamente parece decepcionado. Como si le hubiese fallado una última baza, en la que confió. En mi recuento de esta noche, aún puedo reconstruir el silencio que se desplomó detrás de su muerte: sobre hipotecas, deudas y penurias. Sobre tía Emilia, obediente a la sutil orden que a su lado flotaba: ella no debía enterarse de nada. Era, al parecer, su misión en este mundo. Ser, según le correspondía, tonta, buena y resignada. Así, nada alteró el orden natural de las cosas.

Pero la vieja columna siguió dominando entre las ruinas. Ordenando, clasificando, vendiendo, pagando, decidiendo. ¿Qué importancia tiene para ella el curso de los humanos acontecimientos, los espacios vacíos donde el tiempo se vierte como en vasija desfondada? Nada. Nada importa. La ruina nunca es su ruina. La muerte nunca es su muerte. La desgracia nunca es su desgracia. Lo que no le ocurre a ella, no le ocurre a nadie. En este aspecto, no reconoce hijos, padres o hermanos. Nada importa, pues. Ella, después de todo, es el mundo. Todo el mundo conocido (como los mapas de la antigüedad). Todo regresa a ella y en ella se cobija; acepta o rechaza, según su entender y conveniencia. Sospecho, pues, que nunca esperó ni deseó otra cosa: ni de tío Álvaro, ni de su hija, ni de su nieto. Que todo sucedió tal y como ella previó que debía suceder. Su casa, su familia — su mundo — siguió como siempre; nada cambió.

Y tú, Borja — acaso te acuerdes alguna vez de estas cosas —, habías olvidado ya la vieja playa; estabas asombrosamente entregado a crecer, dulcemente insumiso, educadamente díscolo, lisonjeramente egoísta. Borja, querido amigo, querido hermano, a veces he pensado que estas dos mujeres que te amaban, y te aman aún — cada una a su modo —, no esperaban de ti una conducta diferente. Es fácil entender, en esta noche, en esta casa, que fuiste fiel. No rompiste moldes, procediste conforme a usos y costumbres. Y había (y hay, aún) una dulce promesa en el aire, que roza tus oídos, tu mirada, tu esperanza: "Paciencia, un día cualquiera me moriré". Ella nunca se ha indignado ni quejado de tu vida, Borja, como tú te indignas y consumes por la tardanza de su muerte. Muerte que escarnecerá mañana con festejos familiares, al apilar un año más de vida sobre noventa y ocho años de vida (aunque ella finja que se trata de su centenario). La última vez que te vi, Borja, te habías vuelto un poco rígido: adiviné la impostura de tu abandono, en el fondo del sillón. Yo te conozco, Borja, puedo aún reconocer mil lanzas alertas bajo tus hombros de falso muchacho. Ya no existen los ojos de aquel niño que lloró, una vez, cierta madrugada. Con los años, se han vuelto amarillentos. Ya nadie podría creerlos dorados, o verde pálido, como este cielo de junio.

También ella te espera, impaciente. Hace dos noches que te espera. Mira furtivamente el reloj, mientras desgrana palabras. Ella sabe, y supo siempre, hablar de una cosa y pensar en otra. Piensa en ti. Las dos pensamos en ti, esta noche. Más que tu madre en ti. Más que en mi hijo, yo. Aunque los dos os retraséis lo mismo. Y ahora sé por qué ella y yo coincidimos, casi siempre. Estas cosas no tienen nada que ver con el amor, ni con el interés humano. Estas cosas son hechos irremisibles en el tiempo, en nuestra corta vida (en la porción de egoísta, mezquino tiempo, que nos ha tocado a cada uno). Se puede mentir — se suele mentir — sobre estas cosas. Pero nadie las cree.

Y vuelvo a repetirme y a constatar que, después de todo, ya no se levanta aquella ola blanca en su frente. Ahora, su frente me recuerda la arena donde va a morir el mar: como si muriera de verdad, y para siempre. Pero sé que irán continuándose, desfallecidas o encrespadas, una tras otra, todas las olas. Ondas agónicas, ahora, sobre un remoto resplandor de oro (aquéllas que fueron buscadas caracolas, caparazones marítimos con que ensartar collares y brazaletes de princesa oceánica; borrosos espectros de alguna criatura que poseyó un jardín en forma de sol, en lo más hondo del mar; un jardín surcado de sombras, reflejos errantes de naufragios; un mar hondo, de barro y esmeralda, donde flotan ya, en un viento sonoro, esqueletos de barcos; mar casi mineral, simas por las que descienden, girando sobre sí mismos, torpes y lentísimos,

barcos y marineros muertos. Se parecen a ciertos molinos de papel, que ya no se fabrican. Misteriosos
descensos con suavidad de pluma, que recuerdan la última nevada dentro de una desusada bola de cristal).

Medito en esa cabeza forzosamente anciana, y sé
cuán inútil es vagar con un gancho en la mano, como
quien busca despojos en la arena. Esa cabeza me de-
vuelve el espejismo de mi infancia, pero el mar está
lejos, lamiendo las costas de una isla que nunca logré
entender.

Esta noche ya no alcanzo muchas cosas. Cosas
que me hicieron sufrir, reír, pensar, crecer. Ya estamos crecidos, Borja. Y olvidados. De nuestro errabundo caminar de niño, de nuestro perverso, agridulce
corazón de niño. Aunque alguna vez — ayer, hace diez
años, tal vez mañana — lo creamos conservado en
algún lugar (como cuando se abre una caja, inopinadamente hallada, y en el envés de la tapa, en el menudo y moteado espejo, nos asusta el fantasma de
unos ojos que no volverán). En todos nuestros actos
hay algo parecido a un acecho, apartado y constante.

Así es, imagino (de manos de la soledad), como se
llega a la edad de la razón. Puedo reconstruir, en esta
noche, la primera soledad: una dramática separación
del mundo, una dulce, temerosa e impaciente distancia del mundo circundante. La última soledad — la
actual — es una patética e irrefrenable inmersión en
el mundo. No existe otra diferencia notable, entre
aquel tiempo y este tiempo. Por lo demás, la gente
adquiere vicios, virtudes más o menos convenciona-
les. Una actitud comprensiva y silenciosa ante la in-
becilidad, la injusticia o la fealdad. Una mayor ten-
dencia al silencio. De todos modos, pienso que si la
primera soledad se parece un poco a una isla, la últi-

ma soledad —la última isla— pertenece a un nutrido archipiélago. Si me preguntase por qué razón he venido hoy a esta casa, otrora aborrecida, me costaría confesar: *porque lo deseaba.* Pero es así. Una vez vi un mendigo muerto, a las afueras de un pueblo. Estaba muy pegado a la tapia del cementerio, por donde asomaba una rama florecida, blanca. En otra ocasión, vi a un hombre asesinado, pegado al lomo de una barca.

Yo sé perfectamente por qué he venido aquí. Yo sé muy bien por qué razón no puedo desprenderme, ni me sabré ya desprender de la tiranía. He nacido en la tiranía, y en ella moriré. Tal vez, incluso, con cierta confortabilidad, suponiéndome exenta de toda culpa. Acaso estoy ya demasiado inmersa en la última etapa de la soledad, o aún soy un punto más indiferente que el año pasado, y no obstante...

Sé, de forma clara aunque invisible, que algo se abre bajo el suelo. No sé si bajo mis pies: en todo caso muy cerca de mí. Desde que volví a la isla, la sensación de cepo oculto no se me aparta, y creo adivinar, por gratuito que parezca, algún grito inaudible entre estos muros, como si alguien acabara de ser atrapado. Aquí mismo, ahora, en este instante. Es una adivinación fugaz, apenas formulada, ya desaparecida. Pero, ya sin creer en ella, me sorprendo volviendo la cabeza, mirando con recelo alrededor.

Nunca debí volver aquí. Hacía mucho tiempo, mucho, que no pensaba en estas gentes, ni en mi infancia; que no pensaba en ninguna de estas cosas; ni en esta casa, ni en esta habitación. Tampoco en la isla. Sólo he precisado algo tan simple, tan vulgar, como leer su llamada: *"Voy a cumplir cien años, quiero reuniros a mi alrededor"* (y una tenue, irónica pro-

mesa, en la última frase: "*Acaso por última vez*").
Acaso. Acaso. No entiendo como se puede llegar a
los noventa y nueve años y decir: *acaso es ésta la última vez*. Ella es la última vez. *Acaso* no es una palabra para ser pronunciada por ella. Para ella no hubo,
no habrá jamás *acasos*. Aquí aún late una ira infantil, diluida, rodando ya sin destino. Pobre Borja, con
los párpados velados sobre tus ojos cansadamente
ávidos; también a ti, en tiempos, te tiranizaron vagas
y prometedoras frases: *heredero predilecto, muchacho
amado*. Si no hubieras esperado nada, ahora no
acudirías a la llamada (pero acudirás; aunque tarde,
acudirás). Tal vez no habrías quemado tu vida en
esperar, esperar. No hubieras malgastado energías y
talentos (en su sentido numismático) en la espera.
Ahora adivino que la realización de la codiciada promesa te llegaría tarde. Siempre llega tarde lo que
anhelamos, es verdad. Nunca entenderé al ser humano, sólo atisbo deseos, impaciencias, desencantos, vacíos. ¿Dónde anda la gloria, de que tanto nos hablaban? ¿Dónde la plenitud, que añorábamos? Borja, a
pesar de todo lo sucedido, de lo que aún sucederá o
pueda suceder, tú y yo estamos unidos por un sutil
dogal. Es posible que nos una algún delgado, irrom-
pible amor, de extremo a extremo, de cabo a cabo de
ese hilo, allí donde vayamos. Es cierto que sentimos,
a veces, un doloroso tirón. He leído en tus párpados
velados, como leí siempre. Posiblemente sólo aguardes
un futuro nostálgico, espesamente dulce, porque los
bienes se retrasan demasiado. Ya no hay remedio,
nadie puede volver el tiempo atrás. Hoy, ayer, es
tarde. Mañana no ha llegado, pero ya es tarde. Mi
querido Borja, te aguarda una opulenta madurez sin
el ácido, punzante placer del primer esplendor, del

primer libertinaje. Lo perdiste, ya ni siquiera lo recuerdas.

Años, gentes, hechos, cruzan entre tú y yo. Nos hemos visto de tarde en tarde. Dentro de unos días volveremos a encontrarnos. Reanudaremos la intemporal conversación de siempre. Creo que aún no se ha apagado el calor de nuestra última discusión. (Por lo menos, esto se ha salvado.)

Tengo la mordiente sensación de que en algún tiempo escribí un verdadero diario. Naturalmente, no sería un metódico y fiel autodocumento, un cotidiano y ejemplar ejercicio de minuciosidad y observaciones. No un diario normal (algo parecido a cuando mi vieja Mauricia contemplaba los jerseys que me tejió, y decía: "cuando iba por la sisa tuviste la escarlatina", o "cuando iba por el elástico de esta manga, fue la helada aquella, que se nos perdieron los tomates"). No sería así, no, el hipotético diario que imagino haber escrito; pero estoy convencida de la existencia de algún eco, quizá de un tono — el tono de una voz, de una frase que persiste y gravita sobre mis actos o en la rara memoria de lo que aún ha de suceder —, algo que hice, o creí, o viví en algún momento que, ahora (esta madrugada en que no puedo cerrar los ojos), me parece totalmente vano. ¿Cómo se podrá recuperar la realidad pasada? El día que algún futuro Edison — pongo por caso — nos la sirva en pompas de cristal, al alcance de un pequeño interruptor, la desazón por dejar constancia de nuestro paso por la vida perderá todo valor. Entretanto, la gente recurre a jerseys de punto, a cuadernos íntimos, obras de arte, edificios, canalladas... Algún día no serán necesarias ninguna de estas cosas; será posible eliminar, como polvo sucio, el delicuescente recuerdo.

Si yo empezara ahora, en esta madrugada insomne y estúpida, en esta misma habitación —habitaciones entonces condenadas, pertenecientes al Grande y temido Bisabuelo, que me amedrentaron siendo niña—, un solemne y vanidoso diario, un hipócrita diario, lleno de la mejor buena fe e inocente espíritu analítico, sería una más de las muchas gratuidades de mi vida. Pero aquí estoy, oyendo el "rasgueo de la pluma en el papel" (como debe decirse en un verdadero diario). Esto que ahora escribo pudiera ser el fruto —después de verla a ella, a tía Emilia, a Antonia— de una dudosa recuperación; tan desteñida y torpe que temo no me sirva para nada. Algunas veces, fascinada, contemplé ruinas de ciudades y paisajes, atropelladas por los siglos, la rapiña, la guerra o los terremotos. Siluetas en el viento, símbolos de una remota belleza, de una perdida gloria, de un irregresable dolor. Y no puedo evitar decirme que, contempladas desde alguna región fría y alta, las gestas heroicas, las crueles matanzas, probablemente se confundirían con romerías o invasiones turísticas. De mi primera memoria brota una mirada de reproche: "—¿Qué has hecho conmigo?" No conservo fotografías infantiles. A la sola idea de escribir un verdadero diario, una espumosa pereza desciende sobre mí; como cuando, en alguna ocasión, rumié venganzas, y llegó el momento de ponerlas en práctica: no las puse en práctica. Debe de ser verdad que escribir es una de las mil formas de venganza —no demasiado arrogante— que nos son dadas a los humanos. Los dioses tenían otros métodos, más satisfactorios: y ahí están sus sombras, en la yerba. Sin brazos, sin nariz, serpenteando al sol, entre enardecidas ortigas. Las sombras de los dioses, sus ya marchitas venganzas, escaparon como humo del mármol, del bronce. Los dioses han muerto en las tesis escolares, en los folletos propagandísticos de la casa Bayer.

Todo esto es pura palabrería con que eludir mi verdadera desazón, la causa de que ahora me encuentre dispuesta a escribir sobre mis sentimientos. Casi siempre intenté engañarme sobre el verdadero motivo de mis actos. Este fue el gran truco sobre el que se edificó mi educación sentimental (mi educación intelectual no importó jamás, ya que una mujer no precisa de ciertos bagajes para instalarse dignamente en la sociedad que se me destinaba), mi formación de criatura nacida para entablar una lucha mezquina y dulzona contra el sexo masculino (al que, por otra parte, estaba inexorablemente destinada). Así pues, mis más importantes y permitidas armas fueron velos con que encubrir el egoísmo y la ambición, la ignorancia y el desamparo, la pereza y la sensualidad. Velos capaces de tamizar cualquier cosa, de forma que todo pueda parecer lícito o ilícito (según convenga a la ocasión). Pero ya no soy una niña torpe y preguntona, ni una muchacha silenciosa y ferozmente triste, ni una mujer apática y olvidadiza, que observa, con un sagrado asombro por el mundo, el discurrir de las gentes. Soy, esta madrugada, una criatura sin edad, sin capacidad de juicio ni resentimiento, sin gloria alguna, sin grandes miserias. Recuerdo que, cuando tenía doce, catorce años, imaginaba que algún día conocería algo brillante, fastuoso (aunque temido), que me daría la clave del mundo. Esta madrugada experimento la decepcionante sensación de que el mundo existe, simplemente; de que rueda, inane, sin clave alguna;

cumpliendo sus ciclos con el deshumanizado placer que provoca, por ejemplo, el bostezo de algún dios.

Si en algún desconocido mapa pudiera marcar el país (hay tantos países recorridos, amados, olvidados, en la ruta de esto que llamamos edad) donde perdí definitivamente la cordura —que no es en absoluto la edad adulta—, fue allí donde me dije, por primera vez: "No hay razón para odiarla. Es mi abuela, y, al fin y al cabo, se hizo cargo de alguien tan desafortunado y poco prometedor como yo". Si esto fuera un verdadero diario, y precisara elegir un punto de partida —es decir, el adecuado punto de partida en que se pueda empezar a tomárseme en cuenta—, arrancaría del momento (del país, para mejor expresarme) donde me hallaba el día en que volví a aborrecerla. Pienso que este llamado diario, escrito o recordado a través de lagunas y vacíos, no puede ser otra cosa que un mal zurcido de realidades visibles e invisibles, de pasado y presente sombríamente superpuestos. No será posible nunca un auténtico diario, una veraz relación de realidades presentes, sin contar con los espectros de otras realidades (futuras, pasadas, olvidadas, inmediatas). No se puede escribir un verdadero diario, y yo, tal vez, menos que nadie. No puedo creer que los sucesos de una vida son simplemente sucesos. Nada es su nombre, a secas; nada tan inseguro como buscar, más o menos honradamente, la autojustificación.

Un día, volví a odiarla. Por eso esta noche me sorprende la ausencia del odio. Por eso estoy tan confusa, en esta noche. Al fin y al cabo ¿qué me importa a mí que cumpla cien, o doscientos, o novecientos años? Ya no viviré como espectadora de sus años. Ya dejé de serlo, hace mucho tiempo.

Reconstruyo el día en que volví a odiarla, recuerdo exactamente el día en que volvió el odio, maduro y en sazón (no el agrio y tierno odio de los catorce años): fue el día en que llegó la primera carta de mi padre. Había terminado la guerra, vivíamos en Barcelona; flotaba toda la casa en euforia triunfal. Y, cuando nadie parecía recordarle, llegó su carta desde la Universidad de Puerto Rico. Mi padre *quería tenerme con él,* y el estupor que me causó saber que alguien deseaba una cosa semejante impidió, al pronto, cualquier sentimiento de amor, reconocimiento, o rencor. Sólo sé que ella (por supuesto ya había leído antes que yo aquella carta) me miraba, silenciosa. Recuerdo mis manos sosteniendo el papel, el temblor de mis dedos, mi infinito asombro. Recuerdo aquella letra delgada que me pareció, tan sólo, la máxima expresión de tristeza humana.

Cuando mi padre me envió al campo con la vieja Mauricia, yo no tenía madre, ni apenas su recuerdo. En cambio, podría describir con toda exactitud la vieja casa, el bosque, el chirriar de las puertas. De mi padre, sabía que era delgado y moreno, como yo; y que — no como yo — tenía unas orejas muy bonitas. Años más tarde las vi, iguales, en un Manual de Anatomía para Dibujantes. Orejas de mi padre, entonces, eran mi padre. Delicadamente morenas, anatómicamente perfectas, sordas a mí (lo que, paradójicamente, les confería mayor perfección). Así es, generalmente, la mentalidad infantil, y no puedo falsearla.

Durante muchos años, su verdadera profesión — antes de la guerra fue profesor adjunto de cátedra — constituyó un misterio para mí. Luego, llegó un momento en que comprendí que aquel hombre ausente y poco nombrado repartió su vida, su salud, su dinero y el dinero de mi madre (amén de su felicidad, o, por lo menos, armonía conyugal) entre la política y las ilusiones literarias. (Parece que se significó bastante más en lo primero que en lo segundo.) Como no militaba entre los triunfadores, sino entre los vencidos, desapareció de mi vida junto a las últimas brumas de la guerra.

Únicamente, de tarde en tarde, ella me hablaba de aquel a quien los demás procuraban no mencionar jamás. Sólo ella, en momentos *psicológico-pedagógicamente-adecuados*, me presentaba una imagen de hombre cuyos atributos más frecuentes eran: comunista, masón, libertino, judío y, posiblemente, si hubiera nacido en Cataluña o las Vascongadas, separatista. Como vivíamos un tiempo en que estos adjetivos resultaban bastante usuales, no me impresionaban de modo especial. (Casi todo el mundo que no pensaba o activaba *como ella creía oportuno* podía considerarse inscrito en ese registro.) Pero sí me afectaba el tono de irremediable fatalidad con que se refería a él: como si se tratara de una culpa que pesase sobre mí. Una imborrable mancha, que yo debía lavar a costa de cualquier precio. En definitiva, mi padre, el de las suaves y aterciopeladas orejas, si no encarnaba exactamente al diablo, era un fiel representante de lo que ella consideraba sus secuaces. Los secuaces del diablo, militantes empedernidos en las filas del error, eran peores que el diablo, puesto que carecían del prestigio — sutil, pero indudable — que tan legendario personaje ejercía en las mentes que programaban mi educación. Después de todo (prevalecía el espíritu de clase), el diablo es de buena familia. Los secuaces, por contra, son horteras, gentecilla advenediza, peones del maligno, pero indudablemente regio Satanás. Si yo hubiera sido hija de Satanás (y alguna vez lo pensé, a solas, en la amarga noche del Colegio, entre reprimidas lágrimas) habría sentido cierto alivio. Pero el *Secuaz* —y lo llamé, y aún hoy todavía lo llamo así en mi interior— de las orejas como caracolas de mar, hundió mi primera juventud y me inspiró un vago, pero venenoso rencor, que me costó mucho desterrar.

El *Secuaz* estaba —estuvo siempre— muy lejos de sospechar que sus aventuras ideológicas me hubiesen amargado hasta tal punto. Él perteneció siempre a la raza de los angélicos, capaces de ver morir a su lado a quien más aman sin apercibirse de ello. Capaces de estrangular lo que más aman, de autodestruirse totalmente, sin apercibirse de ello. Pobre *Secuaz*, luego tan amado: siempre en ruta, hacia una complicada Verdad que (al parecer) sólo él estaba en posición de alcanzar; empeñado en redimir en bloque al Mundo, de ser Mundo. Pobre *Secuaz*, cuán inútilmente te quiero, todavía.

Conozco exactamente el día en que volví a odiarla, tras la primera noticia de mi padre, desde su lejana Universidad. Ese día (ya había guardado la carta en su cajón, nada había comentado aún), ese mismo día —era la hora del café, y ella ojeaba una revista—, dijo de improviso, con su curiosa sintaxis: "Mira, como estos zapatos, iguales, los llevaba tu padre". Su dedo señalaba sin piedad unos horrendos zapatos amarillos, a dos tonos. Y sabía que, con ello, despertaba en mí una innoble vergüenza, exasperadamente triste y ridícula; que aquella vergüenza, como espuma sucia, crecía; y que borraba, quizás, algún recuerdo; o una palabra dulce, o una remota caricia.

Lo que no sabía es que, sobre la vergüenza, también regresó el odio. Abrió el cajón, sacó de nuevo la carta, me la echó en el regazo: "Anda, lee otra vez y medita. Después de todo, su hija eres". Sobre las letras delgadas, que antes me habían conmovido, sobre la tímida llamada: *ven conmigo, hija mía*, se interponían, irritantes, un par de zapatos, cursis, amarillos. No pude perdonárselo.

Los primeros años de mi vida fui de carácter díscolo y rebelde; pero en el segundo colegio (donde fui internada, apenas acabó la guerra) me transformé completamente. De niña mala pasé a adolescente respetuosa, tímida y pasable estudiante. La antigua charlatanería, el descaro y la mala educación que me caracterizaban se doblaron suavemente; y llegó el silencio, un gran silencio, a mi vida.

Esto es cuanto puedo recordar ahora, en esta madrugada. Supongo que mi verdadera historia empieza en el silencio; aquel día, no sé ciertamente cuál, en que, como el protagonista de un cuento infantil, perdí mi voz.

II

PERDER EL TIEMPO

Beverly le explicó cómo fue gestándose su vida, y en general, la vida de cualquier ser. Tiernamente vocinglera, deslizaba la inefable y vasta gama de sus vocales en sus oídos de niño — niño que espía el jardín con deseo de que ocurra *algo* inmediatamente: algún excitante suceso que vuelva del revés el mundo, como una bolsa —. Hacía algún tiempo, Bear descubrió (y lo comprendía perfectamente) la inexistencia del Paraíso. No había Paraíso para Beverly, ni para mamá, ni para abuelo Franc. Tampoco había Paraíso para Bear. Bien. Pero, ¿cómo podía no existir un Paraíso para Puppy? Puppy acababa de aplastarse bajo el camión de la leche, el jugo de naranja y los helados. Bajo el enorme vagón de las vitaminas, ¿había realmente dejado de existir Puppy? En ese momento, Beverly supuso adecuado hablar una vez más del tiempo en que la vida de Bear comenzó a alentar, allí, en el interior del vientre de mamá. Bear debía conocer la justa, la exacta importancia que tiene la vida. Bear se imaginó a sí mismo, pues, dentro de un vientre; apenas un repugnante grumo de tapioca. Y mezclaba vagamente la desoladora ausencia de Puppy al maravilloso misterio de la vida.

Bear nació cuando papá se fue a combatir lejos, por causas indudablemente justas (aunque ya llegaran a él, a las planicies batidas por el viento, a la casita blanca y rosa, a las rojas flores del seto, exhaustas de su propio significado). Beverly se calzó los guantes de cuero grueso, tomó un gancho pintado de verde y removió, buscó, en la tierra (mientras él procuraba no revolcarse de dolor en el césped, por culpa de la aberrante desaparición de Puppy); Beverly habló larga y claramente del misterio de la vida, de los niños que alientan secretamente en el vientre de madres sabias y amables. "Como la misma tierra que remuevo, ahora, para sembrarla de bellas flores." Beverly no quería que Bear se acordase de Puppy. Las cosas deben aceptarse así, y comprender que el mundo está plagado de infinitos Puppy, que, a su vez, alientan como grumos gelatinosos en algún vientre perrunamente materno. Al llegar a este punto, Bear, sin motivo aparente, empezó a vomitar.

Pero todo esto se remontaba a otros tiempos. Retazos que llegaban ahora, sin ninguna razón especial. Ahora, cuando brotaba el impulso de salir a la calle, de abandonar el piso, los paquidérmicos muebles enfundados (como a punto de alguna extraña inauguración). "Es como vivir en un almacen de años empaquetados", se dijo, alguna vez. Pero *ellos* decidieron que vivir allí, esporádicamente cuidados por la hija de Leandro, era mejor que habitar en una cómoda habitación de hotel. ¿Cómo iba a discutir sobre ciertos puntos? Hay cosas que no merecen discutirse. Cuando Bear cruzaba el portal sonreía a Leandro (que había conocido a mamá, y a la abuela María Teresa: aún recordaba a ésta saliendo de casa, vestida de novia). Aunque entonces Leandro era casi un niño, según él mismo se apresuraba a aclarar. Todas las palabras de Leandro le desazonaban. Palabras que despedían un denso perfume a fidelidad. Fidelidad húmeda, animal, doméstica. Al cabo de dos años, todavía le costaba adaptarse al nuevo mecanismo.

Beverly era diferente. Y abuelo Franc, también era diferente. Bear se sentía invadido de malestar. Como si le regresara algún viejo afecto, ya desusado, ya inútil. Igual que a la vista de algunos objetos que se resistía a tirar (aquel día en que empaquetó sus cosas, y viajó a este país que abuelo Franc llamaba La Patria). El abuelo cortaba las flores con delicadeza, como los nombres; y esos nombres los colocaba, también, en invisibles búcaros. En otros labios, sus palabras pudieran irritar, acaso aburrir, o simplemente no existir. En abuelo Franc todo cobraba un aire, un tono, que le salvaba del ridículo o la ira.

Y ahora, cuando menos lo sospechaba, Bear se sentía impulsado a salir de casa; a no oír ni un minuto más, por la abierta ventana, la voz del locutor de TV. Dejaba el libro abierto, incluso desatendía la llamada del teléfono (aunque la llamada tal vez urgía, o quizá provenía de quienes únicamente le importaban: Mario, Luis, Enrique o los otros). Salía, iba casi corriendo calle abajo; en el silencio de las tres de la tarde, a lo largo de la verja, de la somnolienta paz de un jardín raramente salvado entre modernos edificios. Aquí, los jardines escaseaban. Puntual y periódicamente llegaban las excavadoras y demolían muros; llegaban las sierras y cercenaban troncos. Levantaban en su lugar murallas rojas, blancas, sembradas de persianas remotamente japonesas. Mamá dijo cuando volvió a ver la casa: *no la hubiese reconocido*. Pero mamá apenas había vivido allí. Abuelo Franc se

llevó a mamá y abuela María Teresa a Madrid. Entonces (según decía el abuelo), Madrid era una ciudad alta y distante, como una torre. Irse a Madrid, desde aquella calle, entre las medio sofocadas campanillas
silvestres del último jardín, debió ser algo así como au-
sentarse del mundo. Eso dijo abuelo Franc. Oír a abuelo Franc despertaba una curiosidad inútil (como por
algo oído muchas veces y, sin embargo, imposible de
retener).

En el momento presente resultaba absolutamente
preciso dejar el libro, saltar de la silla, precipitarse escaleras abajo, sonreír a Leandro y seguir corriendo, calle
abajo. En momentos semejantes recorrió así quilómetros
y quilómetros de asfalto. Descubrió calles, solitarias pla-
zas, fuentes olvidadas, restos de un parque enmarañado
entre espinos; el torso de una estatua, un almacén de
maderas, clínicas, bloques industriales. Como en una
película fugaz, convertido él mismo en cámara fantasmal y vertiginosa: hasta que sentía las piernas agarro-
tadas, y, de improviso, le llegaba un gran cansancio,
el sudor le resbalaba por cuello, brazos y piernas. Entonces, solía entrar en algún bar y bebía una copa,
o tomaba un café. Un café y una copa a los que aún
— después de dos largos años — no podía acostum-
brarse. En esos momentos, Bear se sentía desconcertado y extraordinariamente solo. Cosa rara, porque
antes no tenía amigos, como ahora: y antes, nunca
tuvo conciencia de su soledad. Enrique, Luis y el
mismo Mario le parecían, en tales momentos, seres
irreales, no vivos: apenas unas referencias (como las
causas de la vida, contadas por Beverly, o el misterio
de la muerte, en la ausencia de Puppy). Entonces
(como ahora), Bear presentía una aproximación (un
invisible y férreo cerco, una prisión). Le venía a la

memoria la joven negra que se arrojó por la ventana cuando vio acercarse al Dormitorio de Muchachas un grupo encapuchado y blanco (que, simplemente, acudía a una festiva "novatada" de iniciación en la lindante Sorotity). Cuando se lanzaba hacia las calles aun desconocidas, algo parecido le impelía a él (y temía que todas las calles de esta ciudad, de este país, de esta Patria, se le presentasen siempre así, desconocidas). Un ciego furor aterrado (igual al de la joven negra) le empujaba. Una muerte tan inútil, tan neciamente patética, la de la joven estudiante negra, como su huida, calle abajo: hacia ninguna parte.

Cuando era muy niño, Beverly le sorprendió con las tijeras de las uñas, cortando en pedacitos una rana. Beverly le convenció de la inconveniencia de este acto. En verdad, Beverly le convenció siempre de la inutilidad de todas las inconveniencias. Con su dulzura gutural, su sereno énfasis, Beverly desprendía suavemente los objetos punzantes de las manos de los niños, lavaba expertamente todo vestigio de sangre, hasta no dejar huella. La sangre es cruel (y, sobre todo, sucia).

Escaleras abajo, calle abajo, Bear añora y huye, contradictorio, a una brillante, impoluta, transparente campana. Y cuando, al fin, despierta (era, realmente, como un despertar) dolorido, fatigado, revivido, sudoroso y feliz, entra en un bar. Y bebe el brebaje negro que repele su paladar. Entonces es el momento de repetir mentalmente: *la corteza salta, al fin, la membrana odiosa que envuelve, como fetal placenta, es acuchillada al fin, y es posible escapar a la red, al enorme cepo...*

Paso a paso, día a día, tuvo conciencia de una vasta cobardía, agazapada en todas partes (como hormigas, o lagartos). "Y agradezco esa cobardía, a todos. A mamá, a tío Borja, a mi padre, incluso al abuelo Franc (no lo sabe casi nadie, que también él es cobarde). Les agradezco esa cobardía, que ha permitido mi primer gesto."

Pero ese gesto ignorantemente deseado, tan sólo empezó a tomar cuerpo, a punto de realizarse, desde la amistad, luego camaradería, luego complicidad de Mario y los otros muchachos. "Un gesto precederá a otros." En esos momentos existía la convicción de que un desconocido equilibrio regresaba a él, a Bear. (Bear sin amigos, Bear sin amor, Bear sin Paraíso.) Un oscuro, oculto equilibrio, que perdió hacía tiempo (tal vez en las brumas del primer llanto, tal vez cuando era sólo un viscoso y deleznable grumo de tapioca).

En la penumbra del bar, rodeado de formica sucia, de botellas, de apagados ventiladores, junto a un hombre semidurmiente, Bear pide un café y se prende en las brumas de la TV. Zarandeando, viaja en una desencolada tartana, el cigarrillo entre los labios. Apenas capta otra cosa que ruidos, entremezclados, casi metálicos; inesperadamente hinchados, como trapos flotantes en el mar, como bordoneo de insectos, o silbidos que le dejan atónito, flotante en un mar duro y fosforecente. Todo resulta sorprendentemente lógico. Más aún, convincente. Le place escuchar el entremezclado vaivén de sonidos, donde, de tarde en tarde, se inscribe un fragmento melódico; sincopado, como una parodia. "Mucho más agradable que cualquier sinfonía o melodía organizada." Se deja mecer, voluptuosaménte, en el enjambre de ruidos: errabundo, como un insecto. "Exactamente eso me siento —dedica una gentil sonrisa al techo—, un insecto en torno a la luz, atontado, mecido, reconfortado y descansado." Sobre todo, descansado. Está viviendo un

cansancio organizado; acaso aposentado en él, desde
sus más remotos instintos, hasta la concreta y pal-
pable punta de sus pies. A veces, en ese cansancio,
cree sentirse en paz con algo, o alguien. Como quien
cumple alguna ley, legada desde las ramas más altas
e incógnitas, sin interrupción. En ocasiones como
esta (fumando en silencio, meciéndose en algún sonido o en algún vacío) supone que su largo cansancio (mucho más viejo que sus años) no es un cansancio
fácil y banal, sino un muy elaborado y meditado
estado a que conducen los balbuceos de otros muy
primitivos seres, generándole, de uno a otro. Un cansancio concedido, al fin, a través de ramas y ramas
más o menos atareadas o preocupadas; y en él yace él,
Bear, sedimentado (como el poso de este café mal
colado), al fondo de la taza. No es un cansancio rápidamente conseguido. Sólo puede lograrse tras muchas
esperas, tedios e incertidumbres. "Soy, tamizado, colado,
lo que queda". La ceniza le cae sobre el pecho, y se
apercibe de que no ha fumado, de que el cigarrillo
se ha consumido solo.

Resultó paradójico, casi humorístico, entrar en el
mundo de Mario a través de tío Borja.

Cuando acabó sus estudios de la Escuela Secun-
daria de W., tenía diecisiete años. Beverly le regaló
el Dodge, y todo parecía discurrir sin excesivas complicaciones. Siempre cuidó de no distinguirse de los
otros, ni en bien ni en mal. Ser *como todo el mundo*,
no ofrecer la fastidiosa evidencia de pensamientos
y deseos, era, por lo general, lo más recomendable.
Una vez, estuvo a punto de convertirse en ídolo,
a causa del base-ball. Pero frenó a tiempo. Le
gustaba caminar solitario, entre los robles y sicómoros

que rodeaban el College, amar levemente (mejor, dejarse amar levemente), hablar justamente lo preciso
(mejor, lo indispensable). A retazos, pisando las hojas
amarillas con que el otoño invadía el suelo, reconstruyó un difuso, perdido sentimiento, que acaso tenía
mucho que ver con el origen de la indiferencia.
(Pero no era posible concretar, y Bear abandonó la
idea.) Es poco recomendable andar a vueltas con el
brumoso pasado — aun con un pasado tan reciente
como pueden ofrecer diecisiete años —. Regresó a F.,
a Beverly, al abuelo Franc y su Universidad: a las
ardillas y los maples; al jardín brillante bajo el sol.
Se sentía cómodo, en F. No compartía la obsesión de
tantos y tantos compañeros que huían frenéticamente
del lugar de su nacimiento y se matriculaban en Uni-
versidades cuanto más lejanas mejor. A él no le hubiese importado gran cosa matricularse en la Universidad de F. (que siempre sería para Bear la *Uni
de Franc,* a pesar de que el abuelo Franc constituía
una ínfima ruedecilla, sin importancia alguna, en el
gran tinglado). "Tal vez — pensó — se trata de algún
atavismo." También Franc era diferente a sus compañeros y a la mayoría de sus compatriotas. Ellos
corrían sin tregua de Universidad a Universidad,
jadeaban de Departamento en Departamento, de Estado en Estado. Cruzaban de Este a Oeste, como jau-
rías cazadoras: astutos, previsores, esperanzados y ex-
haustos... Bear recordaba a Franc, desorientado, en la
última Convención de la MLA (el famoso "Mercado
de esclavos"). Empujado por Beverly, se debatía en
su habitación interior del Sheraton, borracho de llamadas telefónicas, de martinis, "appointements", "Pa-
pers" y "Reports"; mareado, desorientado por ofertas,
insinuaciones, confidencias, visitas, intrigas... Pobre

abuelo Franc, tambaleándose a la salida de Oak Room,
aferrándose a su brazo, diciéndole: "Vamos a casa,
Bear..." "Casa" (Home, no tenía traducción, al conocer los hogares de esta Patria) era ya, tan sólo, el despacho del amado Spanish Department, el amado
Campus de otoños escarlata y oro; el amado charloteo
intrascendente, confortable (rigurosamente programado
de antemano, por supuesto), con Beverly, la gran amiga, la ya única amiga. Bear sonríe al recuerdo: "¿Seré
yo como Franc, tal vez? Nunca me sentí errante; soy
sedentario". Pero él no ama. No amaba a F., no ama
los Tulip Tree, no amaba tierra alguna ni mujer alguna. Él no ama ya nada, a nadie. Sus afectos son hones-
tamente razonables, soportables.

Pero un día Franc (se debe decir, ay, abuelo Franc,
"¿por qué razón todos le llamaban así?" Incluso su hija
— mamá —, incluso él mismo, le llaman a solas simplemente Franc. Con Beverly era diferente: a Beverly
le molestaría sobremanera que la llamase abuela), un
día, pues, abuelo Franc manifestó su secreto largamente soñado. A veces, en el recuerdo, Bear recupera el
recóndito temblor de su voz al pronunciar el nombre
de esta tierra. En esos momentos, Bear recupera el extraño mandato íntimo, misterioso, que le obligó a es-
cucharle en silencio (aun sin creer en sus palabras, ni
en sus sentimientos, ni en sus ideas). Llevado por una
difusa, lánguida curiosidad; por un desdibujado respeto que nadie toleraría profanar. La sola idea de
que alguien pudiera sonreírse de las palabras de Franc
— del abuelo Franc — le hizo mantener distantes (de
la humilde casa de madera pintada de blanco, del pequeño jardín con dos únicos robles) a todo amigo, conocido o compañero. La sola idea de que alguien
pudiera sonreírse, aun tiernamente, de las palabras (ina-

nes, absolutamente desprovistas de sentido) del abuelo
Franc, le hubiese llevado fríamente, conscientemente,
al asesinato. Sin embargo, Bear no ama tampoco al
abuelo Franc.

El secreto acariciado año tras año por abuelo
Franc se reveló una mañana de domingo en el jardín, junto al roble. Abuelo Franc le preguntó, una
vez más, cuál era su vocación, cuáles sus proyectos.
Pero él entendió que esta vez *era de verdad* (no
como cuando tenía diez años, y Franc se rió tanto al
oírle contestar: *nada, no quiero ser nada cuando
crezca).* Cuando insistió en "qué cosa pensaba hacer
en esta vida", Bear sabía (porque, aunque pareciese
prácticamente imposible entender a los viejos, Bear
entendía al abuelo Franc como no lo entendía nadie:
ni mamá, ni siquiera Beverly, que tan secretamente le
amaba), él sabía que para abuelo Franc *hacer algo
en esta vida* no podía apartarse en absoluto de cualquier actividad universitaria. Y como lo sabía bien
(y era aun el Bear de siempre, el que cortaba ranas a
pedacitos y dejaba que limpiasen la sangre de sus dedos con absoluta docilidad), vio, en aquel momento,
en la mesita del jardín, en el hermoso y húmedo césped cuidadosamente recortado por abuelo Franc, una
revista donde se informaba de hermosos y grandes
proyectos arquitectónicos, impresionantemente fotogra-
fiados, referidos a la nueva y deslumbrante ciudad de
Houston. Entonces dijo: "Arquitecto". Abuelo Franc
dijo: "Bien". Estaba perfectamente bien. Cualquier
cosa (dentro del mundo universitario) hubiera sido
buena. Bear lo sabía aquella mañana de domingo.
Y ahora también lo sabía, en la casa enfundada, donde
— por lo visto — nació mamá; y sabía otra cosa: *seré
un buen arquitecto.* (Del mismo modo sabía que hubiera

sido *un buen cualquier cosa;* cualquier cosa atrapada
al azar, sobre una mesa, o bajo un roble, en el momento de la pregunta: *¿qué vas a ser en esta vida...?)*
Aquella mañana contestó al abuelo Franc mirando
por sobre su cabeza blanca (al abuelo Franc no le molestaba eso, como aquí les molestaba a *ellos).* Estaba
precisamente contemplando las hojas del roble, cuando
el abuelo Franc desveló su viejo y mimado deseo.
Cuando le habló de todo aquello: de regresar a la
Patria — ¿cómo se regresa a un lugar donde jamás
se estuvo antes? —, de revalidar estudios y matricularse
en una desconocida Universidad, en una tierra distante, en un idioma distante. *(Nada, no quiero ser nada,*
pensó, y únicamente, mirando hacia el roble con fijeza.)
Pero no sentía rebeldía alguna. No había llegado, ni
mucho menos, la rebeldía ahora conocida. Desde
aquella mañana en que, mirando el roble por sobre los
blancos cabellos del abuelo Franc, comunicó secretamente a las hojas su ausente vocación, ¡qué tiempo
incontrolable parecían contener esos dos años!

Abuelo Franc entraba en su año sabático. Año
propicio (al parecer) para que Bear conociese la vieja
Europa. (La Europa que Beverly "hacía" bianualmen-
te en tres, o cuatro, semanas. La Europa de las fotografías de Beverly, sonrientemente superpuesta a catedrales, puentes, y pueblos que se le antojaban como
calcinados por tórridos cataclismos.) Allí, en la tierra
íntima y autoprohibida de Franc, en la tierra secreta
y estremecedora de Franc (donde, *por ahora, no volveré),* debía estudiar Bear, debía vivir Bear. ¿Qué cosa
era eso de la Patria?

Ya no está aquí el roble del abuelo Franc. Cuando
habla, Bear ya no mira sobre la cabeza de su interlo-
cutor. Bear no tiene Patria, Bear no tiene amigos, Bear

no tiene (desde hace muchísimo tiempo). Paraíso. Nunca volvió a llamar Puppy a nadie: excluyó cuidadosamente esta posibilidad. Aunque la llamada Patria estuviera esperándole a él, a Bear. Eso decía abuelo Franc; pero abuelo Franc no cruzaba la frontera. Envejecía tozudamente, en el linde de su país, año sabático tras año sabático, y se asombraba e indignaba de que otros hombres que eran (o fueron) como él se desprendiesen lentamente de su lado, como caídas hojas de un implacable otoño, de una aferrada obstinación. Tozudo, hermosamente impertérrito, contemplaba cómo otros iban desasiéndose suave e inexorablemente de las austeras ramas: regresaban, incluso compraban parcelas de una tierra prohibida, amada. Incluso deseaban morir en ella, deshacerse en ella, olvidados, melancólicamente mansos (acaso indiferentes). Cenizas de una vieja y ya apagada hoguera, volvían, regresaban: como razonables, falsos y tardíos jóvenes, dispuestos a volver a empezar, a olvidar, en bloque. La ira (su única ira) brillaba entonces en los ojos negros del abuelo Franc. Bear lo observaba, lo veía alejarse más y más, huidiza y apretada isla, mar adentro. Una isla que retrocedía algún ocaso, esplendoroso y último; en pos del sol, de un día que ya era sólo recuerdo. Profundamente herido, remoto en vida, símbolo de alguna vieja, heroica e inconclusa batalla; la mano alzada, aferrada al bastón de ébano, amenazando (no ya a unos hombres, sino a un tiempo) porque *"no todos tienen un nieto, a quien enviar, como un desafío, como una advertencia, como un grito que recuerde: aún no me he muerto"*. Bear se veía a sí mismo, entonces, como polvoriento, derrotado y leal estandarte de alguna incompartida lid.

Aquí, en esta línea, al borde de estas palabras y

de este deseo, la comprensión de Bear se detiene
bruscamente. Ya no alcanza a descifrar ese envío de
que es objeto, el mensaje-reto de que es objeto por
el hombre que se ha prohibido a sí mismo la última
felicidad posible. Estas palabras, ese contradictorio
desafío, le resultan "demasiado abuelo Franc".

Viajaron juntos a Europa, y mamá se les reunió en
París. Atravesaron fronteras, recorrieron ciudades, gentes, lenguas, catedrales, museos, piedras, árboles, ríos,
miseria, esplendor, historia, mezquindad, muerte. Una
noche, Bear regresó —¿pero cómo podía regresar
adonde no estuvo jamás, ni en pensamientos, ni en
espíritu, ni en comprensión tan sólo? —. Cruzó la frontera en litigio, a cuyo otro extremo, un anciano (de
pronto extraordinariamente parecido a un roble) retenía, bastón en alto, las imperdonables, impúdicas lágrimas. Atravesó la línea de la última y tozuda dignidad
de Franc, bajo el lluvioso cielo de noviembre; en un tren
nocturno, lleno de crujidos, junto a mamá distraída,
indispuesta, rodeada de revistas y de inútiles prisas.

Bear llegó a la vieja ciudad, a la vieja casa donde
sólo estaban esperándole los enfundados muebles. Al
lugar donde ahora se halla enraizado, elemento indis-
cutible en el entramado de una red que ya no desea
romper. Bear sonríe a sus recuerdos como a un compañero de juegos difícilmente reconocido. Fue penoso,
para un muchacho acostumbrado a hablar secretamente con robles y sicómoros, entrar en la nueva tierra.
Fueron días fatigosos, extraños como una piel que no
nos pertenece, unos ojos que no miran con nuestros
ojos, un entendimiento que no encaja con nuestro entendimiento. Un concepto del mundo, de los hombres,
diferente a nuestro concepto de la vida y de los seres
que en ella alientan. Bear inició, con mudo estupor, el

descubrimiento del mundo ajeno, absolutamente distante, absolutamente extranjero.

A poco de llegar, asistió en silencio a enrevesados
proyectos, vastas ciudades de palabras, de las que él
era el único habitante. A la hora del desayuno, en la
ciudad donde coincidieron mamá y tío Borja (mamá y
tío Borja repetían mil veces sus bromas de viejos niños
que se encuentran de nuevo y no parecen dispuestos
a olvidar que la infancia pasa, o aún peor, se descom-
pone, hediondamente, como un cadáver más), él dijo:
"Yo necesitaría alguien, un guía, una persona que me
orientara durante estos meses, antes de matricular-
me..." Sus propias palabras ya se perdían, también,
en la baraúnda de retrocesos y avances, de recuerdos
y bromas ajadas — bromas monstruosamente infantiles en seres que ya rebasaron los cuarenta años, ignorantes de la caducidad de la ternura —. Bajo el aluvión
de recomendaciones y proyectos, en el esplendoroso
porvenir que para el joven Bear (*que va a "reincorpo-
rarse a nuestra Patria"*) estallaban a su alrededor,
Bear cerró los ojos, suavemente, dulcemente (sobre
el delicado aroma de la mermelada de naranja, sobre el
tórrido y espeso brebaje que en el Mediterráneo toma-
ban por café; sobre el pálido sol que yacía en el mantel y ya anunciaba una cruda y húmeda estación, a
pesar de que la ciudad se vanagloriaba de cálidos y dulces inviernos); Bear cerró los ojos, o al menos los en-
tornó, sobre el mantel (cuidadosamente lavado, plan-
chado y bordado "a mano"). Una retenida pregunta
danzaba en su pregunta; en sus oídos, en sus ojos; se
abría paso a través de recuerdos, de frases oídas. ("Un
mantel bordado a mano, ¿para qué?")

Al parecer, tío Borja estaba al cabo de todos sus

temores, dudas o esperanzas. Dijo: "Claro está, naturalmente. Yo lo arreglaré..."

Revalidar, Ingresar en la Escuela de Arquitectos.
Alguien Que Me Oriente, Diecisiete, Casi Dieciocho
Años, Patria, No Conozco a Nadie, No Quiero Ser
Nada... El mundo se había convertido en una sucesión
de frases cáscara, absolutamente hueras. Bear se sentía
nube, recuperada indiferencia —y la reconocía, a la
indiferencia, como reconoció a veces un árbol solitario, o una casa en la línea del horizonte—.

Para concretar, el viejo mundo le pareció sucio
y pequeño.

En realidad, tío Borja ni siquiera conocía a Mario.
Conocía a Enrique, porque Enrique era "el chico de
Fernando". Imaginariamente, Bear hubiese podido
reconstruir su conversación en el Club, cualquier mañana, antes de salir al mar. Los amigos de tío Borja
debían padecer el mismo amor al mar que él: si no, no
podían ser sus amigos. Una vez lo dijo, claramente:
el mar era la única vía que podía unirle a otro ser
humano, conducirle a cualquier afecto o amistad.
Indudablemente —no podía negarlo— fue el mar
también quien les unió a ellos dos. A pesar de todo,
Bear debía admitir este frágil y especial entendimiento. "Bear, eres marinero de raza." Bear conoció el roce
de un inquietante, acaso molesto orgullo. Pero cierto.
"Bear, eres marinero de raza". Pocos días más tarde,
tío Borja dijo: "Ah, por cierto, ya tienes la persona
que buscas: te orientará, te guiará, como tú dices
— siempre que se refería a palabras de Bear o de
cualquiera que no rebasara los treinta años, tío Borja re-
calcaba con una incomprensible ironía: "como tú dices". — Es una buena persona, creo que profesor auxi-

liar de la Universidad. Ha estado ayudando mucho a
Enrique (el chico de Fernando), que suspendió dos veces seguidas. Con esas clases, se va ayudando; porque, ¿entiendes, no?, es gente digna, sin dinero...
Creo que prepara unas oposiciones o algo así y, encima, mantiene a su madre enferma. Bueno, el chico de
Fernando esta encantado, hasta creo que son amigos..." Qué raro le sonó a Bear aquella explicación,
qué extraño aquel lenguaje. Tío Borja le dio una tar-
jeta, un teléfono. "Toma, llama a Enrique. Él te pon-
drá al corriente."

Fue así, de forma anodina, casi estúpida, como entró en la única etapa de su vida que tenía sentido.

III

EN ESTA CIUDAD

S E sonrió pensando: "Felicidad es una palabra inventada por algún sádico para que todos nos sin-
tamos cochinamente desgraciados". Fumaba suavemente, tendida, fingiendo mirar al techo. Cuando, en
realidad, se sentía espía, toda ella un puro acecho
viviente.

Contempló a Mario con el rabillo del ojo. Estaba
quieto, ni siquiera fumaba como otras veces. Inmóvil,
con los ojos cerrados, como muerto. Isa subió la sábana hasta su cuello. Sentía un recato ancestral después del amor, no podía evitar la idea de que el amor,
al fin y al cabo, era un acto deshonesto. Alguien le
había dicho —hacía años, claro— que este recato
venía de muy lejos, de la expulsión del Paraíso, ("y se
cubrieron porque se vieron desnudos", etc.). Ya no
creía en Adán y Eva, pero continuaban fermentando
las mismas palabras, los mismos conceptos, al fondo
de su conciencia.

Mario continuaba con los ojos cerrados, sorprendentemente joven para su edad. Nadie hubiera pensado que tenía treinta y tantos años— "más cerca
de los cuarenta que de los treinta"—. Nadie le acha-
caría más de veintiocho. Pero se le notaba tan cansado:

de ella, de vivir, de sí mismo. "Quién sabe, acaso está pensando en otra mujer. Shakespeare dice: monstruo de ojos verdes. Verdes o de color cachumbo, pero monstruo. ¿Por qué existirán los celos? Estos celos que arrastro, provincianos, como todo lo que me reconcome." Suspiró, casi dulcemente. "Pero todo el mundo es más o menos provinciano. Y, a fin de cuentas, ¿qué importancia tiene? Soy provinciana, bueno. Llena de taras, de prejuicios afanosamente apretujados, y encima, huérfana de militar. No falta nada en el lote: pero me he evadido de mi ambiente, he llegado a la ciudad soñada (hay una película que se llama así, creo) y aunque no soy especialmente culta, puedo confiar en mi intuición. Soy astuta, y (cualidad poco frecuente) me conozco a mí misma. No como este pobre Mario, que todo lo sabe, menos vivir, menos conocerse. Yo no. Yo sé cómo soy, conozco mis lentos reflejos: soy limitada, pero profunda en lo que sé. Por estas cosas, te dominaré. Si no fuera dominante no te tendría, y he nacido para tenerte. Te quiero tal como eres, débil y dubitativo, joven-viejo, nacido para perder. Pero no conmigo: soy de los que tuercen los destinos, de los que cambian la vida y la vuelven del revés como un calcetín. Triunfaré, siempre triunfo, aunque a veces me quede rabiando. Mario es mío, Mario es mío. Yo haré su vida, como fabrico todos los días la mía. El mundo no es de los débiles, teóricos, vulnerables, inteligentes Marios. El mundo es de los mediocres y fuertes, como yo. No me engaño, sé encararme al espejo, me conozco, sé cómo atacarme y atacar a los demás. Mario es mío, y ninguna causa, mujer, ni cosa alguna me lo quitará, porque nadie tiene mi fuerza. Me he inventado a Isa por Mario, por él he fabricado pacientemente mi personalidad; para que él desee estar conmigo, aunque no me ame. Mario no amará a nadie, jamás. No puede. Mario, tú sabes que contra la gente como yo, es difícil luchar. Somos como aceite, siempre flotando en la superficie."

Ahora queda lejos, muy lejos, el paisaje de la infancia, de la primera juventud. Tendida junto al hombre en quien ha reunido todo lo deseable del mundo, Isa se despoja de cuanto parecía su claro destino: un destino doblegado, extorsionado por su voluntad y rebeldía. Lejos queda la pequeña Isa "fruto de una contradictoria educación" (ríe levemente, y aplasta la colilla en el cenicero blanco, Martini & Rossi, sobre la mesilla con huellas circulares de vasos). Ya están olvidados los interrumpidos estudios (*por falta de medios económicos*), los sueños de grandeza, el empacho banal y desordenado de lecturas, el cine censurado, el novio. Portales oscuros, bancos húmedos del parque, escasez monetaria, río, vino en tascas, melancolía disfrazada de esperanza. Había conseguido cierta mala fama en la pequeña ciudad. "Siempre, claro, dentro de las conveniencias." No era una puta, era sólo una fresca. Eso daba personalidad, y se sentía, así, *europeizada*. Podía opinar con acidez, fumar por la calle (bueno, sólo la colilla al salir del local cerrado), dejarse besar fácilmente. Qué lejos todo, ahora, de esta habitación estúpidamente vergonzante.

(Ahora, las Dos Viejas, en la ciudad soñada, ofrecen, junto a su hospitalario egoísmo, su modesta grandeza en ruinas, un piso excesivamente largo, de cañerías oxidadas, cucarachas y helados mosaicos en invierno; galerías encristaladas, urnas, nichos o colmenas; mecedoras, cristales rotos y unidos con tiritas y cel-lo; exhibición de prendas interiores sobre patios, y chimeneas, y depósitos de agua, donde las criadas celebran sus verbenas en las noches de verano, con farolillos de papel. En la sala, un piano hace años desafinado, cuadros pintados por niñas-viejas de la casa, firmados desde el Sagrado Corazón; antiguo terciopelo, trípodes misteriosos y acechantes en los rincones; sonrisas de niños desaparecidos en el friso de la apagada chimenea [con un sorprendente macetón de porcelana modernista, allí donde debió arder el fuego]; pero: "es peligroso, mejor la estufa de butano". Al fondo del cajón, una cofia amarillenta: "Ah, sí, la pobre Sofía, ya ves, no se casó por no abandonarnos. Ya no quedan criados así". Zapatitos de porcelana con fechas-efemérides en la suela, polvos Rachel en el cristal del cuarto de baño, cubiertos con tapetitos Richelieu. Al atardecer, un gato aúlla en el patio: sabe que un paquete con vísceras de algún caliente y cándido animal cruzará el espacio, desde la galería encristalada, hasta los mosaicos rojos; una inopinada sirena marítima huye en el húmedo atardecer: Isa recuerda que el mar está cerca, ahí, a su espalda. Mininos de grasa pelambre devoran intestinos, corazones, hígados, pescuezos atroces. Ya se ha llevado el viento la ceniza de todos los laureles, ya el mundo está creciendo, como un enorme cocodrilo, con las fauces abiertas; ya no flota ni una sola mota de los sueños, y proyectos, de una muchacha que tenía novio, tal vez porque no había mejor cosa que tener.)

Apoyada en la barandilla del puente, sobre el Ebro, una Isa lejana sucumbía a los vapores de un mal vino de taberna falsamente típica, a donde podían acudir las muchachas decentes y estudiantes del Instituto, guapas y con novio (a condición de regresar a casa antes de que cierren el portal). Cinco años ya, de todo eso. Cinco años ya, que todo eso acabó. Como cinco vidas nuevas, estremecedoramente diferentes. El cielo de esta otra ciudad es enorme, rojo sobre el confín de las avenidas; y no tiene nada que ver con los crepúsculos de la calle del Rey Sancho, ni con la Plaza de la Independencia, ni con el Parque de los Infantes. Ahora, el cielo terso, duro como un rostro ajeno, apenas estrellado (no se mira casi nunca el cielo), a menudo resulta irónico. Existen otras cosas, bajo el cielo de esta ciudad. Algunas tardes parecen años, ciertos días segundos. La juventud es algo efímero, amargo e intenso (no una espera humillante). El corazón, un peso furioso. El miedo, una religión.

Mario se ha dormido con sueño apenas cierto; una respiración sutil levanta su pecho. "Mario es joven, siempre será joven." Isa contempla la cabeza de rizos espesos, de un rubio oscuro, leonado, "que se retuerce en la raíz". Podría tener la cabeza como un San Juan, o un joven tigre: "así de espeso y suave, si no se lo cortase tanto", piensa, con agria ternura. Y aun así, su tacto es como el de aquel pequeño tigre de la infancia, cálido, ambiguo. Tiene los ojos ligeramente oblicuos, los pómulos altos, la boca sensual e incómoda. Mario duerme muy ligeramente. Isa piensa que Mario no duerme jamás de verdad; siempre está así: alerta y desconfiado, incrédulo, inseguro, triste y joven. En Isa crece la irritación cuando le ve dormir. Una vez más redescubre su cuerpo ("no bello según los cánones", sonríe para sí). Pero todo él es como una llamada penetrante a través de la ropa. Su piel clara ("no blanca"), dorada por ligeras pecas ("como un joven leopardo, ¡pero cuánta cursilería!"...).

Ella también es pecosa. Allí, en la ciudad de la

infancia, ser pelirroja y pecosa resultaba fuera de lo
corriente. Algo que siempre la diferenció para bien y
para mal. "Qué pena, tan pecosa, ¿por qué no prueba
algún producto?". Jacinto, en cambio, había confe-
sado: "Cuando te vi así, tan pecosita, me gustaste
en seguida". Jacinto, novio. "Jacinto, qué suerte, tan
buen chico." "Los hombres, ya se sabe..." Pero no
se sabe nada, nadie sabe nada, sólo se sabe lo que
realmente se desea. "Uno puede vivir, posiblemente,
lejos de aquí, en alguna parte." (Lo dijo una vez,
eso, el chico horroroso del que se reían las chicas
del Instituto; le llamaban *el poeta*, no sabía por qué,
no tenía noticia de que jamás hubiera escrito un
solo verso, nunca le vio escribir otra cosa que los
apuntes de clase; la nariz rozando el papel, sin gafas,
pobre.) Mientras, mamá: "No te quiero encontrar
otra vez en el portal, con tu novio, ¿no te da vergüenza? Igual que una criada. ¿Es que no tienes
dignidad?" Y más tarde: "Ya se sabe lo que pasa,
el hombre es paja, la mujer estopa, llega el diablo
y sopla". Pero eso, además de una ordinariez, era
mentira. Ni estopa, ni diablo, ni nada. Jacinto llevaba
bigote negro, para parecerse a muchos, para ser casi
como todos. Porque era muy viril, y no le gustaba
presumir, se peinaba hacia atrás, mojándose el pelo,
sin mirarse al espejo (así iba, el pobre). Le decía:
"Jacinto, mira cómo te ha quedado por detrás, se
levanta como un asa, pareces un cacharro". Pero él
sonreía con suficiencia (porque era muy viril). "Mujer, que me voy a fijar yo en eso, qué importancia
tiene." A Isa le daba vergüenza que le vieran las
amigas con aquel mechón, tieso y curvado, por encima de la coronilla. Se lo hubiera aplastado a cache-

tes, de buena gana. Jacinto era un poquitín más bajo que ella. Tenía, en verdad, una mortificante estatura.

Isa vuelve la cara hacia la pared. Es en estos momentos cuando siente entrelazarse pasado y presente: y todo tiene una misteriosa conexión con Mario. Todos sus recuerdos están, de pronto, ligados a él, incluso justificados en él. Todo parece guardar su recóndita razón en virtud de la existencia de Mario. "Mis recuerdos más remotos son incoherentes, pero nítidos. Llevo claramente dibujada en mi memoria una lámpara japonesa —supongo que falsa—, colgada del centro del techo, con luz rosa y oro; y siento en la mejilla el aliento de alguien, un aliento femenino (tal vez mi madre, o la niñera) que musita y sisea, imperceptible, gratamente. Respiro una honda sensación de bienestar, esa duermevela que luego, en años más tarde, he añorado. Por ejemplo, cuando en la soledad y desesperanza caí enferma, y alguien encendió una luz tenue, una lámpara tapada con un periódico; y a través del resplandor me llegó un hálito protector. Lamento suponer que, durante muchos años, en las etapas más áridas, en las más audaces también, cuando me sentía fuerte y endurecida, lo único que verdaderamente anhelé fue sentirme protegida por alguien, o algo. Ya había abandonado mis creencias religiosas —nunca excesivamente fervientes, a decir verdad—, que me reportaban cierto alivio; como la íntima convicción de que, a fin de cuentas, alguien velaba por mis actos, buenos o malos. Cosa que, en definitiva, me amparaba de la soledad. Porque bien he aprendido que los seres humanos no suelen hacerse compañía. Casi nadie sabe lo que es saberse acompañado, aunque muchas veces nos fabriquemos esa efímera sombra, la dudosa felicidad de creernos unidos a alguien. El matrimonio entra de lleno en este estado de cosas. Una mujer como yo, absurdamente educada — si es que he sido educada de alguna manera —, llega demasiado tarde a estas conclusiones. Mario dice a menudo que mi tierra, mi mundo, son ásperos y dogmáticos: fervientemente ignorantes. Es extraño que a veces, como ahora, mirando esa pared, tenga la impresión de asistir a una lenta y cruelísima agonía. No amo a mi tierra, pero me siento ligada a ella de forma irremisible; soy parte de ella, de sus montañas aislantes, de sus pobres ríos, de sus grandes nombres. Una mujer como yo, en este país, tiene poco que hacer. La soledad y la ignorancia son su patrimonio natural."

Jacinto era más bajo que ella: "Demasiado altita vas a ser". Naturalmente, desde luego, en una ciudad de retacos, una chica como ella "no tenía salida". Isa contempla sus piernas largas, su piel suave y (frase oída o leída) *como espolvoreada de azafrán*. Salta de la cama y va hacia el espejo, se mira los hombros, la cintura acaso demasiado alta ("sobre todo ahora, que está de moda baja"), sobre unas huesudas caderas de muchacho. Isa siente pueril orgullo de sus muslos largos, sus rodillas y sus tobillos ("que, como las muñecas y los antebrazos, heredé de la buena y rancia sangre materna"). Por otra parte, el militar legó sus cejas demasiado juntas, el pelo rojo, la boca ancha, dominante, casi masculina ("soy guapa, pero no importaría que no lo fuese. Sabría parecerlo. Estoy satisfecha de mi físico"). Isa evoca otras palabras, ya muertas, balanceadas en un viento lejano: "Demasiado altita, ¿no? Vamos, para una mujer...", decía la prima Felisa, famosa por su cutis de porcelana, en la ciudad del río que huía indiferente, entre vegas umbrías, tascas, casas de color desteñido y estrechas cristaleras; entre fábricas de conservas y mazorcas al sol. Ah, aún, en aquellos días, su ciudad no aceptaba una juventud femenina de caderas escurridas, atiborrada de vitaminas. Y los hombres (la palabra "hombre" tenía un eco especial entre el paladar y los dientes de las madres) eran allí tal como las sabias matronas definirían con aquiescencia: "de estatura mediana". Las chicas, "monillas", o "una preciosidad", o "pobrecita, horrorosa, pero eso sí, con un corazón de aquí a allá, y además, ¡qué cabeza! Fíjate, una lumbrera, con matrículas; lástima no haya salido así el hermano..." "Horrorosa." "Pobrecita." "Pero eso sí, ¡con unas manos!; ¡vieras tú la mantelería que ha bordado para la tómbola...", etc. Y ella, Isa, perdida en un mundo impío de cristales encendidos al último sol, perdida en un día más, que huía en las aguas del Ebro, bajo el puente de cinco ojos, hacia un mar lejano. (Que ya sólo parecía cierto en los mapas.) "Tú no puedes llevar tacón, claro, con Jacinto de novio..." Había un grande, un inmenso desánimo en la voz. Jacinto era *un novio*, y *un novio* era lo mejor que se podía tener, en aquellos días, en aquel lugar. ("Mira, si engordaras un poquito más de aquí y de aquí, por lo demás, hija, estás muy bien; yo te encuentro un estilo bárbaro; ya quisiera yo: oye, te doy lo que me sobra y tú lo que me falta, ¿eh?, ja, ja, ja.") La piscina de agua demasiado azul, recién inaugurada, junto a un río que jadeaba en verano como un perro perdido. "Chica, pues no estás tan flaca, así en bañador; mira lo que te digo, tú tendrías que ir siempre así, como muy deportiva." "¡Pero si tienes un tipazo,

chica, quién lo iba a decir! Qué barbaridad. Sólo
los pies un poquitirrín grandes, pero claro, con tu
estatura, sería raro, ¿no? Qué bien te peinas, hay
que ver; y te lo lavas en casa y hala, tris, tras.
Ay, chica, yo, en cambio, cada cuatro días a la
pelu, y, ¡ni comparación!" "Sabes, ha dicho el ale-
mán que eres muy guapa, ¡qué cosa, a esos extranjeros les gustan así, flaquitas, no te vayas a creer...!"
Jacinto tiritaba de frío en el portal. (Su piel demasiado blanca, sus ojos demasiado hermosos, su
inolvidable bigote negro, sedoso, recortadito.) "Mañana, a las cuatro, donde siempre... o mejor, no,
ahora que me acuerdo, el dentista me ha dado hora;
mejor a la salida, a eso de las seis... pero no en el
bar, ya sabes, estoy a dos velas, mejor en *nuestro*
banco..." Todo lo *nuestro* era: el banco, el chopo, el
recodo del río; en fin, todo lugar allí donde por primera vez había pasado *algo* (algo que al poco tiempo
la dejaba ya como enterrada, impermeable). *Nuestro*,
con voz blanda y exigente, falsamente dulce, voz
de futuro marido que no va a consentir que su
mujer trabaje, porque él es más hombre que todo
eso. ("Pero no lo era, era sólo hombrecito.") Con
su chaleco gris tejido por la madre ausente, amorosa,
esposa de juez de cabeza de partido; que le enviaba
cartas interminables e invariables: "que no hagas
imprudencias y que si has recibido los chorizos, el
pueblo está muy animado, no creas, aquí también
tenemos diversiones, han venido los de la Compañía,
no sabes la vida que hay ahora aquí, y la pequeña
del ingeniero no sabes lo mona que es...". Mientras, la lluvia, en gotas gruesas, se marcaba burda-
mente en el polvo, junto al banco de madera. El
papel de la carta era rayado; cuatro carillas, tinta verde.

Detrás de un árbol, un niño de ojos siniestramente gozosos mataba algo, alguien; los dedos le temblaban sobre una ametralladora de plástico amarillo, su garganta se estremecía. "¿Por qué no se puede sentir pesar, ni indignación; por qué sólo se desea ya una cosa: abandonar, huir?" Matar, quizá, como aquel niño. "Vamos a matar todos los deseos de la tierra, niño, mientras el hombrecito del chaleco tejido a mano, aspirante a notorio, sin excentricidades, dueño de un bigote honesto y bien cortado, serio, tiembla de frío, dentro del punto *canalé*. Dicen: "Es guapín"; dicen: "¡Tiene unos ojos!" Sí, claro, los tiene, no faltaría más. "Será un buen marido." "Es serio." "Saldrá para alante, ése." Sí, saldrá, porque "tío Eduardo ha dicho que en cuanto acabe..." Mientras, en el bolsillo interior de la chaqueta con codos reforzados de cuero ("Oye, y hacen bien, además de prácticos"), la carta rayada de mamá está pautando una vida locamente estúpida, desbocadamente insípida, inhumanamente feliz. "No, no. Me voy de aquí"... El hombrecito serio tenía (en el oscuro portal donde sólo pueden entretenerse las criadas) raptos modestamente lúbricos. ("El hombre es paja, la mujer, etc...") "Es bajo para una chica como yo, tiene tres meses menos que yo, y le faltan dos años para acabar la carrera. Y luego, quién sabe cuántos más mientras aguarda la generosidad influyente de tío Eduardo; y después, ¿qué? Aguantar todo esto, para al fin casarnos. ¿Por qué razón? ¿Para qué?" Pero los días pasaban como siglos, los años, como segundos. "No quiero paraditas en el portal: ya es hora de que suba a casa, que hable con tu padre..." Y al otro día, y al otro: "Ya me has oído: es la última vez que lo digo, hija mía. Si ese muchacho lleva intenciones serias..." (*Por última vez, te lo digo por última vez,* "¡Pero si nadie ha oído en esta ciudad algo por última vez...!") Aquel "hablar con tu padre" se truncó con la muerte de papá. Papá estaba muerto, se lo llevaron al Campo del Este. Estaba debajo de la tierra. Llovía, y el viento (un horrible viento de noviembre) zarandeaba los cables del terrado, donde tendían la ropa; y producían un ruido vibrante que calaba los huesos. Papá se había muerto.

Isa regresa del espejo, se tiende de nuevo junto al hombre que parece arrebatado por una muerte modesta, razonable. Su orgullo late ya sin convicción. Un desfallecido orgullo de objetivo alcanzado demasiado tarde. Y además: "¿Es este el verdadero objetivo?" Isa vuelve los ojos hacia un Mario dormido, o fingiéndose dormido. Ya sólo tiene un centinela inflexible, despiadado, que se llama Isa. Ya es su propio guardián. Desolado, abrumadoramente solitario en medio de la habitación, vuelve el recuerdo de una lámpara japonesa ("posiblemente falsa"); el susurro de una antigua canción, en la mejilla.

IV

TRES DÍAS DE AMOR

No fue sólo de la casa de donde me fui. Me fui de cada mueble, de cada ventana, de cada brizna de hierba que la rodeaba. Me fui de todo aquello, y siempre andaré huyendo de allí, desde aquel día. Todos mis actos se reducen a una huida pavorosa; porque lo que de verdad me empujó y me arrojó fue el espanto. El miedo que me poseyó, desde una mañana otoñal, que nada, ni nadie, borrará.

He perdido mi antiguo porvenir, y no me ha sido concedido uno nuevo: sólo floto en el presente. Mantengo una rara sensación de supervivencia, de náufrago rescatado, envuelto en una manta y tiritando; entre marineros borrachos que intentan renacerme, pasándose unos a otros la botella: intentando que acerque también mis labios hinchados, azulados, al gollete. ¿Quién va a renacerme? ¿Un grupo de muchachos descontentos, puros, insatisfechos? ¿Acaso sólo deseosos de vagas aventuras? Todas las juventudes aguardan la aventura de la vida; y algunos (como yo a sus años) pudimos planear una aventura de justicia, de coordinación, de responsabilidad. Hacer tabla rasa es un innato ideal juvenil. Pero yo estoy aún en la borda, y no he acercado mis labios a la botella: como si al

fondo de mi conciencia clamase una voz: "¿Para qué
se empeñan todos en hacerme resucitar?" Déjenme
solo, déjenme huir, a solas, de aquella casa, de esta
puerta de ahora, ridículamente pintada de rosa, con
ángeles de yeso. ¿O no son ángeles? Son desgraciadas
señoritas desnudas, que intentan despertar un clima
erótico, bajo esa luz roja, esos espejos astutamente
ladeados, esa mesilla con huellas de vasos. Hay aquí el
eco de una agria borrachera que empieza a retirar-
se. Pobre Isa, delante del espejo. ¿Qué esperas de mí?
Mejor será que empieces a entenderlo: nada. Eres
ahora como los muchachos, como perrillos carnívo-
ros, sedientos de una cruel afirmación, de algo más
que ineficaces consignas y palabras, que reuniones, que
huelgas de hambre o de sonrisa. Vuestros ojos piden,
piden, siempre piden más. Creéis que de mí llegará
esa afirmación. Sobre todo Bear. Pobre Bear, crono-
metrando idas y venidas, buscando un refugio a tu
corazón vacío de niño. Veinte años. Sólo veinte años.
("Ya se han acostumbrado a mí en el Club. Hemos
salido al mar muchas veces. Cuando mi tío tome el
avión para Palma ya estará todo a punto, conveni-
do...") Si no es capaz de pronunciar una frase tan
larga, por lo menos, a fuerza de cortas frases, se ha
hecho entender. ¿Por qué esta sed de sangre? Nunca
han visto la sangre como la he visto yo, no entienden
lo que puede llegar a ser mi justicia. Es inicuo, siniestro, convertir en sentimiento personal algo tan
conceptuosamente importante como la palabra Justicia.

Yo sí he visto la sangre: destierros, bíblicas mal-
diciones, nada ha cambiado para el pueblo desde los
tiempos en que sus hijos pasaban encadenados junto
a las murallas, bajo la cruel mirada de los vencedo-

res, conquistadores, reivindicadores, civilizadores...
¿Qué importan los nombres? Los mercaderes son
siempre los mismos, amparados en cualquier ropaje. Yo
he caminado entre esos hombres de labios crueles, y
ahora, sólo ahora, empieza en mí una curiosa rebeldía, no reconocida entre tanta rebeldía: la rebeldía
a sobrevivir de nuevo; a sobrevivir, todavía, una vez
más.

¿Por qué te miras al espejo, Isa? No vas a ser más
bella por eso, ni por eso te voy a querer otra vez. Supongo que alguna vez te quise. Pero ese momento está
lejos, ya. No volverá. No soy hombre para ti. Hay
hombres que hacen cosas y hombres que las come-
ten, hombres que hablan y hombres que denuncian,
hombres que callan y hombres que profieren. (Me
acuerdo de aquel niño que se acercaba aquel día;
descalzo, solo, con un palo en la mano [parecía otro
día en que, siendo yo muy joven, lo creí elegido para
el nacimiento del espanto]. El niño sin zapatos estaba
más cerca, y pude apreciar que la vara era de ave-
llano, para azotar cosas: esquinas y flores, sobre todo.
El niño [no tenía los suficientes años para ser bueno,
o malo] se reía con la boca cerrada. Miraba hacia lo
alto, su garganta se estremecía por la risa. Puesto que
sólo era un niño, podía golpear cuanto quisiese, a su
antojo. Todo lo que quisiera: sin culpa, sin razón, sin
miedo, sin esperar nada tras sus golpes. Podía golpear
cuanto apeteciere: gritos de dolor, maldad, estupidez,
lágrimas, inhibiciones. Todo lo podía azotar, porque
sólo era un niño pequeño, con un palo en la mano.
Pero me equivoqué. Cuando estuvo a mi lado, pude
darme cuenta de que el niño no se reía de nada. Más
bien parecía preocupado por alguna cosa.)

No suele ser agradable el conocimiento profundo

de un ser humano. Isa, si no me fingiese dormido (para no oír tu voz), podría decirte: "por favor, apártate del espejo". La soledad, vasta y variada, no es tan desdeñable como imaginas. He conocido gentes preocupadas por llegar a destruirla, por avasallar esas invencibles barreras. Siempre he contemplado esos patéticos y tardíos esfuerzos con estupor. ¿Por qué razón, Isa? No hay razón para tender puentes de isla a isla, de continente a continente; no hay razón para cubrir el mundo con un siniestro enrejado de comunicaciones carcelarias. No es agradable el conocimiento del ser humano. No es bueno llevar a extremos-límite el amor, envolver ahogadamente con amor, convertir en amor la curiosidad, en amor el desaliento. Nuestro íntimo y miserable desprecio, en amor. Se volverá curiosidad, desaliento, desprecio. Regresarán las olas. Nadie tiene derecho a destruir o desvelar ciertas cosas. Se puede amar, por ejemplo (por ejemplo, ¿por qué no intentas amarme así?), de isla a isla; contemplando el mar, que suele ser hermoso (según oí) incluso en el invierno. Se puede amar perfectamente, sin andar con ganchos destripando a otro ser; sin descuartizarle ni sacarle las entrañas a la luz. Entrañas que, por otra parte, continuarán confusas, horriblemente misteriosas, ante nuestros ojos. Los niños que abren los juguetes para ver lo que hay dentro, suelen quedarse un rato con cara de idiota.

V

PERDER EL TIEMPO

AHORA, en vísperas de la tan esperada ocasión, tras su experiencia de dos años, sería bueno decirle: "los que perdemos el tiempo, te estamos muy agradecidos, tío Borja". Como un curioso e inofensivo gladiador, casi feliz, podría saludarle, decirle: "Yo te estoy agradecido, tío Borja: de que me admitas en tu compañía, de que me lleves al Club (sacrosanto lugar, reducto de un antiguo esplendor juvenil); de que salgamos juntos al mar, en tu curioso yate. Te lo agradezco, todo eso, tío Borja. Tus correcciones idiomáticas cuando construyo mal una frase ("¡Malditos indios!"), tu inventada camaradería, tu admiración porque soy *buen marinero,* porque, *después de todo, al menos eso sí lo aprendiste allí...* "Tío Borja, los indios saben navegar: en canoas, río abajo; y en yates, a través de los grandes lagos." Hubiera estado bien hablar así alguna vez, con tío Borja. Solo con él. ¿Por qué, solo con él? Bear sonríe pacíficamente a sus pensamientos. La sonrisa de Bear llega a solas (como algunas verdes y doradas mariposas, en la noche, en soledad, flotando en torno a una lámpara de estudiante). Bear hubiera querido romper la corteza, sólo para decir algo parecido a tío Borja.

Y otras muchas cosas también. Sobre todo, cuando
tío Borja (con sólo una gotita alcohólica de más) ser-
moneaba, evidentemente desprovisto de convicción:
"Pero Bear, date cuenta de cómo perdéis el tiempo.
Si queréis arreglar el mundo, terminad primero la
carrera. Entonces, con una base más firme..."

Arreglar el mundo. Qué distintas palabras, siendo
las mismas, pronunciadas por abuelo Franc. Arreglar el
mundo, cambiar el mundo, adquirían un marchito as-
cetismo en labios del anciano que caminaba, entre
el Louvre y el Sena, en el París amado; un París de-
formado por sus sueños (como a golpes de su negro
bastón, sobre las piedras, en señal de entusiasmo;
como ante un particular y borroso grabado, sólo suge-
rente para él). En esos momentos abuelo Franc se trans-
formaba en la imagen de la más inocente, seráfica
desolación. "Pero él puede decirlo todo", clamaba una
voz inesperada, casi extraña, dentro de Bear. Por el
contrario, tío Borja enmohecía (con ácido pequeño,
ni siquiera peligroso) cuanto dijese. Excepto cuando
hablaba del mar, o de los barcos, o de los grandes
lagos... ("Y en los grandes lagos...") Los visitarían
juntos, en el otoño, o en la primavera. Chicago y los
lagos, eran, al parecer, ansiosamente evocados. Prome-
tía viajes, hacía proyectos: luego los olvidaba, se
prendía en un cansancio íntimo, acaso doliente. Había
en él, en sus palabras (y en las palabras que no pro-
nunciaba), un inaprensible naufragio, que Bear aún no
podía calibrar. Ni siquiera hablaba de la guerra, como
el amigo Fernando. (Tío Borja tampoco había hecho la
guerra: "Hombre, por favor, Bear, no me creas tan
viejo...", reía con amargura totalmente indescifrable.)

Se trataba de una antigua lancha rápida, con dos
motores; adaptada, repintada, transformada en un insó-

lito y — Bear no lo negaba — atractivo yate. Había
servido a la Marina de guerra, en la última contienda.
"Sabes, al acabar la guerra (te hablo de la europea,
no de la nuestra, ¿eh?), la Marina vendió muchas de
éstas, ya inútiles. Generalmente, las compraron con-
trabandistas... Ésta, precisamente, me la vendió uno
de ellos en Marsella, a muy buen precio. Yo, ya
ves, le saqué partido. Total: no me costó casi
nada. Pero el año que viene, voy a comprarme un..."
Tío Borja hablaba del hermoso, moderno, extraordinario yate que se compraría el año que viene. "Por
supuesto, mucho mejor que el de Fernando. Yo prefiero esperar un poco, y hacer las cosas bien. Te ha-
brás fijado que el de Fernando..." Tío Borja hacía
las cosas bien. Pero, la verdad — Bear escuchaba
en silencio, observaba disimuladamente su rostro tostado y fino, sus ojo brillantes —, tío Borja vivía en la
eterna víspera de sucesivos e ininterrumpidos "años que
viene". El año que viene (descubrió Bear) no era otro
que el día en que la anciana abuela muriese. (Como
cuando intentó cursar la carrera de marino, y abandonó
a los dos años. Como cuando intentaba emprender
algunos negocios, y desistía. "Yo sé esperar, Bear. Hay
que hacer las cosas bien...") Bear callaba, miraba el
mar. Navegaban juntos, a menudo, en la "Pez Espada"
(que, justo era admitirlo, Bear casi empezaba a querer).
Blanca, pintada y repintada por Pablo, el marinero;
mimada, fotografiada hasta la saciedad; piropeada de
continuo por tío Borja. (Sobre las olas brillantes, un
deshilachado fantasma flotaba, se aproximaba al recuerdo de Bear: una leve y distraída confidencia de
mamá, que hablaba de un velero, al que, por lo visto,
un viejo loco llamó "El Delfín".) Fantasmas que huían,
como fuego de mar, serpenteante en bordas y jarcias;

extraña fosforescencia, verde y legendaria llama de
San Telmo. Pero que, sorprendentemente, se erguía
y dominaba una vida tan frívola y modestamente cí-
nica como la de tío Borja; superviviente de algún
último, auténtico, paraíso perdido. "«El Delfín», la
«Pez Espada»..." murmuraba Bear, conciencia adentro, bajo el chillido de las gaviotas; desprendiéndose
suavemente del embarcadero, de la terraza del Club,
del amigo Fernando y sus ruidosas anécdotas. Las
cejas de Bear se contraían, en su esfuerzo por comprender.

A medida que la tierra y los hombres queda-
ban atrás, tío Borja iba ganando una serenidad, incluso una tristeza, infinitamente más sólidas que todas
las palabras pronunciadas entre copa y copa: entre
recuerdo y recuerdo, entre burla y burla. De pronto,
mar adentro, tío Borja se encerraba en un silencio
sólo compatible con él: con Bear, el silencioso. Olvidados de la tierra, en un viento y un mar que ya parecían pertenecerles, tío Borja y Bear respiraban ali-
viadamente el silencio ("acaso común", piensa Bear
con cierta desazón).

Pero Bear no quiere la amistad de tío Borja, ni
la amistad de nadie. Y en todo lo de tío Borja flota un
decrépito remedo: de otros seres, de otros hombres,
de otras luchas, de otro mar. (Tío Borja, inundado de
sed, de espectros; sonriente y banal, parece avanzar
mar adentro, hacia el único océano donde jamás
podría navegar.) Bear, en esos momentos, siente una
sensación poco habitual: algo parecido a cuando vio
aquella mosca, atrapada en la tela de araña. No sentía simpatía ni por la mosca, ni por la araña; sólo
que algo no marchaba bien. Y con un palo, a gol-

pes, destruyó mosca, araña y todo vestigio de que hubieran existido.

Esa misma noche, tío Borja regresará a Madrid. Pero ya está todo en marcha, perfectamente encarrilado. Y una petulancia (conscientemente juvenil) le envuelve, le hincha como un raro globo; dispuesto a huir en este cielo invadido por la primavera. Tío Borja regresa a Madrid (donde siempre le aguardan curiosas urgencias), pero: *"El mismo día de la fiesta* (un suave gruñido apenas transparente, una amordazada irritación en la voz, ya bien conocida para Bear) *tomaré el avión para Palma: tú me vas a buscar al aeropuerto y tienes todo en marcha para largarnos al amanecer..."* En la terraza (últimamente tan frecuentada) del Club, tío Borja parece respirar de lleno su remolona juventud. "El mundo viejo —piensa Bear— parece invadido de niños-viejos"; y calla, mirando el brillo transparente de su naranjada (que tantas burlas atrae por parte del jocoso amigo Fernando). "Al fin", grita alguna voz, en alguna parte, sólo audible para Bear. Tío Borja, aún sin sospecharlo, ha entrado en el juego, está ya apresado en el engranaje. Ya es una ruedecilla más en el delicado reloj que pacientemente, dulcemente, elabora el joven Bear (viviseccionador infantil de ranas). Nunca hubiera creído Bear que se sentiría agradecido al cumpleaños de una anciana. Y ahora, precisamente ahora, en el filo del gran acontecimiento, sería bueno decírselo: "los que perdemos el tiempo, los que no agradecemos lo regalado por nuestros mayores *(regalado,* no *ganado,* no *ganado),* no ganado con el sudor de nuestra frente (aunque no imagino sudando tu frente, tío Borja, salvo en la sauna), no agradecemos todo lo que recibimos, aunque sea mucho más, aún, que el mínimo y lícito confort general. (TV, frigidaires, vacaciones pagadas, Seiscientos, y creo que no me olvido nada del lote tranquilizante.) Tal desagradecimiento indigna especialmente, porque tampoco agradecemos la herencia más valiosa: los sistemas y engranajes (para decirlo con lenguaje a tono), ni las palabras (palabras como raza, valores seculares, heroísmo, nobles ideales). No tenemos un hermoso, rutilante, ideal privado. Perdemos el tiempo, en verdad, frente a vuestra sociedad-ideal mercantil en constante competencia, lucha y división. Mírate alguna vez en el espejo, tío Borja, con honradez (aunque te sea extraña esta palabra), y contempla un hombre solitario, estrujado por competiciones internas, hundido por competiciones externas, reventado como una nuez entre las manos de ese gigante-santón que has contribuido a alimentar; desesperado y aburrido a partes iguales, incapaz de saber adónde te llevó tu perfecto montaje de estímulos y temores. ¿Acaso los que perdemos el tiempo, los hoscos, los desagradecidos, los hijos privilegiados y descontentos; los que perdemos cursos, años *(irrecuperable es la edad juvenil, irrecuperable y sin remedio,* has dicho en alguna ocasión), y lo hemos recibido todo de hombres como tú, queremos ser hombres como tú? Estoy anticipadamente cansado cuando me preguntas: *"¿Qué es lo que queréis? Estáis contra todo lo establecido, como trasnochados anarquistas. ¡Definiros de una vez!"* Siento un dilatado bostezo, acaso desaliento. Posiblemente pasarían días, meses, años si intentara explicarte algo tan simple y evidente, tan absolutamente desprovisto de mitos y complicaciones. Y tú no lo entenderías. Pero hacía tiempo — o quizá desde siempre — que no hablaba con la gente de la edad de tío Borja. En vez

de decirle esas o parecidas cosas, en las mañanas
del Club, en la brillante primavera, afiló, perfiló su
proyecto-tentación: iría a Palma, en la "Pez Espada",
con Pablo, el marinero. Y al día siguiente (apenas
las seis o las cinco de la mañana: cuanto antes,
para calmar la amarga obediencia de un pobre ni-
ño-viejo aterrado por el centenario que escarnece
su larga impaciencia), tío Borja y él (el buen Bear
que ama el mar) regresarán juntos al Club (centro
vital de tío Borja, al parecer). Tío Borja, que no
hizo la guerra, que jamás navegó a legendarias islas
en un fantasmal —y probablemente inexistente—
velero llamado "El Delfín", podrá creerse dueño de
algún sumiso reino, donde haya cabida para los mar-
chitos paraísos de un niño que oyó demasiadas historias
románticas. Bear sonríe, contempla a este hombre que
se entusiasma con su idea; este hombre que le dobla
sobradamente en edad y parece un raro muñequito
burlándose de la naranjada mientras hace sonar los
cubitos de hielo en su vaso alto, inocuo. Bear se estremece en una esponjosa sensación de poder. "Un sentimiento —reconoce— a todas luces peligroso." No
necesita oír el alborozado asentimiento, no necesita
escuchar los inútiles consejos y advertencias —preám-
bulo de esta ilusionada aventura— para constatar en
el brillo de esos ojos (como renacidos de alguna feroz,
casi agresiva tristeza) que el reloj del joven Bear, tan
pacientemente montado, pieza a pieza, ha comenzado,
efectivamente, a funcionar.

Bear ya no necesita escuchar las palabras; ahora
puede regresar, en la mañana brillante, a la dulce
sombra de su soledad.

También, al principio, entre los muchachos, tuvo

fama de huraño. Incluso, alguno, lo creyó orgulloso. Le
costó bastante deshacer esta imagen. Súbitamente, Bear
siente (quizás en el estómago) algo parecido a un tirón:
"Así me juzgaban *los otros muchachos...*" ¿Por qué,
los otros muchachos? ¿Por qué esta íntima autosegre-
gación?"

El aire riza la superficie del mar. Bear estira las
piernas, que, de un tiempo acá, siempre le resultan
demasiado largas. Bajo el sol, la piel suavemente
curtida de tío Borja evidencia restos de una indudable belleza, baqueteada por el uso. Las comisuras
de los labios, ligeramente caídas hacia abajo. ("Como
es bastante corriente entre los hombres de esa generación.") Pero no es justo. "De esa generación y esa clase social, hay que añadir." Bear dedica una mueca a
algún invisible auditorio; y le viene a la mente Gerardo
—el delegado de los "no universitarios" (así designó
íntimamente a los muchachos de manos oscurecidas,
callosas; con ironía, donde flota cierta inconfesada vergüenza)—. Gerardo tiene la misma edad de tío Borja,
pero: "No, Gerardo no tiene ese gesto, precisamente".
Los labios de Gerardo —obrero metalúrgico, ojos negros, de un negro mate, como nunca vio antes— son
labios prietos. Como si jamás hubieran sonreído, como
si jamás hubieran rozado un sabor estimulante.

Ha vuelto el tirón en el estómago. La contemplación de Gerardo y de tío Borja le producen, paradójicamente, y por separado, idéntica actitud, idéntico desaliento. Que no marchaba bien el mundo, era cosa
vieja, sabida, pero:... "quería decirte algo muy sencillo,
y no lo entenderías". (Una vaga sospecha fluye, como
un escondido manantial.) "Tan sencillo..." La sospecha,
la incertidumbre rondan casi siempre, por algún lado.

Si no, incluso hubiera sido posible una actitud feliz, en la mañana.

El olor del mar, sucio de gasolina junto a las embarcaciones, asciende hasta ellos.

—Levanta la cabeza — oye decir a tío Borja —. No sé qué da veros así, siempre cabizbajos. De la escuela de los Dean, y los Brando... ¡Cuánto daño os ha hecho esa gente!

El sol le da en los ojos, pestañea de prisa. Un brillo pálido tiembla al borde del vaso. Tío Borja da un sorbo a su vaso, ladea ligeramente la cabeza. Por el cuello desabrochado de su camisa resbala, en aseada languidez, una lazada de seda oscura; y sobre ella, inadecuada, casi brutal, se mueve la nuez mientras bebe. El viento trae el olor de su loción, y Bear se pasa la mano por la barbilla; no se ha afeitado. Tío Borja no se lo dice: se lo hace notar de forma muda, penetrante. Bear, entonces, dice:

—Yo no he visto películas de ésos. Sólo tengo veinte años.

Es muy peculiar la mirada de tío Borja en ocasiones como ésta. De una rapidez furtiva, relampagueante, podría decirse. "Cabe todo el odio de la tierra en una mirada semejante", piensa Bear. Y, a su pesar, se estremece. Ni siquiera en los ojos de Gerardo vio un odio parecido. "Acabo de llamarle viejo", entiende. Busca una frase paliativa, pero esa frase no existe: o él no la conoce.

Tío Borja pasa un dedo, muy suavemente, entre el cuello de su camisa y la piel. Un gesto que podría tomarse por una remota, afiladísima degollación. Bear le ve avanzar, cruzar la terraza. Erguido, estirada hasta el máximo su figura, que (como único defecto) hubiera precisado tres centímetros más. "Tal como anda y se va, es casi más joven que yo", medita Bear, apurando su naranjada. "Mucho más joven que Luis y que Enrique, y que Mario ... y, por supuesto, infinitamente más joven que Gerardo."

Pero es estúpido volver siempre a Gerardo. Volver, como un animal sumiso, al estado desazonado, donde los contornos no aparecen claramente dibujados. Volver, siempre, al recuerdo de Gerardo y de los otros, *"los no universitarios..."*

VI

DIARIO EN DESORDEN

ME parece que yo perdí mi voz una mañana. No sé de qué mes, ni de qué año. Sólo recuerdo el sol, la luz, envolviendo la tierra; las piedras calvas del mundo, como escoriados colmillos de alguna ira invisible. Me parece que estaba en una playa — siempre hay una playa en mis recuerdos, en mi vida —; y fue la luz quien devolvió una voz, oculta, tachonada como una noche. Pero no era una playa: era una vasta planicie, y yo bebía martini, en un "Luncheon"; y no era una mañana: era casi de noche. El exceso de luz convertía el día en negro mate. Es posible que yo recuperase aquella voz, a ráfagas, a minutos, o años. Pero comprendí que el silencio no era privativo mío, que toda vida a mi lado había crecido de silencio en silencio.

Tengo la clara memoria de hallarme sentada en una terraza, sobre una tierra suavemente escalonada. Sé que el viento cesó, y fue en aquel instante, precisa y exactamente en aquel instante, cuando pensé: "algo ha desaparecido". Podía ver, casi físicamente, un inmenso saqueo, un total despojo; y, tal como acostumbraban hacer en la antigüedad ciertas hordas invasoras, el mundo aparecía sembrado de sal. Ninguna

yerba antigua volvería a crecer, todo yacía, como
dispuesto a hacerse nuevo (si algo se hacía).

Sólo ahora, en escasas horas, he vuelto a ver las
viejas hiedras, las gelatinosas hojas de algún incierto
octubre; las cándidas campanillas salvajes, renovándo-
se, ignorantes, abrazadas a una piedra levantada siglos
atrás. Moriré sin comprender nada.

(Muchas veces he pensado — y sé que viene a cuento — que, en realidad, mi padre debió dedicarse a la
arqueología, en vez de a la política.)

Nunca había visto los maples en otoño, las hojas escarlata. Papá tenía el perfil envejecido, a pesar de
su piel bronceada por el deporte. Era como un fantasma, reencontrado. Me dolía pensarlo, porque, ¿qué tenía que ver — nada tenía que ver — con aquél que
(empinada sobre la punta de mis pies, amorosa y teme-
rosamente acercada al auricular pueblerino) oía decir:
te envío…? Ya nunca más le podría llamar padre. Desde entonces, desde el primer reencuentro, tuve que
llamarle Franc, como todo el mundo. Alguien había
muerto, se había diluido en la niebla. Alguien que quizá fue, sólo, un imaginario personaje de una imaginaria historia infantil. Diecinueve años eran muy poca
cosa, todavía.

Yo no sé cuál es la verdadera edad de la gente, su exacta y verdadera edad, el momento en que se
puede decir: tengo veinte, cuarenta años. Ni los días,
ni la piel, ni las arterias de hombres y mujeres tienen
gran relación con estas cosas. Aquel otoño — creo que
era dos meses antes del 7 de diciembre del cuarenta y
uno —, mi padre me tenía, por primera vez, con él.

Creí que ella no iba a perdonarme esa decisión.
Pero ella dijo: "Por lo menos, por una sola vez, ese po-

bre Franc cumple con su obligación". No opuso ningún reparo a mi marcha. Mi presencia le era impuesta, pero jamás sospeché que hasta ese punto. Sólo tía Emilia lloraba, cuando me acompañó al aeropuerto; y me di cuenta de que, al menos, ella me había querido.

Papá ya no estaba en Puerto Rico. Fui a reunirme con él a los Estados Unidos. Franc se había trasladado a una Universidad del medio Oeste, cuyo Departamento de Español comenzaba débilmente a florecer.

Siempre he pensado que Bear sufre y se resiente de alguna indescifrable responsabilidad hacia mí. A veces me mira con la misma o parecida preocupación que descubro en algunos padres hacia sus hijos. ¿Por qué yo no puedo ordenar mis sentimientos según las normas establecidas? Tampoco siento odio, o desazón, hacia el fantasma de mi vejez, como es común a bastantes mujeres de mi edad. No quiero decir en absoluto que mi aspecto sea juvenil (después de todo, creo que nunca lo tuve), sino que la mujer que contemplo, cuando cierro los ojos, es intemporal. O acaso, sólo antigua, remota. Quizá todo se reduzca a un resabio de infantil petulancia: queremos convencernos de que algo muy importante aguarda en el fondo de nuestro ser, algo que no ha tenido aún su gran oportunidad.

Seguramente Bear llegará mañana. Debería enviar un telegrama, o una noticia cualquiera. Pero Bear no escribe cartas, ni envía telegramas. (Es en lo único que se me parece.)

Es buena esta grande y respetuosa distancia entre nuestras vidas que, laboriosamente, hemos labrado Bear y yo. Bear sabe que no puedo comportarme como una madre al uso. (No diré una buena madre,

esa definición me resulta demasiado comprometida.)
Hubo un tiempo en que creí que una madre y un
hijo deberían ser buenos amigos. Pero me acuerdo,
con horror, de una niña del colegio, cuya madre era
su amiga.

Existe algo muy claro, y es el curso del tiempo.
Jamás podremos ir a la par del tiempo de nuestros
hijos. Nunca cabalgaremos al mismo ritmo. La edad es
algo poco definido, pero no el tiempo que nos moldea,
como el aire y la luz moldean las viejas estatuas en los
parques. Mi tiempo no es el tiempo de mi hijo, aunque mi hijo sea, acaso, más viejo que yo. Mi tiempo es,
por ejemplo, el tiempo de Borja. Aunque Borja y yo
nos tengamos por simples antagonistas; amantes hermanos, enemigos cordiales. Pero, sin duda alguna, com-
pinches del tiempo que nos tocó vivir.

¿Por qué he aceptado que Bear *se haga aquí*, en
en esta tierra? No estoy ligada a países, soy indiferente a orígenes y lazos, a viejos conceptos de suelo
y estirpe, como una mosca. ¿Qué son, ya, la mayoría
de esas palabras? Yo quería, sin saber que lo quería,
que Bear volviera. No fue sólo porque el pobre Franc
(por papá, quiero decir) lo anhelase desde París, en
su inefable año sabático. Pobre Franc: *"Mi nieto"*,
decía; con la expresión que nunca tuvo para decir:
"Mi hija".

Es curioso: también ella, ahora, la grande y maciza
indiferencia, ha sentido algo especial ante Bear. No
algo parecido al ordenado y bien establecido amor
que siente por Borja, sino algo diferente, un sentimiento que aún no puedo desentrañar. Ha preguntado dos veces, ya, durante esta espera (que empieza
a hacerse transcendente): *"¿Cuándo llegará tu hijo,
Matia?"*

Todos quieren a Bear. Por lo menos, todos desean la proximidad de Bear. Yo quiero a Bear, con amor maternal; o sea, atroz, sobrecogedor. No debería amarse a los hijos. Ningún hijo está satisfecho con los planes que se han tejido para él. Hasta los menos rebeldes tienen su pequeña parcela de sueños individuales e intransferibles; hasta los más pertinaces continuadores de telares y complejos empresariales tuvieron su modesto paraíso de rosas perdidas. Nadie debería amar a los hijos con amor posesivo y destructor, con ansia de continuidad sobre esta vieja y despiadada tierra. El amor es complejo; delicado, feroz y peligroso; triste y exultante. Deberíamos racionar el amor, como se raciona la morfina a los enfermos graves. El dolor es algo natural, pero el amor se adquiere, como la decepción. Bear, hijo mío, respetemos nuestras distancias y la vida será más soportable.

Franc, que tantas distancias cavó en su vida, anhela a Bear. (Yo pensaba: *porque no se quiere morir.*) Decía: "Quiero que Bear conozca Europa, que vaya a su Patria". Pero, ¿cuál es la Patria de Bear? Sólo él lo sabrá.

Si mi pobre *Secuaz* supiera cuán remotas me quedan ya sus palabras, se sorprendería. Pero no contradeciré ni desengañaré a Franc mientras viva. (Como jamás le hubiera dicho a Mauricia que no creyera en Santa Genoveva y Santa Margarita; que no creyera que Santa Teresa lloraba cuando ponía el pan al revés.) Creo que mataría a quien destruyera ese jardín amarillento, cubierto de polvo, tenaz entre la arena. Nadie le dirá estas cosas, mientras yo pueda evitarlo.

Bear está aquí; llegado de una parcela distante, crecido entre amables rigores de cooperación, equidad,

discreción y soledad. Pero esto lo digo para arrollar
con tópicos mi inevitable caída hacia la duda. Mis dudas no te salpicarán, Bear. Serás libre, como un cardo
en el monte. Te destruirás solo: yo no te ayudaré. Soy
un monstruo de bondad. ("No es lo mismo un título
americano, quiero para mi nieto un título europeo..."
No: "Quiero para mi nieto un título español.") Oigo
la voz del pobre *Secuaz;* asmático, angélicamente ti-
rano. ¿Qué significa decir *quiero para mi nieto?*
¿Quién es tu nieto? ¿Qué hiciste jamás, por ese nieto?
En la vejez, *ella,* la gran enemiga, la fiera virtuosa que
puede atropellar convencionalismos, bondad, amor,
moral, y salir incólume (Caballero negro y triunfante en alguna Tabla Redonda de Injusticia), y tú,
pobre iluso alejado del mundo, empeñado en redimir
al mundo, habláis igual de alguien que os es tan ajeno
como Bear: *"Mi nieto. Quiero tener a Bear conmigo,
en este aniversario".* El más joven de la estirpe. ¿De
qué raza? ¿De qué patria? ¿De qué mundo? Nadie
sabe nada de Bear. Bear habla muy poco (como yo a
su edad). Pero Bear no tiene nada en común conmigo
(excepto el silencio).

Sumisa, obediente, silenciosa, he atendido a la llamada. No sólo para mí, sino para Bear. Un día, también, fui a buscar a Bear a la frontera, subimos a un
viejo tren, lo regresé.

El paisaje huía con la lluvia, a través de la ventanilla; Bear dijo: "No me gusta el tren. Es ridículo
que tengas miedo al avión. Hemos perdido unas horas
que..."

¿En que las hubieras ganado, Bear? Tus palabras
suelen ser desconocidos signos, que ya no me esfuerzo en interpretar. No quiero discutir con Bear, no
quiero ser su amiga-enemiga. Aún me es difícil es-

capar al enramado de las palabras, como una ráfaga
de viento, convertida yo misma en viento.

Sonreí a Bear, y me dije: "Estoy sonriendo a un
niño que juega con un rompecabezas. Contemplo
como un niño lucha con los mil fragmentos de un
puzzle monstruoso. Sonrío, esperando que sea lo su-
ficientemente astuto para saberlo completar, pieza a
pieza". Bear (como dicen todas las madres cuando hablan de sus hijos) es un niño. Bear es un niño que
habla con una anciana niña (no muerta, para su desgracia). Pero a Bear no le interesan los espectros.

Me encontré mirando la copa verde. El movimiento del vagón la zarandeaba, vibraba el líquido, y
había en ella un minúsculo y casi audible tintineo. (Niños lejanos, inalcanzables, que pronto desaparecerán,
que pronto darán paso a irremediables y caducos seres.)

Un día cualquiera, sin saber cómo, huían los pájaros. Recordaba el barranco, el eco, la voz de Mauricia y sus cantinelas, para que el hombre del eco las
repitiese. Y sin embargo: "Las palabras (decía, con
su cansina voz de sirviente) quedan escritas en la
Gruta del Hombre del Eco, que las recoge y las orde-
na, para escribir el destino". Me sobrecogía, y Mauricia aclaraba: "Pero, niñita, no tiembles. Ea, mira, esas
cosas las contamos las viejas. Son cosas de viejas de
campo".

Sin que nadie recogiera nombres, ni cifras siquiera, en gruta alguna, llega la extraña desbandada de
los pájaros; la desbandada de la vida, de la juventud.
Sin saber por qué motivo (sin conciencia de plenitud,
o misión cumplida), un día cualquiera, un minuto, la
juventud levanta el vuelo. Desbandada irrefrenable,

aves que emigran. Parodias de sí mismos, cortejo amorfo, procesión gratuita, los años cumplidos se bambolean en andaderas, ídolos de cartón-piedra, entre luces apagadas.

— Vamos a cenar, mamá, es nuestro turno — dijo Bear, y cerró el libro de golpe.

Como siempre, el vagón-restaurante aparecía atestado, incómodo. Un camarero, experto en balanceos, esgrimía una triunfal bandeja de metal sobre su cabeza.

—Mamá.

—¿Qué quieres?

Los ojos del osito me miraban con irritación.

"Tenemos un lenguaje para nosotros dos." No, no lo tenemos. Lo tuvimos, en un tiempo pasado (mucho más lejano que el tiempo en que me asombraron los maples, con sus hojas color amapola; mucho más lejano que cuando, paciente y formalmente, el Señor Eco recogía las palabras de los niños gritones y componía su futuro).

La copa verde proyectaba en el mantel su sombra transparente, casi submarina. Cayó un poco de ceniza; algo ingrávido, pueril y pasajero, como el tintineo, o la sombra esmeralda. Caía la lluvia, se aplastaba en menudas gotas contra la ventanilla. Se había hecho la noche. Oía los innumerables estallidos de la lluvia en el cristal, había en cada gota una luz diminuta, perlada; llegaba el olor a hierro y a madera mojados, el aroma del pan, el graso y caliente vaho de la cocina (cada vez que entraban o salían los camareros y el batiente se bandeaba sobre sus muelles, brotaba algo como un aliento animal). El ruido del metal contra la loza, la verde y obsesiva falsa mancha sobre el mantel (el resplandor de un diminuto acuario). Todo podría describirlo ahora, minuciosamente. Nada se ha borrado, desde aquella noche.

Muchas veces pensé o soñé que vagaba al fondo de un mar, espeso y cristalino a un tiempo, sorteando una vegetación casi mineral. En correrías semejantes me sentía liberada y ausente; maravillosamente liberada de mil pesos atados a la espalda, a los pies, a los ojos, a los audibles minutos de los relojes. Aquella noche, cenando frente a Bear, me parecía flotar en parecido sueño, aunque raramente crispado.

Cerré los ojos, y sentí de nuevo el dolor. Un dolor que podría decirse ácido, lacerante. Aparté la servilleta y apreté los dientes. Al margen de la voluntad, me oprimí la cintura. Es un dolor brutal, una cuchillada que lentamente se diluye, cálida primero, ardiente después, y se convierte en un hormigueo de punzadas, irresistible; hasta que sube el dolor a la garganta, y trepa, como legiones de insectos.

Bear apoyó su mano grande, huesuda, en mi antebrazo.

—Nada, ya pasa.

—Lo de siempre, ¿no? —oí su interés acostumbrado, podría decirse que cotidiano. "Ya se sabe. Mamá tiene úlcera de estómago. Es normal que a mamá le duela el estómago." Observé a Bear, a través del dolor. Como observaba la copa, el mantel. Una manera de contemplar los seres y las cosas (aun lo más allegado) sonambúlica y terriblemente lúcida a un tiempo. Como si el ensueño fuese, paradójicamente, la puerta de la más cruda y fría realidad. Despojada de todo sentimiento que no fuera puramente visual, contemplé la cara de Bear, el pelo rubio y suave, la piel mate y ligeramente tostada por el sol, los ojos verdegrises (de osito, con su curioso epicanto de corte asiático). En otro tiempo, le puse yo ese nombre: Bear. Seguía siendo un osito, de todas maneras, con sus recién estrenados dieciocho años, con la impaciencia de aquella curva irónica, un poco cruel, en la comisura de los labios. Su mentón aún tan infantil (niño mimado, que duerme con las orejas bien plegadas contra la almohada). El cuello delgado, su nuca hendida en un surco tierno, cubierto de pelusa dorada. (El cuello que besé tantas veces, bajo un impío techo metálico, donde resonaba la lluvia; en otro vagón ya distante y absolutamente perdido.) Dicen que Bear se parece mucho a mi madre.

A Bear le molestaba la corbata, estiraba el cuello de un modo peculiar, cerraba un poco el párpado derecho; y sentí una súbita, irrefrenable piedad por su ostentosa juventud.

—No te preocupes, no es nada. Estoy cansada, hijo, me voy a acostar.

Me tendió una mano, dubitativo. Un gesto obediente, podía decirse, que inesperadamente me dolió. "No pensar. Ni siquiera pensar en el tono de las voces ni en el color de los objetos, ni en sonidos, ni reflejos. No pensar y sólo ver, contemplar. La cara de Bear, su mano, la falsa mancha verde." Entonces, en un movimiento precipitado, infantil, Bear derramó la copa sobre el mantel, y me miró, con timidez gozosa. (Una vez, cuando tenía cinco años, rompió un juguete y vino a mostrármelo, sonriendo. Noté que esperaba, con secreta delectación, mis exclamaciones de pesar.)

Allí lo dejé, para siempre. Aquella noche lo abandoné, en un viejo vagón, con su sonrisa de niño al que le gusta ver llorar a las personas mayores. (Como aquel día que me dijo: *Me gusta mucho ver llorar a Beverly*.

Mamá vuelve a hacerla llorar, como en la playa.) En el tramo que unía los dos vagones el suelo traqueteaba. Salía humo de algún lado, o a mí me lo parecía. Olía a humo, sí, ciertamente. Vacilaba sobre mis pies. Entre los dos vagones, la oscura zona bamboleante se me antojaba vertiginosa. Un mundo movible y reducido me zarandeó, impíamente. Extendí la mano hacia la barandilla de metal y me mantuve unos segundos sobre el suelo movedizo, como un polichinela, en algún crepuscular teatrito de pesadilla. (Zarandeada por algo, por alguien, por un tiempo regresado y huidizo a un tiempo: que ni me alcanzaba, ni me olvidaba. Quería apresar, entre los dos vagones, algo que estaba perdiendo o había ya perdido definitivamente. Suspendida por invisibles hilos, con frágiles pies de ceniza, temblando sobre una trampa. Suspendida, entre dos zonas indescifrables.) Por un momento deseé retroceder y acariciar al muchacho en la cabeza, en el sedoso cabello. Pero pasé al otro vagón, y al otro, continué hasta el final del pasillo y llegué a mi compartimiento con una rara sensación de desamparo.

Estaba cansada, solamente cansada. No podía abandonar la acidez, el recuerdo de un tiempo que ya nada significa — y por tanto, como si no hubiera sucedido —; convertirme en una cinta magnetofónica que repite las propias palabras (pronunciadas en un tiempo anterior, ya sólo espectro de la propia voz). Recordaba a una niña que deseaba rezar precipitadamente sus nocturnas oraciones para preservarse del miedo, del gran castigo del mundo; aunque no acabara de entender por qué había de esperarla el mal a la vuelta de las noches. ¿Por qué razón había de llegar, siempre, el mal? Era una buena noche para suicidarse, si hubiera creído en el suicidio. Si lo hubiera deseado tan sólo. Pero yo nunca me suicidaré. Yo me pegaré a la vida como un molusco; como esa anciana que aún nos gobierna, en vísperas del gran festejo.

La puerta del compartimiento se cerró, con golpe desapacible. Era una noche apenas comenzada, tenía dolor de estómago, la úlcera reclamaba la medicina con sabor a yeso. Pero era una noche más allá de la tristeza. (En el pasillo vi, o imaginé, parejas humanas, seres solitarios, familias fragmentadas.) Estaba más allá de la tristeza, pero no estaba ausente el miedo. Tal vez eso debía reconfortarme. Cualquier sensación joven, como el miedo, debe de ser buena. Los cuarenta años son sorprendentes: nunca se cumplen, ni se dejan atrás, los cuarenta años. No se tienen cuarenta años. Es una mentira más, una de esas cifras con la que suplimos el misterioso vaivén del tiempo, uno de esos crueles y útiles relojes que fabricamos pacientemente, para explicarnos el porqué nos invaden la indiferencia, el desamor, las irreparables ausencias.

Tenía miedo de atravesar la frontera, de volver, una vez más. Allí donde yo iba, iba la catástrofe; más o menos aparente, más o menos solapada, más o menos colectiva. Me miré al espejo: "Creo que soy la misma, pero no es así. No son los mismos ojos los que me miran. Y sin embargo, ¿qué es lo que permanece intacto? Aquella muchacha de dieciocho años, aquella mujer de veintitrés, de treinta, que creí tan definitiva". De improviso, el dolor cesó. Un cansancio suave empezó a invadirme, y pensé que, a veces, el dolor reconforta monstruosamente. "Ahora, Bear es otro desconocido. Hablarle, verle a menudo, compensar de alguna manera la gran separación, ¿tiene objeto? Es una decepción continua, doliente, cada vez que me habla, me

llama. Antes, a veces, cuando era todavía un niño
y le visitaba, de tarde en tarde, yo me decía: *es mi
hijo*. Ahora inesperadamente, es un hombre. Los pájaros no reconocen a sus hijos, después de enseñarles a
volar; ni los tigres, ni los perros, reconocen a sus hijos,
una vez crecen y se valen por sí mismos. ¿Por qué
hemos de ser distintos los humanos? ¿Qué nos empuja
a creer que nuestros sueños, o desengaños, pueden
servir a nuestros hijos, a que les debemos legar costumbres, recuerdos? Ellos nos aman, les amamos nosotros: pero nunca basta el amor. Me parece regresar a
las viejas reflexiones de un tiempo en que creí descubrir el mundo. Ahora, el mundo es algo envejecido, un
misterio que no despierta mi interés. A la mayoría de
las mujeres, la maternidad les confiere una especie
de reino, de posesión. A mí, parece quitármelo todo."
Me acosté, apagué la luz, me dejé mecer en el vaivén
destemplado del tren. "Pero yo quiero a Bear", pensé.
"¿Cómo no voy a quererle? Y además, quiero a la tierra, a los árboles. Y aún tengo miedo. Aún. Temo a
Bear." También la tierra, y los árboles, y el agua vivían, se extendían y crecían, sin que yo esperara nada
de ellos; y, menos aún, les exigiera algo.

El tren dio un frenazo, chirrió algo, desperté, y me
di cuenta de que me había dormido, muy apacible-
mente. Bebí agua, consulté el reloj y me tendí de
nuevo. Por las rendijas de la cortina de cuero llegaban resplandores de una estación que adiviné fría e
inhóspita. Ya no llovía, pero había una humedad pegajosa en todas partes. Una percha chocaba suavemente en la pared. El tren volvió a arrancar.

La niebla brotaba de la tierra, y los troncos de los
árboles (eran los árboles más hermosos que viera en

mi vida) me parecían rebordeados en negro. Como hacía
yo en los grabados de libros viejos: cogía un pincel o
una plumilla y reseguía las figuras con tinta.

El césped aún estaba verde, tupido, fresco. Nada
se había marchitado. Únicamente en el cercano y tur-
bador Brown County el oro invadía el suelo, las ramas, el cielo. Un oro dulce y pastoso, como polvo la-
minado, caía de algún magnético cielo. (Me acordaba
de las películas de Walt Disney, que no creí nunca,
y a las que de pronto devolvía su honradez.)

Pero estaba allí, sola en el césped, junto a la casa
de madera, pintada de blanco. Cerca del garaje se
alzaba un enorme maple. Las hojas caían, planeaban
torpemente, a mi alrededor. Rojas, doradas. Tendí
las manos hacia ellas. A las seis de la tarde, en España, en el mes de noviembre, el sol se desprendía del
cielo, como una naranja al alcance de la mano. Ya no
ardía: era sólo una fruta en sazón, probablemente dulce. "En España (intenté recordar), el 1 de noviembre
estaba ¿estaba...?" Franc no regresaba hasta las siete,
daba clases nocturnas a los muchachos que trabajaban.
En los jardines vecinos, sin vallas, sin rejas, sin puertas
visibles — sólo las ya sabidas barreras, alzadas de intimidad a intimidad —, pequeñas fogatas anunciaban
la quema de las hojas. El humo invadía la tierra,
toda la tierra estaba llena de humo y niebla; que era
también como humo, al fin y al cabo.

Podía leer, pero no hablar. El inglés del colegio
no servía para nada. La lengua humana es otra cosa,
inaprensible y difícil, que se capta o no se capta, más
allá de las reglas gramaticales. El inglés de mi pequeño libro servía allí, apenas, para leer el diario.
Callar. Sonreír. Acababa de llegar de España. "Rea-
lly...?", preguntaban los amigos de papá. España era

algo remoto, un país difícil de situar en el mapa. ¿Qué más daba?, ¿qué importaba? El mundo era más ancho, más vasto que las amenazas que amargan la vida a las niñas bien educadas (las niñas que saben utilizar los cubiertos con propiedad y no mueven las manos al hablar, ni levantan demasiado las cejas). De pronto son otras las reglas de la mesa. "¿Una mano debajo de la mesa?" La amenaza del mundo resulta, al fin, algo ambiguo, casi banal, que debe aceptarse sin temor alguno.

En las ventanas del vecino, los niños habían colocado una calabaza con una vela dentro. La habían agujereado con ojos, nariz y boca, y la calabaza se reía. Tal vez deseaba ser siniestra, pero aparecía terriblemente jocosa, en medio de la niebla. El césped del vecino estaba muy cuidado (no como el del pobre papá, que no tenía tiempo de cortarlo: los fines de semana le daba unos dólares al niño de los Murphy para que lo hiciera. Pero no todos los fines de semana el niño de los Murphy tenía necesidad de esos dólares, o deseos de cortar el césped de papá, precisamente). Habían amontonado las hojas cuidadosamente, y la amable y distante señora Murphy prendió pequeñas hogueras que, a las seis de la tarde, ya dominaban sobre los demás resplandores o luces. El humo se venía hacia nuestro jardín: un lejano incienso que me trajo la única sensación conocida; único vestigio familiar de aquella tarde.

Brujas, esqueletos y calabazas sonrientes o amenazadoras parecían hacerme guiños en las ventanas. No lo sabía, nadie me había advertido; un girón de infancia flotaba, sentía una vaga envidia. "Si papá me lo hubiera advertido..." Hubiera recortado muñecos negros y verdes, los hubiera pegado con trocitos de papel engomado a los cristales, hubiera comprado una calabaza vacía, la hubiera agujereado y encendido por dentro, como una lámpara.

Pero el tiempo de los muñecos negros y el miedo había pasado ya. Tenía diecinueve años. "No me gusta que te pintes" —había dicho papá. Pero no lo dijo el primer día. Lo dijo dos días después, cuando me llevó a cenar al "Hoosier". Y lo dijo sin mirarme apenas, como si ya me hubiera contemplado, y reencontrado, cuando yo estaba distraída. ¿Cómo se había fijado en eso, si apenas me miraba cuando hablaba?

En la otra tierra, la que dejé, las casas parecían nacer del suelo, como una continuación de la tierra, como un montículo más del terreno. Piedras sobre la piedra, tierra sobre la tierra. Aquí no. Aquí, en el recinto frondoso del Campus Universitario, nuestras casitas parecían cuidadosamente colocadas sobre el césped. Como un enorme juguete, sobre una verde, amarilla y rosada alfombra.

Tras la primera semana, en la casita de madera (no muy bien pintada) sentí una especie de enajenamiento; como si todo aquello no me perteneciese, como si fuera otra muchacha de diecinueve años, inscrita súbitamente en un mundo desconocido, en una familia desconocida; hija de un hombre desconocido. Al entrar en mi cuartito de cama convertible (donde papá había colocado bien intencionados cuadros con las Cuatro Estaciones) pensé: "esta noche yo podría suicidarme, sería fácil. Pero, seguramente, mañana me arrepentiría".

Un golpe menudo contra la puerta me despertó, y una voz me anunció la llegada, a mi ciudad, dentro de una hora. La luz era ya fría, matinal. "He soñado al-

go desagradable", pensé. "No sé exactamente qué,
pero, desde luego, desagradable." En el suelo se es-
parcían las revistas. "No sé para qué compro revistas.
Me aburren, y la verdad es que nunca las leo." Cuando
fui a desayunar, Bear ya terminaba. Seguía enfrascado
en su lectura. Me miró, abstraído: "¿Cómo te encuen-
tras? ¿Estás mejor?" Su libro tenía cubiertas negras,
resaltaba en el azul pálido del mantel.

En el humo de la estación las luces estallaban y
temblaban. ¿Cuántos años? ¿Cuánto tiempo? ¿Por qué
me acordaba, de pronto, de una canción que me gustó
a los veinte años?

Un sol blanquecino apuntaba tras las nubes.

—¡Qué suerte! — dijo Bear —. ¡Casi sin equipaje!

De pronto se alegraba por cosas como aquella.
Salía de su ausencia, de su lejanía, para alegrarse porque su madre era una mujer sin grandes equipajes, o
porque había mermelada de naranja, o porque, menos mal, aquí se podía fumar.

En el parque, tras las rejas, se abrían las sombras
verdosas de los árboles, como enramadas nubes.

—¿Cuándo te irás? — preguntó Bear.

—Después de comer — dije. Y al contestarle anticipé la marcha un día entero, sin saber por qué.

Voy a contar la historia de mi vida. No, voy a contar la historia de mi historia. No voy a contar nada.
La vida puede convertirse en una serie de hechos sin
importancia, un conglomerado de banalidades que for-
men un ancho y desapacible malestar. Puede ser así,
supongo. Un día estamos sobre el suelo del mundo,
y la vida, al parecer, es algo ilimitado, y la muerte
no se espera. La muerte no se aguarda, como se
aguarda la vida. La muerte está aquí, en nosotros, en

el fondo de nuestros ojos estúpidamente abiertos ante la luz, la cálida madera del recuerdo, la oscura humareda del olvido.

Allí, en aquella calle, nací un día. No hay nadie en aquella ventana. Está como tapiada. Y tengo la sensación de que no he nacido nunca. ¡Qué extrañas cosas dicen los periódicos, con sus anuncios de alquileres, fresadoras mecánicas, farmacias de turno, natalicios, muertes! Yo no he nacido nunca.

—Por favor, dile que pare en la esquina, nuestra calle es contra dirección — le dije a Bear.

El piso, cerrado, olía a moho. Los muebles estaban enfundados.

Yo no puedo contar la historia de mi vida, ni la historia de nadie. Pero sí podría contar la historia de aquella puerta, de aquella silla vacía, de aquella cama sin sábanas ni colcha, desnuda como un muerto, despojada. Pienso cosas que no he sabido nunca, me las repito a mí misma: como si fuera una historia interesante y cierta, la historia de mi vida.

De toda nueva ciudad que conozco me queda sólo un recuerdo entre frívolo y desgarrado: letreros de droguerías, de autobuses. Los gritos, el olor, la mirada de la gente. Pienso en las viudas sajonas que viajan en grupos higiénicos y compactos. Me gustaría viajar así.

VII

PERDER EL TIEMPO

E L nombre de Bear lo inventó mamá, aunque Beverly decía que no, que fue ella. El hecho es que
no se podía acostumbrar a su verdadero nombre:
Roger. Y era lástima, porque desde que llegó a este
país, entre esta gente, el apodo le humillaba confusamente.

Acaso su amistad con Mario, su auténtica amistad,
empezó el día en que oyó a la vieja mujer llamarle
Bambi. Mario enrojeció — estaba seguro —, y le lanzó
una mirada falsamente indiferente (como para comprobar su sentido audiovisual). Luego, cerró la puerta,
y Bear pensó: "No sé por qué las madres hacen esas
cosas". Entonces dijo algo que inmediatamente le in-
timidó:

—A mí me llaman Bear, y cuando oigo otro nombre, no contesto. Ni por mi apellido, ni por Roger, me
parece que me llaman a mí. Es ridículo, pero hay
cosas ridículas, tan inevitables...

(Muchacho Desorientado. Muchacho Pierde-Tiem-
po.) En aquellos días, Mario sólo era, todavía, un cir-
cunstancial profesor. Luego, muy luego, descubrió al
amigo. Bear Sin Amigos no hubiera podido sospechar
que el hombre "que se ayudaba" con aquellas clases

suplementarias mientras preparaba las famosas oposiciones ("ya sabes, gente digna pero sin dinero..."), pudiera ser el primero, el único amigo. Las famosas oposiciones de Mario eran el puesto que nunca, jamás, alcanzaría (ni deseaba alcanzar), según sospechó enseguida. En una ocasión preguntó: "¿Por qué lo haces, si estás convencido de lo inútil que es...?" Mario dijo: "Porque no puedo dejar de hacerlo. Hay cosas que se hacen por la misma perentoria razón que no se hacen otras". Le pareció un argumento complejo y bastante acomodaticio. Pero entendió que Mario se hallaba al límite de algo. Algo que en aquel mismo instante le inquietó, sin conocer todavía.

Una vez más entró en el portal de la casa que, últimamente, conocía tanto. La casa que, en los últimos tiempos, se convirtiera en el núcleo, en el centro de su existencia. Más aún para él que para Luis, Enrique y los otros. No podría explicarlo, ni intentaba sondearse ("no hay tiempo para eso, hay que abandonar ciertas tendencias"). Bear reprimió una sonrisa de autoaplauso.

La casa se alzaba en un lugar llamado (ignoraba por qué razón) El Ensanche. En el portal había un insólito lavabo de mármol, con grifo en forma de cisne, siempre luciente y pulido por la agria portera que le miraba con severidad, sobre sus lentes de montura metálica. "Antiguamente, en estas casas ponían cosas bien raras." El pasamanos de mármol llegaba sólo hasta el primer piso. Un boato ochocentista, un extraño concepto del mundo, se desconchaba allí dentro; una especie de hundimiento inmóvil, paredes abajo. Dos globos de cristal esmerilado parecían flotar sobre columnas sostenidas por una par de mujeres, cuyas faldas, sabiamente arremolinadas entre las pier-

nas, nacían de algo parecido a copas de chantilly. No
era como la casa de la abuela, donde nació mamá.
No era como la casa donde le ordenaron vivir, enfundada y vacía ("en eternas vacaciones, para el muchacho sin vacaciones que pierde cursos"). Bear notó
un ligero cansancio: "Dos años, no hay que exagerar
el tiempo. No es mucho, si se piensa cuánta resisten-
cia exige no dejarse incrustar en el maquinismo, en
el orden intachable y muelle". La casa de Mario res-
piraba algo hermoso y patético, "como una flor pisa-
da". A veces se le ocurrían cosas estúpidas, como esa;
Bear volvió a sonreírse a sí mismo.

La portera abrió la puerta del ascensor, el trapo
de pulir dorados en una mano. Correcta e incorrecta,
servicial y hostil a partes iguales. Los botoncitos del
cuadro de timbres brillaban. ("Hay uno que ha perdido su caparazón; tal vez dé una pequeña descarga si
se oprime...") Un sordo rumor de hierro tranqueteante
puso en marcha el ascensor; Bear ascendió, como en
una irreal y un tanto grotesca barca de feria. "Mario
vive en el último piso. No es el mejor piso. A esas
alturas, el mármol ya no existe, el borde de los esca-
lones tiene hendiduras de pisadas. Ahí ya no llega la
portera con su limpiametales."

No le abrió la puerta la vieja mujer de siempre.
La vieja mujer de siempre (con sus angustiados ojos
azules, como a punto de llorar) estaba muerta, enterrada, hacía ya dos semanas. "La mujer que llamó
Bambi a Mario." Una criada desconocida dijo:

—El señor no ha venido todavía. Pase, puede esperarle...

En el silencio, el tictac del polvoriento reloj le pareció innecesariamente inexorable. "Comprendo a Mario. Quien venga a esta casa no puede dejar de com-

prender a Mario. Lo que hizo, lo que hace, y lo que
está dispuesto a hacer." Si un día llegara a ser como
Mario, la destrucción de una vasta zona del mundo tendría una buena justificación, pensó. Un sentido más allá
de las palabras, de los proyectos, de las esperanzas
(que de día en día se desdibujan). "Luis, Enrique...
¿comprenderán a Mario como le comprendo yo?"

Ya eran las ocho de la tarde, y quedaron citados a
las siete y media. Mario casi nunca se retrasaba. "A no
ser que..." Bear se levantó y fue hacia la ventana.
Allí enfrente, en un tejado azul, entre azoteas, había
un apagado anuncio luminoso, entre el vasto tendido
de antenas de TV. "Nada hay tan feo como un letrero
luminoso apagado", pensó, aburridamente. Entrece-
rrando los ojos, las antenas parecían cruces de algún
extraño y férreo cementerio. Un cementerio suspendido
sobre los techos de la ciudad. "A no ser que... Desde
luego, estará con Isa. Es por culpa de Isa. Siempre
que ella anda por medio, las cosas se tuercen un
poco." Quizás Isa era lo único que podría reprochár-
sele a Mario. "Mujer estúpida y absorbente. No es una
mujer para Mario. Desde el primer día que la conocí,
lo pensé: no es para él. Pero estas cosas son misteriosas
y difíciles. ¿Cómo voy a hacérselo notar?... De todos
modos, Mario la dejará. Prácticamente después de que
todo esto termine, Mario la dejará. También en este
paso habrá una suerte de autoliberación para Mario;
un paso significativo, ejemplar, de autoliberación."
Bear volvió al sillón de brazos raídamente floreados.
"Y también para mí." Se sorprendió hablando. En voz
queda, pero hablando, al fin y al cabo. Lo que tanto
le costaba con su madre, con todos, lo hacía ahora gratuitamente, a solas. Lo mismo ocurría con la sonrisa.
Decían que no sabía sonreír. ("Es raro, en un mucha-

cho de dieciocho años, de veinte años...") Pero nadie
pensaba que mamá era también de sonrisa difícil. Bear
buscó los cigarrillos.

El piso presentaba una densa acumulación de polvo. ("No tengo ganas de trabajar", decía aquella pálida mujer. "Ya estoy cansada de trabajar...") Se lo oyó
decir un par de veces en que llegó demasiado pronto, como esta tarde. (Cuando aún Mario era únicamente el profesor. Cuando ella estaba pálidamente viva.)
Era de esas mujeres que explican sus problemas do-
mésticos, que no perciben otros problemas, hundidas
en su mar de ínfimos problemas. "Es curioso, el gran
cataclismo de su vida se reducía al polvo de los muebles". (Aquel día volvió con un plumero. Al verla, él se
levantó, desconcertado: no entendía qué quería limpiar,
con su plumero, en su presencia. Y cuando vino Mario, y la vio, se ruborizó. Como el día en que delante
de él le llamó Bambi...) Todo parecía lejano y reciente a la vez. Como el día que Mario le habló de otro
modo, aquel en que se asomó a su verdadera vida.
Fue un domingo lluvioso y el día antes Mario le preguntó qué conocía realmente de esta ciudad, de este
país. Lo que Bear conocía, *no servía.* Hacía un año
que Beverly le había regalado el Dodge. Aún podía
usarlo, entonces (ahora lo había vendido, utiliza-
ba un 600 verde, polvoriento y abollado por mamá);
pero aquel domingo aún tenía el Dodge, y, por
primera vez, lo conducía Mario. Atravesaron la ciudad, subieron por una ancha avenida cuyos edificios
ya parecían mezquinos aun antes de que el tiempo
los atropellase. Luego, desembocaron en un mundo
insólito, en una arena y un mar que nada tenía que ver
con el mar de tío Borja, ni con el mar de Bear. ¿Podía
ofrecerse así el mar? Tenía, aún, dieciocho años.

Un color de moho-rojizo parecía entintarlo todo, por aquella zona; sobre los tejadillos y bajo el puente. Allá abajo oía el mar, enfureciéndose continuamente contra la tierra; el agua descendía por la riera y desembocaba en una playa negra, pestilente. Bajo el puente habían improvisado raquíticas, inverosímiles viviendas. La lluvia había inundado un espacio que servía de estrecha calle. Todo — pensó — tenía un vago aire de minúscula ciudad lacustre. Alguien había colocado unos maderos, desde las puertas de las barracas hacia la zona seca, y por ella surgían unos niños, despacio, cuidadosamente, casi en puntillas: dándose la mano, con parsimonia. Las gaviotas bajaban en bandadas, giraban en el aire, formaban raros círculos, como si trazaran llamadas en el cielo. ("Como para escribir en el gran cielo historias poco aptas para la generalidad del mundo.") Aquellos dos niños bajaron a la playita lateral y pateaban con sus botas de agua; como si desearan levantar del suelo algo feroz, iracundo e invisible. Las huellas de sus botas rompían la lisura de la arena, casi negra en aquella zona. Les estuvo mirando, preso en una rara fascinación, asomado al pretil del puente. A sus pies bullían gentes que por vez primera sintió agazapadas, recelosas. Las niñas, las mujeres preparaban la cena (atardecía); de las improvisadas chimeneas fabricadas con desechos de tuberías, toscamente ensambladas, un delgado humo reptaba hacia el puente. De pronto le pareció hallarse suspendido sobre un bosque de brazos escuálidos y amenazadores. Casi le daba en la cara el humo que brotaba de aquellos brazos, que se diluía lentamente en la cortina gris de la tarde. Se apartó con un súbito vértigo, jamás sentido antes.

Un hombre venía por el puente; detrás de sus

gafas los ojos se le hacían enormes y acuosos; le daban un aire festivamente idiota; Bear experimentó el peso, el grande y cansino peso del domingo sobre la miseria. Al fondo se erguían tres enormes chimeneas de ladrillos. Todo tenía un extraño aire de horno frío, manchado de hollín; como un trozo candente de ciudad enfriándose, despacio, en el atardecer dominguero. Mario dijo que de allí salía la gente capaz de levantar o derribar. "Sí — le contestó —. Este es el lugar de donde se extrae el material de derribo." Y se rieron, aquella tarde. Pasaban las gaviotas, otra vez, sobre sus cabezas.

Cuando regresaban, Bear dijo: "Nunca vine antes aquí". "Ya me lo figuraba, por eso te he traído", contestó Mario. "Me ha traído", reflexionó Bear. Le traían, le llevaban. Siempre le traían o le llevaban. Había pocas cosas, cada vez menos, que él decidiera por su cuenta y riesgo. Volvió el irritado malestar. ¿De dónde llegaba aquella indiferencia, aquel desamor? El desamor por los seres era ya antiguo, no le sorprendía. Pero la indiferencia por sucesos, acciones, pasos, le rebelaba, aquellos días. Se sabía inquieto.

Poco tiempo después, Mario le presentó a los otros muchachos *(no universitarios)*. Cuando volvieron al coche, la lluvia nublaba el parabrisas. Cruzaron el nuevo tramo del Paseo Marítimo, donde nacían casas; esqueletos de cemento, madera, hierro. Un grupo de gitanillos, sucios y empapados por la lluvia, casi se les metió bajo las ruedas, gritando, con las manos extendidas.

Entraron en la ciudad por la Barceloneta. También allí derribaban viejas casas: alguna pared exhibía gamas siena, rojo, ocre, huellas de una vida recientemente destruida. La ciudad se ensanchaba, se ennoblecía lentamente, bajo la lluvia. Se detuvo para dejar paso a un carro cargado de chatarra, empujado por un hombre; una niña aprovechó para cruzar la calle. Era domingo, la niña iba vestida con una bata azul, larga, y zapatillas de piel de conejo. Su trenza, sobre la espalda, tenía el aire de no haber sido rehecha. Llevaba en brazos, como a un niño pequeño, una botella de gaseosa (de las llamadas "familiares", en los anuncios de la TV).

Pero, ahora, lo importante era que tío Borja estaba conforme. Mejor: estaba contento con el proyecto. Poseía una especial debilidad para creer en todo lo que suponía alguna más o menos esforzada aventura marítima.

Bear sonrió, casi feliz. Pero se dio cuenta de que Mario estaba serio, ensimismado, mudo. Tuvo ganas de preguntarle si algo no marchaba bien. (Hubiera sido una tontería. Si algo fuera mal, no estaría ahora, frente a él, evidentemente dispuesto.)

VIII

TRES DÍAS DE AMOR

Existe una indudable vena de locura que atraviesa esta tierra de parte a parte. La puedo percibir en todas, o en casi todas las cosas. (Si ocurre un accidente, se dice que es obra de un loco. Si alguien es feliz, si su vitalidad exulta: "es un loco, acabará mal". Si alguien se dobla por un ataque biliar: "ha hecho demasiadas locuras últimamente...")

En el cementerio de Z., cuando íbamos a contemplar la tumba — ella decía *nuestra tumba* —, la locura flotaba en torno, como una flor-pájaro. Alguna vez, mientra ella rezaba, yo ojeaba mi libreta, y escribía. Escribí simplemente lo que veía, en el aburrimiento feroz de nuestra contemplación de la muerte. Después, repasando sus innumerables papeles — entre recetas de cocina, recibos del gas, cintas ajadas de lazos que ya nadie anudará —, aparece esta hoja arrancada, amarilla. ¿Cuándo la arrancó de mi libreta de estudiante? No lo sabré nunca. No podía sospechar que la tuviese, jamás lo pensé. Así, arrugada, mustia, en una caligrafía que ya no reconozco, leo: "Hay un friso de hojas de papel azul, debajo dos fotografías. En un mismo marco, niño y hombre, luego flores amarillas, hojas marrones, falsas mimosas engarzadas en una corona de metal que sirve de marco a otro retrato: una mujer. Y un búcaro, con un ángel, pintado en azul y amarillo; un angelito roto, con antorcha, sin piernas. Y un florero delgado, de cristal, con un pomo amarillo, como un racimo desvanecido. Y dice: no te olvido, por siempre, amén".

Creí que fuera de allí, de aquella casa y aquellas gentes, recuperaría la paz, o al menos la serenidad. Pero la paz, la serenidad, son cosas totalmente imprevistas, inopinadas. Mi país era ventoso, mi pueblo un lugar seco. Se llenaban de polvo blanco los bordes de las ventanas. Ella estaba obsesionada por el polvo. Siempre buscaba algo con qué arrastrar el polvo, levantarlo y volverlo a mirar cuando caía. Ahora, su mirada está como pegada a todos los objetos. Es como si su mirada no hubiera podido seguirla en su camino, como si no le hubiera sido posible recoger su mirada, olvidada ahí encima, en cada mueble. Especialmente, en todas las puertas.

En mi vida hay muchas clases de puertas. Recuerdo las puertas de Z., de madera, sin pintar, solo enceradas. Como recuerdo el suelo de ladrillos rojos, el alto aparador, el trinchante, los espejos enmarcados por rosas de yeso, pintadas de oro. Tal vez escribí una vez, en las interminables tardes, entre lección y lección: "Había una cenefa de rosas, alrededor del espejo. Debajo del espejo..." ¿Para qué seguir? No hacía falta escribir nada. Las cosas sólo existen en la memoria. Si no, se vuelven cifras herméticas, conceptos, acaso sonidos. Ahora, para ella, ya no hay más venganza. La palabra carece de sentido para ella.

Estaba ya dormido, y, de improviso, me desperta-

ba. El viento rozaba los flecos de la colcha: alguien
había abierto el balcón. Era invierno, con escarcha en
las contraventanas; y alguien había abierto de par
en par el balcón. La descubría en la noche, sentada a
mi lado, espiando un sueño acaso demasiado bueno.
La venganza, entonces, era más que una palabra. (Tal
vez, por eso, tampoco se la llevó, igual que la mirada.)
Me digo: la palabra venganza, ¿la pronunció alguna
vez? Creo que no. Creo que nunca la pronunció.

También el espanto llegó, sin palabras. Ahora en
cambio, las palabras son la única arma posible. No sé
si podrán dejarse así (como objetos, como miradas, sobre los muebles) cuando ya no se regrese. Es posible
que sí. Pero cuando veo los ojos de Bear, de Luis o de
Gerardo, y los de todos los otros, creo que mis palabras
se parecen al viento que movía los flecos de mi colcha
(cuando yo no merecía dormir, cuando dormir era, para
mí, algo demasiado bueno).

En Z. había un río medio seco, pero en invierno se
enfurecía y, a menudo, lo inundaba todo. Eran otros
tiempos; yo aún no había salido de Z, ni había ido a
ninguna parte (ni siquiera hasta la cabeza de partido).
Tiempos muy lejanos, parece ser; aunque no tengan
un sabor demasiado antiguo. Aunque los esté pala-
deando durante casi treinta años, minuto a minuto.

Una vez, doña Rosita nos vio en el cementerio, en
nuestra tumba. Me acarició una mano, como cuando
era muy niño. Mamá no lloraba, estaba rígida, erguida.
Pero doña Rosita quería hacernos entender que no era
una mala persona, que el tiempo pasa, que los agra-
vios se olvidan. Le dijo: "Qué se le va hacer, Dios le
haya acogido en su seno. Pobre, todo por culpa de sus
equivocadas ideas". Entonces, la sumisa, la dulce y

mansa, se volvió y la escupió en la cara. Fue así cómo vi, físicamente, la faz de la venganza.

Ella no me llamaba nunca Bambi. Me lo llamaba él, en broma. Ella empezó a llamármelo, sólo, desde que él no estaba. Cada vez que lo decía, sabía que era como clavarme la mano derecha en aquella puerta. Nadie puede decir que yo desatendiera jamás mis obligaciones. Nadie me lo hubiera permitido, tampoco. Pero, a menudo, me olvidaba de la venganza. Tenía quince o dieciséis años, regresaba del Instituto, acaso tenía ganas de silbar. "¿Cómo puedes silbar?" Siempre aparecía enroscándoseme, de algún modo, la serpiente de la ingratitud. Junto a la venganza, la ingratitud fue algo más que una palabra. Las palabras sólo eran —son ahora, hoy mismo, en vísperas del desagravio— la sombra de una realidad muy conocida. La palabra venganza es el reflejo de una certidumbre, de una larga, espesa realidad. Podría llamarse de mil formas.

Podría llamarse amor. ¡Cuando pienso que la raíz de la gran calamidad — calamidad es otro de los nombres que usa la venganza — mana, acaso, del amor! En el amor, ella iba y venía, con su plumero en la mano, siempre en su horrible delantal gris — "¿por qué no te quitas ese delantal? No es necesario que lo lleves ahora" —, acechando el polvo, para que el polvo no cubra nombres, fechas, grabaciones misteriosas que sólo para ella tenían un amarguísimo significado. El amor la empujó, noche tras noche, hasta mi dormitorio, para entorpecer la dulzura de mi sueño. No se puede dormir. No se puede sonreír. No se puede vivir. El amor reclama venganza. Siempre venganza. Ese amor, que lleva todos los días de la vida a quedarse

parado, en la contemplación de *nuestra tumba.*
(Cuando no pude resistirlo y la saqué de allí, sentía
la autenticidad de aquella expresión: *nuestra tumba.*
La de los tres.)

Esta casa, lo recuerdo bien, no estaba impregnada
ni de amor, ni de odio, ni de recuerdo alguno. Para
ella, para mí, esta casa apareció vacía, sin pisadas en
el viento, sin el hueco de un cuerpo (horriblemente
amado), agujereando el espacio por doquier: como un
espacio dentro del espacio.

Y nada cambió. Desorbitado, enfebrecido, me so-
bresaltaba de noche: aunque no estuviera ella rozando con sus zapatillas de fieltro los flecos blancos,
siniestros, de la aborrecida colcha nupcial con que se
empeñó (desde aquel día) en cubrir mi cama.

Quería que vinieran a casa los muchachos, espiaba
las reuniones, fingía que no sabía nada; mientras una
cruel felicidad la llenaba, al verlos, al oírlos, al supo-
nernos. Amparando, ilusionada, lo que imaginaba el
proceso, *su venganza.* Y sin embargo, no quería realmente a los muchachos. Especialmente, no quería a
Bear. Odiaba a los muchachos. "Lo tienen todo, esos
muchachos. Todo, lo tienen", decía, ahogando un suspiro. Miraba hacia la lámpara, donde los cristales
rojos y blancos relucían (igual que en Z). ¿Qué ilusión me hizo creer que la casa era nueva, diferente?
Poco a poco, como horda invasora y silenciosa, llegaron sus objetos. Un día fue una lámpara, otro un
espejo, otro un mantel. ¿Quién pudo creer que la
venganza se retira, como un ejército vencido? Innumerable, compleja, difusa y vasta, acecha, en cada enser
doméstico, ojos vigilantes, punzadas de un pasado in-
grato. "Y esos muchachos —decía mientras pasaba
un dedo distraído sobre una inexistente mota— ¿son

muy estudiosos? Sí, parecen muy estudiosos. Te quieren. ¿Verdad que te quieren, Mario? Yo creo que estudian mucho. Demasiadas horas."

Las puertas van sucediéndose, una tras otra. Encristaladas, metálicas, pintadas. Puertas desportilladas, puertas férreas, puertas abiertas como bocas, absolutamente desamparadas. Siempre que cruzo una puerta, siento el vacío de aquella otra: la que ya no podía atravesar sin que el espanto me agarrotase. Ella me empujaba. Me hacía pasar, varias veces al día, por aquella puerta. Aparentemente, sin darse cuenta. Aparentemente, quizá, como un intento de destrucción del espanto. Pero yo sé lo que la hacía empujar mis hombros de niño hacia aquel dintel. Yo sé la verdad de aquella suave, doméstica, lúgubre y dulce actitud.

Es triste pensar que yo no puedo recordarles juntos, en vida. Es triste, porque no hay razón para ello. Pues bien, sólo puedo recordarle a él, a solas. Separado, conmigo, con otras personas. Y ella, no está con él, en el recuerdo. Sólo están juntos, delante de *nuestra* tumba.

La tumba de ella es muy distinta. Estos nichos ciudadanos, grises, uniformes, me producen un melancólico relajamiento.

¿De qué sosiego hablo? No hay sosiego. Lo supe en cuanto ella se quedó inmóvil, cuando cesó el estertor. "Por fin. Por fin" (decía una voz). "Ya está, ya ha llegado el gran alivio." Pero lo que ha terminado es sólo la justificación a una inercia. ¿No se habrá terminado, con esta liberación, mi única excusa? La actitud que se espera de mí, que espero yo mismo, año tras año. Treinta años. Treinta años, hemos de recorrer, para descubrir que nuestro gran escollo, que nuestro gran impedimento, era sólo una excusa.

Pero nadie puede volver atrás. Ya ha llegado el momento, ya no hay evasivas, ni trabas, ni amor. Sólo la venganza puede empezar a reducirse a un simple concepto. Un instrumento noble, poderoso y útil.

Será preciso cerrar la puerta, muy cuidadosamente, al salir.

IX

EN ESTA CIUDAD

"DE todos ellos —pensó, acabando de vestirse—, el rubito es el que no me puede ver. No me traga ninguno, pero el rubito me tiene atravesada." Miró hacia la cama deshecha: Mario ya no estaba; ya era otro hombre, de nuevo. "El mutismo consabido. El mutismo de *después*." Lo que la encorajinaba eran las prisas. "Los odiosos chicos. Lo de siempre. El bendito líder de la juventud. Sí, sí. Ya, ya." Pero ¿por qué amargarse una vez más? Nunca fue un secreto, para ella, la obsesión de su vida, lo que le tenía en constante tensión. Fue eso, precisamente, lo que le atrajo, de él, en otro tiempo. Lo que los unió, tal vez.

En la primera bocacalle Mario bajó del taxi.

—Lo siento, no puedo acompañarte, —un beso ligero, urgente. Su sonrisa tenía un leve y curioso aire de remordimiento. Pero Mario estaba pensando en otra cosa, ella lo sabía bien. ¿Qué no sabría de él? Lo que más la irritaba era conocer que *estaba en otro lugar* estando con ella. El amor, pensó, era algo injustificable, casi vergonzante. A veces, sobre todo al principio, se ruborizó a solas, pensando en su amor. No porque fuera aún una pobre mojigata. Bah, había pasado, con mucho, el tiempo de la credulidad, del falso pudor, de los inanes conceptos sobre la decencia. No. El amor la avergonzaba, de pronto, de muy distinto modo; como si, por ejemplo, la hubieran sorprendido robando en unos almacenes. Así se sorprendía amando: robándole a otro ser las palabras, los pensamientos, el recóndito latir de sus arterias. Robando, ladina y alevosamente, la soledad, el silencio. Pero no podía amarle de otra forma. Sólo podía amarle así, vergonzosa, posesivamente.

Al contemplarle con su curiosa timidez de hombre grave (de hombre "que no sabe detenerse", de hombre "que todo lo arrollará", según oyó decir) su amor se enardecía; como desbocado en una estepa luminosa, aterradora y triunfal, a partes iguales. Ante ella se abría algo infinitamente desconocido, en esos momentos. Creía saberlo todo de él, e, inopinadamente, se encontraba de pie, desolada, ante una vasta región donde no serían suficientes todos los años de su vida para recorrerla. "Nadie conoce a nadie", se repitió, una vez más, cuando le vio perderse entre los muchos otros cuerpos que poblaban la calle. "Seres, errabundos cuerpos, errabundos aun en sus concretos afanes." Tal como hacía tiempo venía sintiéndose a sí misma. "Estoy envejeciendo", admitió con una especie de furia dócil.

La angustia de la edad, del paso inexorable de las estaciones, la asaltaba de nuevo. Aún le duraba cuando subía las escaleras de su casa. Envejecer, a los veintiocho años ¿Cómo hacer para paliar el avance implacable, monstruosamente normal y cotidiano? No debía hacérselo notar a él. Ella debía ser la joven, fuerte, indestructible Isa, para él. "¿Acaso —pensó, mientras metía la llave en la cerradura— le mentí desde el primer momento? ¿Creerá realmente en una mujer que no existe?". No hubiera logrado nada una Isa exigente y débil, pacata, propicia a reclamaciones fastidiosas. Nunca habría tenido a Mario una mujer así. Fue preciso crear una Isa despreocupada, ignorante del tiempo que marchita la piel, el brillo dulce y pueril de los veinte años. Una Isa cómoda, oportuna, capaz de aparecer y desaparecer, como los naturales ciclos de la primavera, el otoño. "Pero, ¿se puede engañar hasta ese punto?"

Por el oscuro pasillo llegó la estridencia del teléfono, y sintió un brusco frenazo en el corazón. Una de aquellas extrañas sensaciones de catástrofe, que, a veces, la dejaron atónita por su clarividencia.

Había sonado el teléfono, también, aquel día, en casa de Marisol. Estaban cebrando su cumpleaños, "sólo las chicas". Recordaba la tarde, la mesa (innumerable festín donde alternaban el chorizo de la tierra y las natillas, el flan y la cabeza de jabalí, sobre los delicados encajes que hizo, con sus manos de oro, la abuelita). Se estaban riendo mucho, habían bebido champán. Jacinto no estaba invitado (no era aún *una cosa formal*, después de todo). Y además, los hombres estaban excluidos de la reunión: "Chicas solas, así, más a gusto para charlar, ¿no?, y reírnos, ¿no?". Pamplinas. No tenían a ningún varón, en la lista, a quien poder invitar. Sonó el teléfono, y creía aún oír a Marinita, la del Juez, que lloraba porque su hermana se había emborrachado: "Siempre tienes que dar el espectáculo, tú". Sonaba el teléfono, parecía que nadie lo oía, y sintió de pronto una náusea irreprimible: miraba la cabeza de jabalí, entre alegre perejil verde, y pensó: "Que nadie lo descuelgue, ese teléfono"; ya estaba horriblemente asustada cuando llegó la mamá de Ma-

risol y se la llevó aparte y le dijo que se fuera a casa,
que ya la acompañaban: "pero si no ha pasado nada,
no, no; sin asustarse; conformación hijita, conformación; es la vida. ¡Pero si sólo es un colapso, nada serio!
Cosas de la vida..." Pero no era la vida, era la muerte.
Papá, como un gabán, aparecía tirado en el sofá. Lo
habían traído sin sentido, se había caído así, en la
acera, delante del Casino. "Pero ¿quién iba a decirlo?
Pues, bueno, ¿no decía que estaba mucho mejor? ¿Será
la bala aquella que tiene aún alojada, de cuando la
guerra...? Hija, qué cosas. Visto y no visto."

—Serán tres o cuatro días, sólo. Ya sabes, cosas
de familia. No, no te inquietes... Ya ves, no esperaba
esto. Nunca creí que tuviéramos nada. Parece ser que
hay unas tierras, una huerta o algo así: nada de importancia. Ella ni lo debía saber, a lo mejor. Ya sabes
cómo son las gentes, en los pueblos. De verdad, sólo
tres o cuatro días. No, ¿para qué te voy a escribir?
Qué tontería. Claro que no. Claro que no. No te preocupes...

Colgó el teléfono y se dio cuenta de que aún vivía
en el primer momento: cuando oyó el timbre largo,
ronco, como el zumbido de un gigantesco moscardón,
en casa de Marisol. (Volvía ese momento, y la cabeza
de jabalí, y las natillas.)

Despacio se quitó la chaqueta. Hacía calor, abrió
la ventana y miró al patio. En el muro de enfrente, se
recortaban ventanas falsas, luminosas, amarillas, en-
cendidas en el piso de arriba. Ruidos de loza, de agua.
Olores a comida. Una especie de maullido lastimero,
hipócrita, llegó pasillo adelante:

—¡Niña! ¡Niña!

Isa encendió un cigarrillo. Quieta, oyó el murmullo torpe de unos pasos.

—¡Niña, niña!, ¿estás ahí?

No hay ninguna niña, aquí. Nunca hubo una niña en su vida. Isa nació mujer, desde el primer día. Desde el primer paso, desde la primera palabra.

Isa tira el cigarrillo, lo pisa: "Que lo limpien, contra, que hagan algo". Una rabia mezclada a la tristeza trepa también, al parecer, muros arriba.

Las ancianas virtuosas no quieren saber nada de la vida de Isa, porque Isa es generosa. Las virtuosas ancianas no sabían nada, tampoco, cuando lo de Jaime. "¿Tienes que salir esta noche, niña? ¿Un trabajo urgente en la oficina? Claro, claro". Isa es indudablemente honesta, indudablemente virginal. "¿Acaso no es de nuestra sangre?" Isa es generosa, buena, desprendida. Isa merece toda confianza. "Es trabajadora, vale mucho. Niña, niña, ¿no vas a venir esta noche? Bueno, bueno, ya comprendo..."

Isa corre el cerrojo de la puerta, se descalza, se tiende en la cama. Un enjambre de luces burlonas se agolpa en el interior de sus párpados. "Al diablo. No creo en las premoniciones."

Pero últimamente las cosas han cambiado. Isa no es dada al ensueño ("El autoengaño no me va") y, sin embargo, presiente que Mario ha cambiado sutilmente. No es verdad, no hay ninguna huerta para Mario, en el pueblo de aquella miserable mujer, que por fin se ha muerto. (Hubo un tiempo en que, tímidamente, imaginó en aquella mujer el único obstáculo para la realización de un inconcreto deseo. Por lo menos, fue el eterno obstáculo a todos los planes, a todos sus proyectos con Mario: "Es que mi madre, enferma, sola...". Cuántas veces Mario se escudó en ella.)

Ahora, Isa abre los ojos a la oscuridad. No se engaña, ahora conoce a Mario. "Mario, cobarde." Si se lo hubieran dicho al principio, cuando le admiró de lejos, cuando le conoció, se habría escandalizado. Su aureola de integridad, su palabra fácil, su lúcida palabra... ¿Dónde quedaba ya, todo aquello? Voluntariamente se había sumergido en un mundo ajeno, absolutamente dispar al mundo propio; pero ¿cómo podía interesar a Mario, si no? Después, poco a poco, el amor se convirtió en algo diferente, pavorosamente nuevo. El amor hacia Mario, el amor con Mario, no tenía nada en común con el amor que ella había conocido. Era como si el amor hubiese crecido, saltado, por sobre sus barreras de autojustificación; por sobre sus cuidados intereses, por sobre sus abandonados sueños de grandeza. De pronto, se halló desnuda y abandonada, inerme, ante un viejo sueño, espantosamente trocado en realidad. ¿Qué tenía que ver el amor de Mario con todo lo anterior? Hasta que aparecieron los contornos de un deseo por primera vez categórico: por fin, Isa sabía lo que quería.

Frente al inmutable espejo Isa podía escudriñar lo que normalmente no es posible mirando a otras personas, o paisajes. Algo muy duramente alcanzable y alcanzado. La única posibilidad, la única salida era la posesión total, absoluta, del ser querido. Una especie de canibalismo, ligeramente ennoblecido por el masoquista deseo de sacrificarle vida, sueños, toda la ingenua vanidad de lo hasta entonces deseado. "Cuando empezó lo de las huelgas y las reuniones y todo eso, él andaba muy gallito, muy serio y eficaz: como un ángel justiciero, entre sus chavales. Pero yo *sabía*, yo *sabía*, Mario. Te conozco, te he descuartizado, y estoy hurgando, hurgando en ti, todos los minutos de mi

vida; porque espío hasta tu respiración, tu silencio." La
miserable mujer que impedía los actos más audaces,
era un pretexto. "Tal vez un sublime pretexto. Ja, ja."
Los muchachos apedreaban a los "grises", insultaban
a las clases rectoras, escupían sobre los intachables
nombres de papá y mamá. Bien, bien. Isa reía secretamente, desde su oscuro rincón, entre ancianas y
trípodes desencolados. En la oficina, leía los periódicos de la mañana. Detrás de cada gacetilla, de cada
noticia, de cada proceso, vagaba la sombra de Mario;
aunque no tuviera directa relación con él. Isa cerraba
los ojos. (Bajo los puentes del Ebro, niños desnudos apedreaban a las parejas que se besaban y acariciaban
clandestinamente. A las afueras de la ciudad, en cuevas,
seres humanos remedaban un torvo planeo de aves negras. Un día se desbordó el río, inundó las cuevas, y
flotaron, agua abajo, cadáveres oscuros, hinchados, pes-
tilentes. Hombres, mujeres, niños; y una vaca panza
arriba, como bíblica maldición, en el agua roja. Ese era
el *tercer mundo* de Isa.) Mario está allí, en la casa señalada, con su bonita voz despaciosa, sus proyectos es-
tructurados como una hermosa ciudad. Cada una de las
palabras de Mario es como una piedra de esa arquitec-
tura armónica, perfecta. "Los muchachos tienen buen
maestro." Pueden perder cursos, matrículas, reñir con
la familia, defender derechos que les atañen o no les
atañen... Mario está allí, al fondo del escenario. Isa
busca inútilmente su risa irónica; no ama a un hombre: ama un complejo de palabras, ciudades, murallas, bosques, llanuras de palabras. Hace mucho tiempo que la aburren, con su idioma ininteligible. Pero
Mario, ahora, es simplemente el hombre que ella eli-
gió. "Nunca se sabe por qué se ama."

De un salto se levanta, y enciende la luz. Su espejo es ovalado, picado y defectuoso. Pero Isa se ha mirado muchas veces en él, y conoce todos sus relieves, sus extraños aumentos y mágicos guiños. Acerca la cara a su cara. Un mechón rojo se retuerce junto a su oreja; los ojos muy abiertos, sin un parpadeo. Suavemente, pasa las manos por sus mejillas, aún frescas. "Ya estoy harta. Ya me he cansado. Se acabó. Tú no lo sabes, Mario, pero ha empezado la Caza. No eres una buena presa, pero eres mi presa. Isa, dilo de una vez sin miedo, *voy a casarme con Mario*. ¿Por qué no? ¿Por qué tanto miedo a decirlo? ¿Hay otra manera de atarlo? No conozco otro sistema tan perfectamente montado. *Voy a casarme* contigo; a pesar de todo y contra todo. Me importan un rábano tus planes, me importa un rábano tu hermoso poder de convicción, me importa un solemne rábano tu trascendente paso por el mundo. Ni tu cortejo de ángeles reivindicadores, ni tu misión, ni tus famosos derechos, ni tus mil y una razones, que me sé de memoria. Me importa un rábano todo lo que no sea atraparte, tenerte." Isa sonríe a su propia sonrisa. Por un instante, una violenta felicidad parece estremecer desde los muros de la habitación hasta el óvalo del espejo. "A este mismo espejo, se asomaron muchachas románticas y empolvadas; pero con idénticas intenciones", susurra. Hace tiempo que sólo le queda una burla, una mueca, una conmiseración: se llama Isa. Está sola, pero siempre deseó la soledad, en verdad. Se consigue la soledad a muy duro precio. La ha ganado a través del pasillo de techos altos, de sombras cuadradas, de lámparas enmohecidas, de siseos de rosario tras las puertas entornadas del gabinete. Las ancianas forman parte de una soledad oscura, pesada, tangible. Las ancianas, los gatos, las plantas verdes e inmortales que se ríen en las macetas de cerámica; los ceniceros inverosímiles, los maullidos en la galería, en espera de su ración de hediondas suculencias; el invisible mar que invade, a veces, la imaginación o la brisa; todo forma parte de la soledad. Bien ganada, duramente conseguida. (A veces, pone un disco de los que hay en el salón; un día oyó *Mambrú se fue a la guerra;* y se acordó de papá.) Mamá guardaba la medalla de papá, pero él se llevó su cicatriz. Era suya, le pertenecía, la había conseguido él. Estaba contento, con su vida llena, rebosante, cumplida. Tenía su cicatriz, su medalla, su deber, su país, su causa, su guerra, su mujer, su ciudad. Sus recuerdos del frente, del día de la Victoria. ¿Qué más podía pedir?... (En realidad no se llevó sólo la cicatriz: se lo había llevado todo. En el comedor, donde mamá tenía la manía de recibir a todo el mundo, se notaban los huecos de los cuadros, de las ventas y los empeños, por todas partes. Estaba segura de que alguien, en alguna parte, devoraría también la condecoración. No iba a estar siempre allí, en el armario, en la caja de metal. No tenía sentido.) Probablemente Jacinto se ha casado ya. Quizá ya piense que metió la pata, quizás esté desolado. O acaso esté contento, y pertenezca a una Asociación de Jóvenes Honestos, Buenos Padres, Buenos Esposos, Buenos Creyentes (e incluso haga apostolado). Quizá tenga un 600, o un 1100, o qué sé yo. La gente, al fin, consigue lo que quiere. Lo que a veces, secretamente, quiere. Lo que a veces, inconfesablemente, quiere (la miseria, la opulencia, el 600, el matrimonio o la Comunión de los Santos. A saber...). Mi historia parece la historia de un país pobre, bello pero desdichado.

Isa apaga la luz y empieza a desnudarse. Un pensamiento extraño, un súbito desaliento, la invade. "No hay que dejarse mecer por alucinaciones. La premonición, tontería pura." Antes de dormirse, resigue una luz difusa, que flota, desde el marco de la ventana al techo. Los ruidos se han amortiguado, la gente de la casa se dedica, placentera o aburridamente, a la tarea de alimentarse.

X

PERDER EL TIEMPO

En las últimas semanas — entraba de lleno en su
cometido — hizo un par de viajes rápidos, de ins-
pección, a la isla. Las dos veces regresó con un raro
hormigueo en el cuerpo. A tía Emilia le daba una
gran alegría verle. A todo el mundo, allí, le daba gran
alegría verle. Como bajo un tropel de cándidos y curiosos animales que se aprestaran a devorarlo, con la
mayor inocencia, Bear detectaba la femenil y román-
tica gula: no llegaban a besarle, se detenían a tiempo,
pero la amenaza gravitaba sobre él. "Y, Bear, querido — llegó a decir tía Emilia —, ¿quién sabe si no
te gustaría venir aquí, vivir con nosotras...?"

De regreso, en el avión apenas alzado sobre los
molinos, sobre la tierra bordeada de espuma blanca
y verde, Bear se afirmó que nunca viviría en una isla.

Se sentía satisfecho, si no feliz, cuando estaba
callado, sólo. "No es misantropía, es horror a dar
explicaciones." Había decidido no dar jamás explicaciones. Cuando expuso a las dos ancianas el proyecto
Bear-Tío-Borja-Pez-Espada, la solemne centenaria (que
hablaba casi tan parcamente como él) opinó:

—Me gusta la idea. Me gusta que seas tan buen
marino. En esta casa siempre hubo buenos marinos.

—El mar es bueno — contestó él, intimidado sin saber por qué.

Ahora, Bear reconstruye la escena, desazonado. Y recuerda su voz, apagada en un súbito temor. De pronto es inútil el recuerdo de los Grandes Lagos, de otro mar, de otras estaciones. Es inútil. "¿Cómo una persona puede celebrar sus cien años? ¿Cómo puede llegarse a esa edad sin estar asqueado de uno mismo? Yo no cumpliré nunca cien años."

Cuatro veces hizo el trayecto, desde la casa a la cercana ciudad, en el viejo Citroën de tío Borja, y cronometró el tiempo invertido. Cada vez que sacó el desvencijado, casi increíble armatoste que usaba tío Borja cuando iba a la isla, el anciano jardinero (llamado Ton, o algo parecido) abría con parsimonia temblequeante las puertas del garaje, y le miraba temeroso; tenía un ojo blanco, obsesivo. Era un anciano de edad incalculable: como todo allí dentro, en aquel paraje, en aquel lugar dominado por su bisabuela. El viejo Ton andaba encorvado, parecía que iba a derrumbarse de un momento a otro; las hojas de la puerta del garage se abrían lentamente bajo su esfuerzo. Un esfuerzo de animal domesticado, antiguo, estremecedor. "¿Cómo es posible que todo sea aquí tan estrepitosamente ruinoso?" Un desenfrenado e invisible desmoronamiento temblaba allí donde mirase. Seguramente la casa fue una bella construcción, en otro tiempo. Había visto fotografías, y así lo creyó, hasta que la vio por primera vez. Ahora, como ciertas mujeres largamente "bien conservadas" parecía apagarse, descender, hundirse en una repentina, casi inmoral, destrucción. Parecía arrastrada por una sibilina fuerza, que fuera hundiéndola milímetro a milímetro en la tierra. Como si, de un momento a otro (semejante a un seco y polvoriento naufragio), fuera a desaparecer, tragada, en las entrañas de la isla.

A nadie se le ocurría engrasar los goznes de las puertas. Tampoco las del garaje. "Sólo lo usa el señorito Borja, cuando viene...," murmuraba el anciano, sin que nadie le preguntara nada. Una vez se agachó, con mano temblorosa: iba a recoger un trapo y limpiar el polvo. Bear se lo arrebató, con brusquedad. Cuando veía inclinarse al anciano le nacía una sorda irritación contra el mismo anciano. "Una paradójica compasión, la mía", pensó. Lo cierto es que odiaba igualmente la compasión, la vejez, la humillación y la miseria. ¿Era eso la justicia? Esperaba que no. (Cuando, en aquella ocasión, al salir de la Escuela, les detuvieron a los cinco —a él, a Luis, a Enrique y los otros dos—, y a él, casi en seguida, le dejaron en libertad, sin muchas complicaciones, sintió la misma clase de ira.) "Un día acabará todo esto." Notó el viento en la cara; fresco, vivo. El viejo Citroën descapotable, inesperadamente, parecía volar. "No es tan malo", murmuró con alivio.

Mario le dijo, a veces: "Tienes una buena cualidad: eres silencioso, y sabes dominar tus emociones". Bear acelera, suavemente. ("Cuánto te agradezco, Beverly, tu paciente empeño en extirpar las manifestaciones externas. Dolor, alegría, tedio, hambre, expuestos a la mirada de las gentes, resultan la más cruda y abyecta pornografía.") Cronometró la distancia: se tardaba cuarenta y dos, cuarenta y tres minutos. Casi tres cuartos de hora, desde la vieja casa hasta cierto bar de la ciudad.

Era un bar más bien modesto, ligeramente pasado de moda, con veladores, con un vago estilo de *café-*

concert. "De esos donde la gente (por lo visto) pasa horas hablando." La gente que tenía "costumbres", como aquel hombre. "El hombre que tiene la costumbre de acudir todas las tardes, a la salida de su despacho, a ese bar. Y se sienta siempre en la misma mesa. *Su* mesa, *su* bebida, *su* esquina, *su* periódico, *su* hora exacta. Hombres con costumbres." Bear pensó fugazmente que ni él, ni nadie conocido, llevaba sus costumbres hasta ese punto. Pero el hombre era, desde luego, un hombre especial. En persona, se diferenciaba algo de la fotografía: quizás estaba más gordo; tenía un aire más poderoso, menos ágil. Solía llegar por el extremo de la calle, con aire reposado. Compraba el periódico en el quiosco de la esquina. Luego, cruzaba la calzada (el periódico en la mano, doblado a todo lo largo; y se golpeaba con él, levemente, una rodilla). De cintura para arriba, parecía atlético. Sin embargo, tenía piernas cortas, extrañamente flacas; las cañas de su pantalón flotaban en torno a sus tobillos, como banderas plegadas. Sentado, tenía cierta prestancia. Bebía cerveza de barril, abría el periódico, lo doblaba con cuidado por la primera página. Leía muy despacio y, a veces, apoyaba el papel en la mesa y le acercaba la cara; como si lo escuchase, en vez de leerlo. Como si el periódico le estuviera musitando alguna confidencia. No usaba lentes. Tenía ojos redondos, de un azul extraordinariamente claro. Unos grandes, insólitos ojos de bebé.

Todo está ya dispuesto, los preparativos pertenecen al pasado, al engranaje. El engranaje acaba de ponerse en marcha. Casi percibe un tictac minúsculo, al fondo del aire. Un recuento de segundos, secretamente sonoro. "El tictac también vibra en los muros de la casa que se hunde. También en los muros ha comen-

zado a latir. Como el preludio de un inmenso y sinfó-
nico terremoto...", piensa, bíblicamente regocijado. (En
labios de Beverly, la Biblia cobraba a veces acentos
perecidos.) Sin que realmente venga a cuento, piensa:
"Quizá no vuelva a ver a Beverly. Acaso, tampoco
vuelva a ver Franc". (Y, casi sin transición, un odio
agresivo, inusitado, le nace por cuanto le rodea. "¿Qué
hago yo aquí, en esta casa, en esta isla, entre estas
ancianas?") Pero, ¿qué puede importar ver o no ver
más lo que tampoco nos afecta especialmente? "Esas
cosas no se piensan. Son, al fin y al cabo, simples es-
peculaciones sentimentales." La verdad, poco hay en
sus recuerdos que incite al sentimentalismo.

El embarcadero se halla en la parte trasera de la
casa. Una vez, hace tiempo, mamá le contó que un par
de niños — tío Borja y ella — tenían una barca.
"Aquella barca ha crecido", se dice, con la rara sonrisa
que sólo baja en soledad. Esa sonrisa llega ahora con
cierta frecuencia. Bear mira al cielo. Algunas estrellas,
frías y espaciadas, se abren paso a través de una masa
oscura, nimbada por la luz de la luna. Del suelo brota
un olor peculiar, penetrante. Quizá de los almendros,
o del mar. Bear piensa que todo el mundo debería
tener un barco. Que, por lo menos, a todo el mundo
deberían gustarle los barcos.

Cuando, la "Pez Espada" arribó al pequeño puerto
de Villanueva, en busca de Mario, se dio cuenta en
seguida: "A Mario no le gusta el mar". Por un instante atribuyó su silencio, su concentrada, casi hosca
actitud, a desconfianza. "Acaso duda de mí." Luego,
poco a poco, a medida que se alejaban de la costa, una
sólida convicción se apoderó de él: por primera vez,
Mario (que en tierra llevaba el timón, con firmeza) se

abandonaba a él; de forma total, desconocida. Una rara potencia, una voluntad libre, sin mandos, tomaba
cuerpo en él (desde el momento en que Mario pisó
la borda de la "Pez Espada" y se dejó caer — casi derrumbar — en la litera del camarote). "Está cansado", pensó. Pero de pronto notó que estaba apode-
rándose de algo. No acababa de ganarlo: acababa de
apoderarse. Y la sensación no era fugaz, como otras
veces. Persistía, aumentaba. (Una euforia lenta, un dorado enjambre, ascendiendo, creciendo, mar adentro.)
"Tendremos suerte; una travesía sin viento, sin grandes dificultades...", se oyó decir, un poco inútilmente.
Porque no podía apartar un pensamiento: "No le gusta
el mar. No lo teme, pero no le gusta".

Naturalmente fue preciso prescindir de Pablo, el
marinero; y Mario no resultaba, en verdad, un buen
sustituto. A pesar de todo, empezaban con buen pie.
Estaba seguro.

Zarparon de Villanueva sobre las seis de la mañana;
y al anochecer — aún había luz, una rosada claridad
apenas difuminada en un velo de espuma — divisa-
ron la isla, la casa, el embarcadero.

Al pisar tierra, se le llenaron los oídos con la alga-
rabía de los grillos. Arriba, en el oscuro declive, flotaban luces diminutas, errantes. Luciérnagas, o mariposas de luz. Parecía que el viento hubiera abandonado
la tierra para siempre.

SEGUNDA PARTE

LARGAS ESTANCIAS
CERRADAS Y VACÍAS

I

DIARIO EN DESORDEN

No sé cuánto tiempo ha pasado desde que pregunto las mismas cosas, hasta aburrir mi voz. Y, de pronto, se me ha ocurrido que él tiene más paciencia que yo. Luego, he vuelto a decirme que no tiene derecho a parecer paciente, o equilibradamente sereno, cuando únicamente está pidiéndome algo. Algo que yo nunca hubiera osado pedir a nadie. Y a él, tal vez, menos que a nadie. Claro que (lo olvido con frecuencia) esa es, según dicen, la misión, o tradición (o lo que sea) propia de la función materna. ¿Qué he sabido yo nunca, de la función materna? Es doloroso pensarlo ahora, cuando lo veo crecido, absolutamente ajeno. Me duele su juventud, como me dolía en otro tiempo verle avanzar torpemente, sobre sus piernas de dos años, hacia mí; con un puñado de hojas secas en la mano. Me duele suponer que habla impulsado por la bondad o por la maldad. Cualquier cosa que de él venga, me duele como algo irremisible y de lo que me siento total, absolutamente culpable. Tal vez el dolor se parece mucho al amor.

No sé cuántas veces le he preguntado, y no sé cuántas veces ha respondido lo mismo:

—¿Qué ha hecho?

—No puedo decirte más.

—¿No puedes darme cualquier excusa, por lo menos?

—No.

—¿Ni siquiera una excusa?

—No, he dicho todo lo que podía decirte.

He estado mirándole con toda la lejanía de que soy capaz. Mejor aún, con la lejanía de que ya no podré desprenderme cada vez que le dirija la palabra. Sólo sé que he oído frases como viejos rumores; y no deseo, a ningún precio, entrar de nuevo en ese mundo, en el paisaje de nombres, recuerdos, hechos, que abandoné hace mucho tiempo. De improviso, saltan y golpean ecos que no deseo, de ningún modo, descubrir ni recuperar.

Todo quedó ya en otra barrera. Muy lejos de estos días presentes, que, apenas hace unos minutos, decidí defender. Un presente que, aquí, en esta casa, en esta isla, se me revela como mi única forma de vida posible. No voy a retroceder, precisamente ahora.

Bear me obsesiona, así, sentado, los brazos colgando a los lados del sillón, como acostumbra. Parece mentira lo familiar que me es ya ese gesto, en él: las manos, lacias, sobre las rodillas. Mucho más familiar me resulta ese gesto que sus ojos, o su voz (o todo lo que pudiera contarme o recordarme de cuando él recogía hojas caídas, tan torpemente, y las lanzaba infructuosamente al fuego). Ahora, lo único familiar es, acaso, el gesto de los brazos, igual que alas mojadas; la cabeza ladeada, los párpados bajos.

Ese gesto es David. Ese gesto es su padre, frente a mí. Materialmente hundido al fondo del sillón; pero no por lo que decía, sino porque es su habitual forma de sentarse. Por un momento he llegado a sospechar que no está realmente en un apuro; que, en todo caso, esta nueva preocupación, o problema, no añade nada a sus habituales preocupaciones y problemas.

—Mírame —he dicho.

Y a mi pesar, la voz me sonó autoritaria, y me vino el desagradable reflejo de otras voces, otras órdenes igualmente inútiles e infructuosas. "Qué horrible raza la mía", pensé. Como si repitiera algo ya muy antiguamente conocido.

Bear levantó la cabeza. Pero su mirada no se posó en mí, sino que se prendió detrás de mí, como flotando en un punto indeciso. "No tengo nada más que añadir", repetía. No sé ya cuántas veces se lo he oído en las últimas horas.

—No creas —he dicho, conciliadora (o intentándolo, al menos)—. No es curiosidad malsana, o estúpida preocupación de madre previsora. Tú sabes que no soy una madre excesivamente celosa. Te confieso que tengo miedo por lo que has hecho: pero no es el miedo banal y egoísta de que te pase esto o lo otro; de que te vaya a suceder algo desagradable, o simplemente molesto, para ti o la familia. No soy tan ferozmente tribal, puedes creerme. Lo que me preocupa es la gratuidad de tus acciones. Contemplarte así, como te vengo contemplando, desde que te volví a ver. Sí, hijo, no soy una madre buena, al uso; ya lo sé. Y sé que, en el fondo, debes apreciarlo bastante. No pretendo gustarte ni ser amiga tuya: porque no tenemos la misma edad. Pero sé que hay una buena inteligencia entre los dos: es lo menos que se les puede pedir a dos seres que van a convivir, ¿no crees?... Lo que me preocupa es que ni siquiera puedas hallar una buena mentira. En fin, quiero decir, un embuste viable para los dos.

¿Estás realmente mezclado en todo eso? ¿Es tu mejor amigo? ¿Es un particular sentido del deber...? Todo eso, cualquier tópico, cualquiera idea trivial me serviría. Lo que me inquieta es tu falta de razones, en principio. Y acaso, finalmente, tu falta de imaginación.

Bear seguía mirando detrás de mí, posiblemente a la pared, o a uno de esos puntitos luminosos que aparecen de tarde en tarde en la atmósfera. Súbitamente, me he reconocido en esos ojos. No son mis ojos de hoy, por supuesto, sino los de hace muchísimos años, cuando la abuela me dirigía sensatas razones. (Los ojos que aún transparenta aquella caja, con tapa de espejo.) Es triste.

Dejé de pasear, apagué el cigarrillo, me senté. Y mis gestos eran la máxima expresión de tristeza. Dudé si coger una de esas solitarias, lacias y conmovedoras manos; pero casi en seguida desistí, convencida de que infinidad de seres repitieron ese ademán, esa actitud: de Norte a Sur, de Este a Oeste, sin demasiado éxito.

—Pues entonces yo tampoco tengo nada que decir.

Sólo entonces Bear parpadeó, me miró con una violencia extraña, con una especie de ira creciente (que acaso no lograba poner en orden dentro de sí; al menos con la rapidez deseable).

—Eso, ¿quiere decir que no vas a ayudarnos?

Ah, al fin, al fin. Amargo alivio. Al menos, una cosa empezó a quedar clara: hay un odio recóndito, alguna posibilidad de amor. Expliqué.

—Si digo que no quiero, que no estoy dispuesta a encubrir a tus amigos por delitos o torpezas que no me atañen ni me preocupan (que ni siquiera tengo interés en conocer, puesto que a ti mismo, en sí, parece que no te importen...), bien, si digo que no, ¿qué va a pasar?

Bear volvió a su silencio; pero una sutil venganza brillaba en la noche, en algún lado, como polvo fosforescente. Casi estuve tentada de negarme. (Al menos conocería algo de ti, de lo que te mueve a todo esto.)

He procurado reírme, pero Bear no encuentra nada cómico o humorístico en lo que yo pueda decirle. Quise mortificarle:

—Tuviste que ser tú, entre todos sus amigos, según veo. Seguramente por distinguirte.

—No. Fue por la casa. Nadie tenía esta oportunidad.

—Por lo menos, dime sin rodeos: ¿qué es lo que esperas de mí? ¿Qué papel me has designado en esta desafortunada historia?

Bear fingió reflexionar (aunque bien sé que tenía perfectamente meditada su respuesta):

—Estás tan bien situada... tan protegida, quiero decir. Nadie sospechará de esta familia, ni de esta casa. Sólo quiero tenerle escondido tres días. Con tres días bastará.

Y de pronto, dijo algo insólito:

—Yo nunca te he pedido nada.

Una vaga esperanza me empujó:

—Una vez, cuando era niña, vi un hombre asesinado, porque quiso huir por el acantilado. No recuerdo si pensé en la culpabilidad de aquel hombre o no. Sólo sé que me repugnó que lo hubieran atrapado. Si es eso lo que quieres saber, ya lo sabes. No me importan tus causas; hace tiempo que todas las causas me parecen buenas. Sólo los hombres las pervierten, comercian con ellas, y me defraudan.

Quería que no se perdiera ese minuto, que Bear continuara mirándome con su fijeza hiriente. Lo que más me dolió, hasta ese momento, fue su arrogancia, su falta de miedo y — ¿por qué no? — su absoluta carencia de sentido heroico. Yo siempre creí que estas cosas se hacían por convicción, romanticismo o estupidez. En todas estas razones yacía un fondo de turbia esperanza, de mi gelatinosa esperanza. (Algún día, en algún lugar, alguien devolverá algo a su auténtico puesto. Si nadie reconoce esa restitución, aunque sea inconsciente o indirectamente, la generosidad, el sacrificio, carecerán de sentido. No darán fruto.) Regresan rumores, traídos por Antonia. El acto gratuito de Manuel Taronjí, por ejemplo, ganó la admiración, remota y misteriosa, de sus mismos enemigos. Como si aún pudiera confiarse en gestos como el suyo; como si de alguna forma pudieran ser una suerte de alerta, abierta herida. Una herida que no pudiera cerrarse fácilmente.

He dicho que quería estar sola, "para reflexionar", y no me ha creído (porque nunca me cree). Se ha marchado y me ha dejado sola: simplemente sola, sin reflexión alguna. Sabe bien que únicamente vuelvo, que, simplemente, me entrego a mi amada soledad. Es curioso cómo adivino estas cosas en Bear. Es curioso que para mí sea Bear tan hermético y tan transparente a un tiempo.

Pero ya no hay héroes. Murieron junto a los dioses, desaparecieron de la tierra. David no fue héroe. Franc ha vivido demasiados años, pobre héroe estrujado por ofertas y demandas. Oferta y demanda han marchitado la bondad, la inteligencia, incluso podrían ajar la ciencia si fuera marchitable. (Al menos, la han envilecido.) Sería inútil una relación larga y exhaustiva de desapariciones. Las sabemos, las aceptamos más o menos conformados. Como si el mundo hubiese bajado la cabeza y se dedicara a pacer. Veo ante mí una inmensa oveja de aterradores ojos bovinos; veo sus lanas raídas y quemadas, su belfo reblandecido por los golpes, su mirada atónita e indiferente a un tiempo. Innumerables ojos estólidos, lacerantemente imbéciles, sufrientes, conformados. Hace apenas unos meses, cuando acompañé a Franc y Bear a Europa, recorrí un largo camino de miradas semejantes.

Al final de la calle estaba la verja, tras la que se movían los árboles. O al menos, así me lo pareció. Los troncos casi blancos, en la fría primavera, el resplandor amarillo, a ráfagas, entre húmedos amasijos de hojas. A la puerta, el hombre, con gorra y guardapolvo con ojos distraídos, junto a su perro correteante, vendía los tickets de la entrada. Había un cartel (un cartón burdo, como dibujado por un niño). Había una pipa, y debajo ponía: NO. Es decir: que se debía aplastar el cigarrillo bajo el pie. Me sentí desganada, no me gusta ver piedras; él ya lo sabía, se lo había dicho: "No me gustan los museos, ni las cosas guardadas en alcohol. Para eso, prefiero ver alguna fotografía". (Pero no acababa de ser verdad, porque aquella vez, por ejemplo —creo que era un pueblo de la meseta—, cuando apareció el castillo bajo el impío sol, medio cayéndose, calcinado, tuve que asegurarme de que no era un sueño; y a pesar del calor y del polvo, fui trepando hacia las almenas, y cuando estuve ante la puerta abierta, sin que nada ni nadie me impidiera entrar, ni picara cartoncitos con alicates brillantes, me apoyé en el marco de la puerta, llena de sudor, en la única sombra. Dentro crecían jaras y malas hierbas, y las malditas y polvorientas piedras despedían un olor extraño, mezcla a rebaños, a viento caliente en las ortigas. Aquella vez me gustó ver piedras, aunque no sintiera ninguna admiración, ni temor, ni orgullo, ni ensueño propiamente dicho: sólo apresar el tiempo, de alguna manera, sin saber cómo, consciente de que también era posible que mañana o ayer o cualquier otro instante no hubiera sucedido nunca.)

Pero allí, en el cementerio judío, al traspasar la verja, el caminillo ascendía levemente; y de improviso me sentí inmersa en algo parecido a una ciudad submarina, donde el agua y la sal se habían convertido en dorada calígine. Una ciudad diminuta, donde el vértigo no nacía dentro de los ojos, sino de las plantas de los pies; y me suspendía sobre innumerables capas de tumbas. Galerías de muerte superpuesta; piedras, piedras. Debía tener cuidado de no apartar los pies del sendero, de no pisarlos. Había leído demasiados nombres que estaban penetrándome, sin yo saberlo, piel adentro, y allí, precisamente, recordé claramente alguno de los muchos que al azar resbalaron bajo mis ojos. Leía ahora en el mismo aire, como voces en mis oídos: "Mire Miroslav, 24, VII... ¿cómo era posible tanta claridad, tal precisión en las cifras? Las cifras misteriosas y los signos flotaban submarinamente por el submarino y sumergido mundo. Y, de pronto, me dije: no me he sumergido en la ciudad, ni en el océano; es el tiempo, de nuevo, sepultado en el tiempo; sordo, en sus enigmáticos signos, en su voz que no cesa, más allá del submarino mundo. Es el aire, la luz, los árboles, presos en algún duro cristal: como el velero que tenía en su casa Jorge de Son..."

Antonia me ha contado los rumores que circulan sobre Manuel Taronjí. He notado un viento frío, desde algún lugar, hacia mí. Es difícil recuperar la emoción de los hechos que ya no son. Sin embargo, pienso mucho, desde ayer, en Manuel Taronjí. Ese vértigo, ese viento, no me es desconocido. Estaba allí, también, en el instante en que me apoyaba en la sepultura amorosamente labrada.

("...venido ustedes a visitar un museo único en su género en el mundo. Circunstancias felices e infelices han creado un complejo donde se esconden mil años de historia...", decía el satinado papel, en un vago español.) Temblaba el papel en mis manos, lo dejé caer sobre las hojas que cubrían aquel trecho de tierra. (Sobre el mar, en la plazuela de los judíos, hace tanto, tanto tiempo, me dije que la isla era una superposición de muertos; que sobre ellos vivíamos, hasta caer segados, y servir de cimiento a otros pasos, otras voces.) Apoyada en la lápida de un desconocido hermano, pensé en otro hermano, tan próximo y lejano. Sentí que allí estaba Manuel, que aquella tierra que yo pisaba era Manuel, y todo se corporeizó. Me incliné y recogí el folleto del Museo Judío, en letras blancas sobre fondo negro; lo desplegué y encontré la fotografía del mismo cementerio donde yo estaba.

En la fotografía había nevado, la ciudad de los muertos aparecía cubierta de nieve. Afuera, un hombre vendía tickets, un perro se rascaba el lomo contra la pared, un cartel en azul, con una pipa, prohibía fumar a los turistas. Yo era una turista. Podía ser cualquier cosa. No participaba en nada.

No queremos héroes, preferimos víctimas. La ex-

traña historia que me ha contado Antonia, con el
desayuno — como aquéllas que, siendo niña, tanto me
mortificaban, sobre lo que mi madre hacía o no hacía a mi edad —, es una confusa historia que circula
entre los pescadores y la gente del Port. Posiblemente,
se la contó el viejo Es Mariné, un día, mientras repar-
tía sus cosas, antes de irse al Asilo. Una historia muy
extraña, una inverosímil leyenda de muchachos y una
pequeña embarcación. Ahora, dos muchachos han hecho esa misma ruta. La misma trayectoria, el mismo
mar. El mar y las historias que, de niña, me fascinaron.
El mar que amaba El Chino (pobre muchacho, que
murió en la guerra: *"El mar de los griegos y fenicios..."*). Recuerdo una voz. Un mar espeso, azul y
transparente, turbio y sumiso; como un traidor animal.
Es una historia poco covincente, no se sabe si de
héroes o víctimas. Pero nadie quiere creerla, en lo profundo. Alguien especulará con esa historia. Los griegos
vivían hermosas y heroicas aventuras; y los fenicios
las recogían, y las vendían a buen precio.

Beverly, la mejor amiga de Franc, se casó con un
emigrante español ya perdido en la bruma de los
tiempos. Cuando yo la conocí no estaba casada. Era
una de las muchas mujeres de edad avanzada, aún hermosas, adineradas y viajeras, que pueblan aquel vasto
continente. Beverly tenía un hijo, del emigrante español.
Se llamaba David.

Franc dijo que debía tener alguien que me ayudara
en los primeros tiempos, hasta dominar el idioma. "David, decía Franc, te va a ser muy apreciable, puesto
que es español; como tú y como yo." Siempre que
decía la palabra *español,* añadía: "como tú y como yo".
(Como si temiera que alguien lo ignorase, o lo olvi-
dara.)

Curiosamente, Beverly protegía el idioma de su hijo con la rara mezcla de amor y tozudez que, a veces, descubrí en mujeres como ella. David hablaba un español medianamente correcto (en varias ocasiones visitó a su padre, residente en Nueva Méjico). David era un muchacho alto, moreno, de ojos grises. Unos ojos grandes, rodeados de pestañas oscuras. Apenas lo vi, pensé que tenía ojos de víctima.

Los sicómoros son árboles hermosos. Por entre los sicómoros, la ardilla negra correteaba, nerviosa. Contemplaba su cola alzada, como un plumero, entre las hojas que cubrían enteramente el suelo. Un rayo de sol, casi cálido a través de las ramas, danzaba en la punta del zapato de David.

—No es que no quiera —decía David—. Es que no puedo hacer otra cosa. Muchas veces me siento así: que no quiero hacer algo, pero sé que lo haré, irremisiblemente...

Hablaba bastante despacio, porque tenía que ir recuperando el idioma lentamente, a través de la bruma de la infancia. Una bruma que se perdía también, como los fantasmas del Halloween (con los druidas, con un disfraz de plumaje amarillo, de que me hablaba). Unas siluetas se recortaban entre los árboles: oíamos un lejano rumor de risas, un siseo o forcejeo de risa que desea reprimirse. (De pronto, me acordé del rey de los elfos, danzando en el prado y ofreciéndole su hija al Caballero: "Mañana despertaré y habré muerto como él", rememoré vagamente.) Las siluetas corrían entre la niebla. Al pasar por el rayo de sol, se encendían, fugaces. Una pluma, un harapo encarnado, unos cuernecillos de oro. Me es-

tremecí y noté que, en cambio, David había regresado,
por un instante, a la felicidad:

—Yo también lo hacía, era muy divertido: ellos
hacen lo mismo, son los juegos de otoño. Están reuni-
dos ahí, planeando a dónde irán después...

Las siluetas se hacían más nítidas. Un cuerpecillo
flaco avanzó dentro de su traje de raso verde. Llevaba
un antifaz de terciopelo negro, iba descalzo, y saltaba
entre las hojas, con los zapatos en la mano. Le siguió
otro más alto, con el pelo largo y dorado. Se habían
teñido la cara de hollín. De entre los árboles brotó
una canción, un coro de vocecitas roncas, inesperadamente atipladas. Dije:

—Estuve buscando el origen. Viene de los druidas.
Los antiguos irlandeses...

Pero David ya no escuchaba; otra vez miraba tristemente la punta de su zapato, donde el sol brillaba
redondo y pequeño, doméstico.

Luego, el grupo nos rodeó. Extendía sucias mane-
citas, pringosas de dulces. La ardilla trepó, árbol arriba; por el hermoso tronco del hermano sicómoro.

—Traeme un puñado de hojas, hijito.

Él iba tambaleándose casi, de un lado a otro del
césped, sobre sus piernas torpes. Yo había apilado un
buen montón de hojas, en una esquina.

Bear trajo tres o cuatro hojas entre los dedos,
tenazmente aferradas (como tesoros crujientes, dorados). Prendió el fuego, la llama se alzó, roja, en la mañana. Y de súbito, entre las llamas, hallé un retazo,
algo, una tarde, rodeada de hojas doradas y sicómoros, en que quise decir: "Los druidas prendían hogueras para seguir a los elfos y los duendes. Para que los
duendes hallaran el camino... No, no es eso, exacta-

mente. Era para que los espectros de los antepasados encontraran el camino hacia casa. Una manera como otra de marcar el camino..."

Pero no dije nada, porque él no tenía ganas de oír aquellas cosas, estaba demasiado ocupado en sus pensamientos.

David era alto, delgado; tenía un aire desgalichadamente conmovedor. Con su cuello frágil, y sus ojos desolados. El jersey, demasiado grande, le infantilizaba. Empezó a balancear el pie, y el sol huyó de su zapato.

—Hace frío — dije —. Vámonos de aquí.

David se levantó y me pasó el brazo por los hombros. En el banco, verde y solitario, o entre los árboles, parecía que nos habíamos olvidado alguna cosa. No era verdad, y, sin embargo, hube de volver la cabeza para cerciorarme de que no era así: de que no nos habíamos olvidado nada.

Bear, ¿dónde estás...?

II

TRES DÍAS DE AMOR

Vuelve la acechante sucesión de puertas; aguardan mi paso, como si fueran a tragarse definitivamente la zozobra, el miedo, o, simplemente, la razón que pudo traerme aquí.

A trechos, la luna ha estado ocultándose en una masa azul oscuro. Poco a poco tomó formas extrañas, y me he acordado de una clara de huevo en un vaso de agua que, cierta noche de San Juan, puso una criada en la ventana. Aseguraba que, precisamente esa noche, y no otra, formaría la silueta de un barco. Estuve contemplando con la criadita (muchacha que ahora veo como una niña, pero que entonces me parecía muy sabia y madura criatura) el vaso del milagro, a la luz de la luna: el milagro no llegó. A mis ojos no llegó, al menos. (Pero ella decía: *"Mira, mira: ya se forma el buque..."*)

He mirado esa luna que se oculta tras la algodonosa sustancia, y su significado tampoco es ahora descifrable para mí. Parece como si, en esta noche (rodeada de un constante, estremecedor aliento; de este mar que es una advertencia empavorecedora; de este vaivén), una fuerza cruel me zarandeara sin reposo, al compás de colosal respiración. He visto encenderse y apagarse la señal de Bear en el declive. He abandonado el ligero *buque* (como lo llamaría mi remota criadita), he ascendido por la tierra escalonada, por las rocas, con la vacilación de los no habituados a la naturaleza. En esta noche, al trepar con torpeza, me siento absurdamente humillado (como cuando él me llevaba al pinar, y yo sentía la inquietante sospecha de estar acechado por animales, piedras, ortigas y espinos). Es curioso cómo los hombres podemos llegar a despegarnos de la tierra, sentirnos ajenos a ella. ¿Qué lento y tenaz proceso de desnaturalización va desarrollándose en hombres como yo? ¿Serán algún día todos los hombres tan ajenos y distantes, tan absolutamente extranjeros a la tierra como yo?

Bear sólo es una silueta, un extraño faro apagado, indicándome la ruta. Al empujar la puerta del patio, me he dado cuenta de que en ella iba a abrirse y a cerrarse algo, también; que poseía un significado irreversible, definitivo. ¿Definitivo de qué? No puedo saberlo. Sólo sé que de ahora en adelante hay algo fatal en todos nuestros gestos. Como si en cada rincón, en cada sombra anidaran claves que aún no me es posible desentrañar. La ascensión por la escalera, en silencio, para que la vieja madera no gima; los pies de Bear, con suavidad de antílope; y esa otra puerta, la definitiva, la que me lleva al recinto-escondite, se suceden como algo ya muy vivido, muy conocido. Percibo que Bear va descalzo. Bear tiene pies dorados, tersos, raramente bellos para un muchacho.

Esta es una vieja estancia, frugalmente amueblada. Veo brillar objetos en la oscuridad. ("Tuvimos suerte en todo —dijo Bear—. No sólo una excelente travesía, sino que en noches como esta, que corres-

ponde luna llena, las nubes la tapan.") A veces, parecen acumularse todas las circunstancias, favorables o
malignas. De improviso llegaste, Bear, con tu bagaje de
circunstancias favorables: esta casa, esta fiesta, este
barco. Esta familia, esta fecha. Es curioso; tus circunstancias, de pronto amalgamadas con mis viejos
proyectos (que ya parecían desvirtuarse en confortable
quimera), remueven los cimientos del inane discurrir.
Todas las oportunidades se aúnan, las quimeras se
proyectan hacia una realidad absolutamente inexcusa-
ble: aquello que, hace tanto tiempo, debió grabarse,
ineludiblemente, en algún lugar. Esta casa, este muchacho, esta anciana que celebra su centenario, son
los naturales caminos, las propicias circunstancias que
se complementan (junto a una mujer muerta y enterrada, junto al destino de un hombre recientemente
trasladado a la isla), citan y reúnen esparcidas razones: ya forman un cuerpo, un todo, que no puedo
evadir sin traicionarme.

Algo tan leve como el resplandor súbito, cegador,
de esa luna redonda, inesperadamente despojada de
nubes, parece desgajarse del cúmulo de felices circunstancias, como un mal presagio. Se rompe la oscuridad, se viola la clandestinidad, parece. Es ahora
cuando Bear abre la segunda puerta.

Son tres habitaciones estrechas, largas y contiguas.
Más parecen salones, vacías estancias que aguarden
olvidados bailes de máscaras: con un eco especial, un
olor a sal y viento, a polvo y encierro. He cruzado la
primera, la segunda, y entro en la tercera habitación.
Siento un estremecimiento cuando Bear, delante de mí,
abre trabajosamente los pesados batientes, aherrojados
por el orín, procurando que no crujan los goznes. Vana-
mente, puesto que sus gemidos han sonado· como algo

vivo, en el vacío. No he podido evitar el impulso de mirar hacia lo alto, hacia los techos artesonados, hacia las telarañas que han flotado, al impulso de la puerta abierta. Brillantes, bajo la linterna de Bear: miserables velos, invadidos por minúsculos y dorados ejércitos. Legiones de insectos que parecen más navegar que volar, en este aire roído por la sal. Sal verde y corrosiva, ahí, en las puertas que descubro cuidadosamente labradas. Altas y estrechas puertas que, ahora, reconozco más de una vez soñadas.

Mis sueños están poblados de puertas que se abren y cierran, silenciosamente, al paso de nadie. En mis sueños anticipé la visión de estos dinteles que he cruzado hasta llegar a la tercera habitación. Está amueblada, más bien abarrotada, con infinidad de viejos enseres. Aquí todo parece devastado por el invisible monstruo silencioso, dominador absoluto. Estrujado, destripado todo en sus enormes e inmateriales fauces. Únicamente las sombras, donde me he sumido voluntaria-involuntariamente, cobran aquí una corporeidad real. Bear apoya su mano en la biblioteca, que remeda el esqueleto de un gran animal momificado; algo se derrumba, con un ruido que nos deja por un instante suspensos. Pero Bear ha sonreído: se dio cuenta (lo ha dicho) de que esta casa se distingue por sus ruidos nocturnos; por sus mil crujidos en la oscuridad; por súbitos derrumbamientos, que, ya, a nadie sobresaltan. "Porque —supone Bear— la casa irá desgajándose así, poco a poco: desmoronándose, hundiéndose, con toda la familia de ancianos que alberga en su interior: puesto que, aquí, nadie parece dispuesto a morirse". Bear y yo nos hemos reído; pero sé que mi risa le ha sonado extraña.

Ha ido hacia la ventana, donde, por un agujero

del cristal —desde hace muchos años, supongo—,
ha penetrado el paso de la lluvia y el viento, y han
destruido la madera. También el sol entraría aquí alguna vez, por ese boquete: hasta donde alcanza-
ran sus largos dedos de oro. Pero quizás apenas habrá
rozado ese ángulo de la mesa, ese papel en que, acaso
aún quede una palabra, un gesto de bondad. Quién
sabe. Bear dice que nadie entra aquí, jamás. Sólo
ahora su madre, en estos días, provisionalmente alojada en la primera de las tres habitaciones. Al parecer,
esa especie de antesala se considera aún como el
primer escalón del infierno. Nadie abrirá otra puerta
más, puesto que puede conducir hasta lo que aún se
considera el corazón del particular diablo del Abuelo.
Bear se ríe quedamente de este hombre, probablemente enfermo; triste hombre que amedrentó con
sus inofensivas extravagancias esta casa y esta gente.
Ya nadie va a descorrer estos cerrojos enmohecidos.
Sólo los ratones (que oigo correr ahí arriba, sobre mi
cabeza; y en el suelo, entre las patas de la mesa, de
las sillas, de la cama; bajo los muebles que en este
momento semejan curioso zoo de inanimada fauna)
campean libremente, aquí dentro. Apenas se produce
un leve roce, y algo se tambalea, y cae. No es el polvo; es como la inmaterial sustancia del tiempo, que,
raramente, olvidó esa esquina; o allá, bajo la curvada
estantería que ya no puede sostener el peso de los
manuscritos.

Alguien agrupó en esta última habitación cuanto
debió desecharse tras el desvalijamiento general de
las otras estanterías. No hay razón, si no, para la ubi-
cación de ese lecho, enorme y misterioso, materialmente cubierto de oro, en mitad de la estancia. Bear
pasa la mano sobre el dosel, que resplandece como

disimulado tesoro. Bear comprende que no voy a estar cómodo, pero en cambio sabe que nadie, jamás, me encontraría en esta habitación. "Si algo me ocurriese a mí, y te murieses aquí dentro, nadie se enteraría jamás", ha dicho. Por lo visto siente una rara jovialidad esta noche. Le invade un sentimiento curiosamente humorístico, que no logro secundar. Si vuelvo a reírme, pensará que, efectivamente, algo no marcha bien.

¿Por qué vuelve el terror inhumano, el terror bestial, inconfesable y aniquilador, ahora, en el momento en que ese muchacho de buena fe ha cerrado la última puerta tras sus pies descalzos? He quedado inmerso en el espanto (como sólo pudo sentirlo un niño, indefensamente atropellado en su dignidad, pateada y envilecida su fe). No quiero que vuelva ese niño, ni ese tiempo. El tiempo debe hacer conmigo como hizo aquí, con este libro que se deshace entre mis dedos, con esta cama que gime bajo mi peso, con este horrible y verde moho que empaña el aire, los ojos y la respiración. Que el tiempo haga conmigo como con esas láminas; que me vuelva ceniza, humo, asfixiada mariposa dorada, detrás de un libro, o de un cuadro.

Descubro lámparas apagadas; nadie iluminará este muerto y largo lugar. Pero el terror vive a través de la carcoma, de las telarañas, de los cadáveres verdes de tanto insecto convertido en polvo de cristal. Es inútil exponerse al corrosivo salitre del tiempo cuando se es ya tan sólo un innumerable terror, en los recuerdos, en el puro y simple tacto del aire que nos rodea. El tiempo no ha podido aniquilar el espanto, y empieza a fatigarme la lucha. ¿Estaré haciéndome viejo, habré dado el primer paso, habré entrado en el primer día de la muerte? Es posible. Bear ha dejado abierta esta puerta: las dos hojas, sarcásticamente abiertas, espe-

rando la nueva destrucción (tal vez aún no conocida)
bajo ese dintel. Pero yo no voy a atravesar esa puerta, no voy a llegar a esa última puerta. De pronto, en
la sombra, estas dos estancias hermanas, largas como
inverosímiles andenes vacíos, vuelven hacia mí la faz;
como esas cajas sin fin, o esos espejos dobles donde
se repite, obsesionante, el mundo; para avisarme y
decirme que esto no es un sueño, que nadie está sentado junto a mi cama, reprochándome un sueño que
llegó demasiado plácidamente.

A veces, algo infinitamente pueril tiene el poder
de devolvernos la serenidad. La contemplación del
bulto cuadrado que ha dejado Bear en el suelo, esa
caja metálica, con víveres (conservas, latas de cerveza), me despierta una ácida ternura, una especial sonrisa, que no lograron sus intentos humorístico-maca-
bros. (Tiene un curioso sentido del humor, Bear.)
Rozo con mi pie el borde de esa caja campestre, deportiva, y me siento súbitamente reconfortado; como de-
vuelto, tras un sueño maldito, el espumoso goce de un
despertar. Como si tuviera la convicción súbita de
que afuera volverá el sol, en seguida; que la vida, el
mundo, está poblado de seres que no se pueden per-
mitir el lujo del espanto, ni de las pesadillas, ni del
dulzón autodesprecio.

Nunca me había hablado de su madre, hasta ahora. Es curiosa su confianza en ella. Está seguro de
una complicidad que, en el mejor de los casos, será una
forma de extorsión. Pero la suerte fue echada de
esta forma, y no de otra. "No había demasiado donde
elegir, a decir verdad" (esta es su exacta frase). No
parece valorar demasiado la fidelidad a rajatabla que
supone en su madre, en su mismo tío. ¿Por qué está
tan seguro de ellos? Pero nada hay seguro, aquí, en

este mundo, junto a los ratones, las cucarachas, las mariposas y los grandes nombres. Bear no parece apreciar en exceso esa firme fidelidad con que cuenta; no ve en ella otro mérito que una suerte de decadencia, debilidad o ineficaz lazo sanguíneo-espiritual. Yo nunca fui, ni podré ser jamás, como Bear. Todo, en esta vida, tiene su momento preciso. Como ciertos cuadros, debe mirarse el pasado (nuestro pasado) a una prudente y precisa distancia; para no encararnos a un mundo enigmático de anárquicos brochazos, sin coordinación aparente. Bear no hubiera sido Bear si hubiera nacido y vivido en Z.

III

DIARIO EN DESORDEN

Tras la cena, he subido y entrado en la legendaria habitación que me han adjudicado. Pero ya sabía que tras esa hermética puerta, de altas y oscuras hojas (la que, siendo niños, nos aterraba y fascinaba), alguien estaba agazapado, esperando o temiendo. He encendido la luz, sabiendo que algo se movería allí detrás (aunque sólo fuera una mirada). Al otro lado de esa puerta que ya no guarda el misterio — (donde antes resucitaban historias de hogueras humanas, en la voz asombrada y golosa de Borja: libros del Abuelo, pudriéndose en las estanterías, que él describía como el Jardín de la Perversión; y que ahora imagino tristes harapos, deshilachadas vendas de frágil momia) — que alguien espiaba mis pasos. En estas habitaciones no hay luz eléctrica, y he traído una de las muchas lámparas de globo rojo que pueblan los rincones de esta casa. No hay aquí ningún cable, interruptor ni enchufe: son unas habitaciones absolutamente condenadas. ¿Cómo ha logrado Bear la llave misteriosa? Resucitan en mí ecos de niños ladrones; historias de muchachitos sigilosos, furtivos y descalzos, sobre la delatora escalera llena de crujidos; plumas empapadas en aceite deslizándose entre goznes enmohecidos; niños que deslizaban llaves, monedas, bebidas, naipes, en oscuros agujeros; secretos, inapreciables tesoros. ¿Cómo Bear ha conseguido...? Pero he acercado la lámpara y me he dado cuenta de cuán fantasiosa e ingenua soy, todavía. Ya no hay niños que juegan a ladrones, que escapan como sombras o duendes (capaces de asomar, desvanecidos de triunfo y vértigo, sus polvorientas cabezas en los aleros del tejado: como los trasgos que gritan en las veletas). Los niños como Bear (aunque Bear, tal vez nunca fue un niño; o tal vez, Bear nunca dejará de serlo; porque su infancia no es de las que peligran, no es vulnerable); esta clase de niños como Bear, manejan instrumentos útiles y adecuados. El pestillo de la puerta prohibida está cuidadosamente limado. Junto a la manilla, un boquete de bordes negruzcos permitirá a esta lámpara que acabo de encender (que llevo en la mano, levantada, como un grotesco remedo de la Libertad), atravesar, en rayo de luz, como ojo candente, las habitaciones excomulgadas. (Y no huyen en el suelo las sombras de los niños. Van en busca de mamá, la llevan aparte, donde nadie pueda interrumpirles, y advierten: "He de decirte algo".) No piden, informan. Acaso es mejor así.

He dejado la lámpara en la mesa, he buscado las píldoras: pero ¿me harán falta las píldoras, esta noche, para que llegue el sueño? ¿Qué mejor ocasión para velar, vigilante, como guardián carcelario? En lo profundo, debería estar contenta de que Bear, al fin y al cabo, haya tenido para mí su primera confidencia. También, ¿por qué no?, a pesar de todo, su primera petición. Aunque me parezca imposible, yo hubiera podido negarme.

Si de niña me hubiesen dicho que dormiría aquí

durante una semana entera, hubiera enmudecido de
terror. A veces pienso que me gustaría recuperar el
miedo de la infancia: pero también eso se olvida. Inútilmente lo busco; en los rincones donde antaño espiaba el diablo, anhelante, que me mirara al espejo
y desease convertirme en una mujer bonita. Tampoco
me importa ahora no ser bonita. Cuando venga Borja
(será el último día, en el último momento) me gus-
tará presenciar el instante en que Bear lo envuelva
en sus nobles maquinaciones. Estos muchachos tal vez
no sean heroicos, pero por lo menos no tienen ninguna necesidad de ello. Borja sí: Borja pedía heroi-
cidad, grandeza, maldad triunfante sobre la tierra,
empinado sobre las puntas de sus pies, hermoso y es-
belto (aunque ligeramente humillado, porque yo siempre le rebasé en estatura). Ahora, Borja, dentro de
dos días, en el grande y falso-centenario, cuando Bear
te incluya en el secreto, ¿te empinarás sobre tus pies
y clamarás, como cuando hablabas del coronel? Será
un momento feliz, para ti. Acaso supondrás que de ti
todo depende; que eres el único que pueda deslizar
la palabra destructora, o salvadora. No sé qué delito
ha cometido ese muchachito que, tal vez ahora, ahí
dentro, está asustado de su propia audacia. Pero ¿porqué me suena esto como a un juego demasiado delicado para confiarlo en manos de dos niños? ¿Por qué
me recuerda aquellas fingidas partidas de ajedrez, en
el suelo, entre Borja y yo, mientras susurrábamos palabras más o menos provocativas, rebeldes o blasfe-
mas sobre los viejos, sobre el mundo, sobre Dios o
sobre las flores? Ah, Borja, mi hermano: como Caín
y su fantasma de Abel, caminaremos juntos, vayamos
donde vayamos. Solitarios, errantes; como Caín y el espectro de Abel, no nos separaremos nunca (cada uno en

su camino, nómadas los dos, rondando la parcela de infierno doméstico o deshojado paraíso que nos correspondió).

A través de la ventana se percibe un soplo de primavera. Cierro los ojos, deseo dormir. Deseo dormir despierta, espiar esa puerta, para que nadie atraviese ese dintel que se me confió. Extraña confianza, en verdad. Pero, de todos modos, viniendo de Bear, es más de lo que nunca pude soñar.

Yo te abandoné, Bear: no cuando eras un niño rubio sobre el césped; sino hace dos años, cuando te traje a esta tierra, una noche, en un tren nocturno. ¿Podría recuperarte, en una noche como esta? No, no voy a desvelar nuevamente innobles instintos disfrazados de amor. El egoísmo tiene muchas formas de manifestarse: no voy a arroparlo, otra vez, con la ilusión del amor. Y mucho menos, del amor materno. No, Bear: nadie te recuperará. Los cachorros huyen de casa, escapan apenas pueden sostenerse sobre sus cortas patas. (Bear, Bear, osito, ¿dónde andas?...) Tal vez, en ese momento, otra mujer como yo está manoseando entre las manos un viejo juguete que ya no significa nada. Tal vez ahora, en este momento, una mujer como yo duerme tranquila, suponiendo que ese muchacho que ahora acecha tras la Puerta del Diablo, duerme confiado, o estudia, o bebe, o ama. Pero está ahí: detrás de esa puerta, y alguien le persigue; o desea perseguirle, o hacerle daño; o desea su muerte.

Ni siquiera sé su nombre, ni deseaba saberlo: al menos, esta misma noche.

A pesar de todo, abrí la puerta, y mi lámpara encendió un trecho de suelo húmedo, largo, de un rojo ya apagado por el tiempo y el polvo. Sentí un gran vacío, y avancé entre esas paredes insospechadamente estrechas, donde la lámpara despertó siluetas (la noche en que Gerda entró en el Palacio del Príncipe y la Princesa, cuando creyó abrazar a Kay, abrazó a un muchacho de cuello moreno, que dormía de espaldas: y el muchacho abrió los ojos, y Gerda dio un grito; porque aquel no era un muchacho, no era Kay; y su lámpara inquietó unas desconocidas sombras en los muros). Pero las siluetas, en estos muros, no eran otra cosa que descoloridas pinturas; seres desnudos, enlazados, hermosos y remotos; como transparentándose en la pared. Sonreí internamente a mi sobresalto, recordé la afición que —según dicen— tuvo aquel viejo que llamaban diabólico por las pinturas murales. Y ahora, el diabólico anciano se me antoja romántico, sensual y descabellado como una doncella. Ahí están, en gran medida, parte de las maldades que le atribuyeron: la no muy valiosa desnudez de unos empalidecidos, enmohecidos y desconchados frescos; malos remedos de otros que, en su imaginación, fueron soñada y espléndida riqueza, suntuoso paraíso que no logro pisar. Avancé por la desierta frialdad de los ladrillos rojos, a medida que surgían a mis costados desvaídos mancebos (que hubieran podido ser bellos, en manos de otro artista). Ah, pobre abuelo, seguramente maltratado, homosexual, infinita, aterradoramente solo; solo en esta isla, en este mundo. Flotarías en estas habitaciones, como un planeta muerto, añorando luces, resonancias imposibles de otros astros que ruedan en otro muy imposible universo. Pobre Abuelo, pensé, mientras avanzaba; y le envié un tardío saludo (ya que hasta ese momento no empezaba a conocerle). Dejé la lámpara en el suelo, pensando en el desconocido muchacho que aguardaba, tal vez asustado, o irritado. Pero la luz de esa ventana, ¿quién podía verla? Esa parte del muro da al mar, al declive. A esa hora, todos debían ya dormir. Avancé en la tenue oscuridad — una transparente, lúcida oscuridad que sólo puede darse en las noches de luna, en una isla, muy cerca del mar — pensando en él.

Abrí la ventana, alguna cosa se desprendió y cayó al suelo, con un leve chasquido; un revoloteo rozó el techo. Pero la luz blanca, hermosa, invadió las paredes fatigadas de ecos, de inmóviles danzarines. Algo, quizá una honda respiración, parecía elevarse del suelo, brotar de los muros; como un suspiro de alivio. El aire balanceó en lo alto del techo unos imposibles, rarísimos carámbanos: un encaje sucio y fosforecente a un tiempo.

No sabía ni su nombre, ni lo que le ha llevado a esta situación. Tampoco deseaba saberlo. No se puede traicionar lo que no se conoce. "Traición allí donde yo vaya", susurra una amarga y conocida voz, en mí, o en alguna parte.

No soy un ser feliz, no puedo serlo, nunca lo fui. El mundo está lleno de mujeres como yo: esa es la única historia de mi vida. Sin piedad para conmigo, ni para los demás: egoísmo, incomprensión y soledad, es aún, al fin y al cabo, el común y vulgar transcurrir de tantas y tantas mujeres como yo.

Al verlo, tuve la impresión de que algo había cambiado. Algo, no puedo precisar qué, dio un giro violento: lo que sucedía no era como estaba previsto, o al menos supuesto. Era diferente a cuanto esperaba, creía, o tal vez deseaba. No me es posible definir qué es lo que me llevó a esa conclusión: pero tuve la nítida certeza de que las cosas no eran como yo las creí.

En la última de las tres habitaciones, donde mal acomodaron los restos de un mundo prohibido (el inane sueño de un viejo); en el centro de la estancia, entre los muebles desvencijados, apilados, roídos, mal dispuestos, distinguí la silueta del muchacho, sentado al borde de una horrible cama que aún reluce. "Qué extraña disposición —pensé, únicamente, en ese momento—. Qué lugar tan poco usual para colocar una cama." Entonces creí verme a mí misma, como desde los ojos del muchacho: cual si poseyera la facultad de contemplarme, en un largo, estrecho, alucinante espejo; reflejada en otro espejo, y otro, y otro. Afortunadamente, encontré el paquete de cigarrillos en el bolsillo de la chaqueta. Con un cierto alivio, se lo ofrecí. Se levantó despacio, y al querer impedírselo, apoyé la mano en su hombro. En ese momento, bajo ese contacto, se reavivó la certeza de que algo no era como debía ser; de que algo sucedía al revés de como esperaba, o creía.

Me sentía mejor, así: de pie frente a él, sensata, comprensiva; ofreciendo una imagen razonable y moderadamente severa. Su mano blanqueaba en la penumbra, tomó el cigarrillo, dijo: "gracias", con voz apenas audible; y experimenté una inconcreta piedad. No por él, sino por otra mujer que imaginaba en alguna parte del mundo. Me pareció que su mano temblaba. Aunque, tal vez, sólo fue una falsa apreciación (confieso que me produjo una malsana satisfacción la idea de que, después de todo, acaso él no aparecía tan insolentemente tranquilo como Bear). Encendió un fósforo, y cuando la llama iluminó débilmente

su cabeza inclinada, tuve la certidumbre del porqué
algo no era como debía ser; o mejor dicho, como
hubiera debido ser. Contemplé una parte de su rostro,
su frente, la raíz del cabello casi rubio; sus párpados
y sus claras pestañas. Entonces, descubrí unas finísi-
mas arrugas en su piel, junto a los ojos; partiendo de
las aletas de la nariz; en las comisuras de sus labios.
Y quedé suspensa, con la cerilla apagada entre los
dedos, mirando hacia la oscuridad, raramente alerta.
¿Por qué decidí, de antemano, desde el momento
en que Bear me incluyó en su secreto, que se trataba de un muchacho de veinte o veintidós años?
¿Qué me hizo suponerlo? El hecho de ser amigo, o conocido, o tal vez cómplice — de pronto se desvelan
posibilidades antes no reflexionadas — de Bear, no im-
plica la necesidad de que tenga su edad. Nadie me ha
dicho que la tuviera. ¿Por qué esta necia convicción?
Gratuitamente, he adjudicado una juventud, incluso
una pureza, a unos hechos que me son absolutamente
desconocidos. Una oscuridad mucho más profunda
que la que me rodeaba se enfrentó a mí. ¿No es a los
veinte años, según oí decir, cuando los hombres o las
mujeres se arriesgan en aventuras y fanatismos, en
gestos inútiles que después alguien corta y recoge,
como frutos maduros, para venderlos a buen precio
en el mercado? ¿No es esto lo establecido? ¿No son
los veinte años la edad justa, convenida y estipula-
da, para esa clase de excesos? Todas las actitudes,
actividades, profesiones, deportes y movimientos espi-
rituales, requieren una edad adecuada. Así, pues, ¿qué
es lo que rompe, de improviso, mi tablero de ajedrez?

Acababa de abrirse una brecha, algo resquebrajaba
la sólida edificación de mis supuestas esperanzas o temores. Sentí calor en la frente, en las mejillas (como

cuando me creo estafada). Me pareció que toda mi
sangre golpeaba en mi cara. En cambio, en ese lugar
donde todo el mundo asegura que alienta el corazón
(y sólo parece un indefenso, dolorido y disconforme
punto; una víscera, pieza o satélite, totalmente inex-
plorado y errabundo), sentí un vértigo, a todas luces
desproporcionado.

Pero mucho recelo de mis injustificados temores,
mucho temo mis inverosímiles suposiciones, mucho mis
retrocesos totalmente desprovistos de fundamento: de-
sembocan en la oscura calle de la desolación. "Así, pues,
ya no es un muchacho. No tiene edad de andar en revueltas estudiantiles. Entonces, todo esto es más grave."
Pero, ¿quién me aseguró que esta complicidad tenía
como justificación lo que, frívolamente, llamé en
mi interior "revueltas estudiantiles"? Vacilante, busqué
un asiento. "Puede tratarse de muchísimas otras cosas
que no he pensado ni por un momento. Puede tratarse de un atracador, un vulgar criminal, un estúpido
ladrón, un maníaco, un imbécil, un loco, un sinver-
güenza o un inválido, pero, ¿quién me ha informado?
Y Bear, Bear, ¿qué tienes tú que ver en esta historia?" Nadie me ha informado, es cierto; pero la verdad
es que yo nunca deseé, excepto esta noche, y muy
levemente, ser informada de cosa alguna. Y además,
¿por qué le he adjudicado un mundo, un motivo, incluso una clase social *a priori*, sin que nadie ni nada
me diera el menor indicio para ello? ¿Por qué le hice
estudiante, educado, joven, y no le hice grosero, mísero, viejo? O simplemente obrero, campesino, marinero
o contrabandista. ¡Qué estúpidamente defendemos
nuestra pobre conciencia, nuestra deleznable tranquilidad! Le encasillé en el lugar menos incómodo (como
he encasillado desde hace mucho tiempo, en altos es-

tantes acomodaticios, todo aquello que pudiera turbar la paz de mi isla particular e incompatible.)

He estado así, sin mirarle, anonadada por pensamientos contradictorios. ¡Y pensar que he compadecido, incluso, a una presunta madre que imaginé semejante a mí! Entonces he sentido unas irreprimibles ganas de reír; una risa estúpida, desgraciada, y de todo punto desconsiderada. Qué grotesca me he visto, qué ridícula imagen la mía, avanzando por las oscuras y cerradas habitaciones del viejo invertido y soñador que fue mi abuelo; solemne, necia, maternal y justiciera; con una lámpara en la mano (como en los novelones que se apilan en las estanterías de la abuela: heroínas que avanzan, antorcha en ristre, hacia jovenzuelos descarriados que lloran en silencio). No podía remediarlo, una risa incontenible, oprimida hasta el dolor, me ha mantenido inmóvil, no sé cuanto tiempo.

Hasta que el diminuto círculo rojo, aureolado a trechos de un muy sutil resplandor (como los ojos de ciertos animales nocturnos), cayó al suelo; y un peso mate, duro, lo aplastó.

TRES DÍAS DE AMOR

Es un alivio inmenso, de pronto, la ranura anaranjada y el botón de luz que agujerean la puerta, junto al cerrojo; esos pasos, el crujido de esos muebles; aquella ventana que se abre. Una sombra alargada va y viene, bajo la puerta. Probablemente ha encendido una lámpara de aceite, o petroleo. Parece que aquí no hay luz eléctrica. No han tocado nada, desde hace muchos años, en estas habitaciones.

Evidentemente, es un gran alivio saber unos pasos humanos, vivos, al otro lado de la invisible amenaza, del rencor que alienta en cada una de estas puertas, hendidas por contornos de flores, vejadas por el moho. Ahora, los menudos golpeteos, las ratas que se persiguen sobre mi cabeza y bajo los muebles, pierden su agorero y mordaz augurio.

La puerta se ha abierto y la he visto avanzar y mirar hacia los muros; como si, igual que yo, fuese la primera vez que entra aquí. Esta suposición me conforta. Es como una compartida inauguración del episodio que está naciendo, y en el que, acaso, todos tendremos al fin partes iguales de razón y horror que compartir. Algo parecido a la cobarde sensación de *cuantos más seamos, menos sufriremos,* que solidariza

en el peligro, frente al *cuantos menos, mejor*, al distribuir el botín.

Bear no me ha hablado apenas de su madre, y lo
cierto es que no la había imaginado. Así que no comprendo por qué me ha sorprendido su oscura silueta,
cuando la lámpara pobló los muros de jóvenes efebos,
mohosos y modestamente pornográficos. "Creí que era
distinta." Pero es absurdo; si no la imaginé de ninguna
forma no podía *ser distinta*. Antes de que dejase la
lámpara en el suelo, y abriera la ventana, y se apro-
ximase a la otra puerta (la última) que desemboca en
mi guarida, tuve tiempo de decirme: "¿Por qué es
diferente?" Parece muy alta y muy delgada; o quizá
sea su sombra en el suelo, que la alarga. Más alta y
más delgada de lo corriente, pienso.

Pero cuando me ha ofrecido un cigarrillo y se ha
sentado, algo raro y embarazoso se alza entre nosotros.
Pienso que todo está planeado al milímetro; que todo
ha sido cuidadosa y ampliamente meditado, excepto
esta repentina, banal y embarazosa situación: los dos,
en la oscuridad, en el silencio. Le debo agradecer su
(podríamos decir) *colaboración*. Aunque sea una colaboración un poco forzada, de *"hecho consumado"*. Pero
nada podemos decirnos, nada sabemos decir. Me ha
parecido que se reía. Algo sorprendente en verdad:
pero lo cierto es que parecía reírse. O, al menos, contener la risa. Es difícil asegurarlo.

Luego, ha ido hacia la ventana, para abrirla. "Verdadera obsesión, la de abrir ventanas", me he dicho; y
me he permitido hablarle, insinuar un vacilante: "Acaso sea mejor dejarla así: que no delate ningún resplandor". (Mientras vigilaba la débil y rosada luz de
la otra estancia, la lámpara que dejó en el suelo; la
que avivaba las pinturas en los muros.)

"Nadie puede verlo — ha dicho —. Estas ventanas dan al mar. Y, además, yo duermo ahí al lado, estos días. Puedo iluminar estas habitaciones, cualquier noche: como ahora, por ejemplo." He pensado que su voz es rara. Tal vez la sensación entraña era sólo eso: algo como la adivinación de su voz me ha hecho pensar que es *distinta*. Su voz baja, un poco ronca. No es una voz bella, una voz aterciopelada, o una voz madura y grave. Es como si alguna visible resonancia aureolara cada palabra. Habla despacio, en tono bajo; y sin embargo, parece despertar el eco, tras cada una de sus frases; hacia arriba, allí donde se pierden brazos en alto, los desbocados juegos de esos efebos murales. Nunca oí una voz como esta, ni creo que la vuelva a escuchar. "Es posible que sea por culpa de esta habitación, de estas largas, huecas y cerradas estancias que envuelvan y rodean de un audible resplandor cada matiz de su voz", medito, vagamente.

No sé que le habrá dicho Bear de mí. Veo el contorno de su cabeza y sus hombros, en la ventana, contra el cielo iluminado de la noche. No veo su cara, sólo su pelo, al parecer negro, y creo distinguir su cuello delgado, largo; tengo conciencia del movimiento oscilante de sus hombros. Se mueve casi imperceptiblemente, en un balanceo ínfimo (podía decirse que inexistente). Pero yo lo noto, como he notado, muchas veces, la vibración repentina de las paredes, del suelo, de mil objetos o paisajes; que nadie, o casi nadie, podría distinguir. Por eso adivino esa tenue y bamboleante inclinación; como una provocación al vacío, vuelta voluntariamente de espaldas al vacío. Siento vértigo, y cierro los ojos.

"No sé qué le habrá dicho Bear...", dice ella. Y aunque no hay irritación en su voz, ni siquiera un contenido o disimulado mal humor, sé que sus palabras no son amables, ni siquiera corteses. Repite: "No sé que le habrá dicho Bear, pero espero que no me tenga por una madre bondadosa, ni mucho menos complaciente. No creo que se le haya ocurrido aludir a la posible bondad de mi corazón, o simple simpatía, por algunas de sus innumerables manifestaciones de rebeldía juvenil al uso. En todo caso, le ruego que no le crea usted: ni espere de mí una bondad que, posiblemente, no existe. La verdad es que todavía no sé qué estoy encubriendo, a quién estoy ayudando, ni por qué".

Ciertamente, no es agradable nada de lo que dice, pero tampoco esperaba que lo fuese: así que ha continuado invadiéndome un raro bienestar bajo el sonido de su voz. Aun cuando terminase diciendo, poco más o menos: "Y, además, no he acabado aún de tomar una decisión. El hecho de encontrarle instalado a usted aquí, no significa que pueda contar conmigo mañana. He sido, simplemente, sorprendida, y aún no he ordenado ni mi indignación, ni mis decisiones. Así que, por el momento, absténgase de agradecerme nada".

Creo que, efectivamente, no he dicho nada. La he visto marcharse, tal como entró; con su andar lento, ligeramente desgarbado, en el difuso cansancio en que parece moverse; como si cada uno de sus gestos le costara un esfuerzo demasiado grande para tan pobres resultados (ir y venir sobre este mundo). Me he apercibido, cuando se ha agachado a recoger la luz, de que es una mujer inundada, inmersa, calada hasta los huesos en una antiquísima pereza: una pereza como sólo puede transmitirse, amasada, madurada, a través de varias generaciones. Una pereza, a decir verdad, que me llena a partes iguales de confusa admiración y envidia.

Otra vez sólo sombras, contornos en la oscuridad; otra vez el silencio. La luz se ha apagado tras la última puerta, más allá de la estancia vacía que nos separa. Otra vez, la oscuridad. Blanquean las hojas de las puertas. La luna, inmensa, fastuosamente brillante, proyecta en el suelo luminosos trapecios, descubre sobre la mesa metales antes no apercibidos. Ahí al lado, el resplandor levanta una palidez mortuoria en los muchachos pintados. Dan la sensación de seres laminados, transparentes, de estar aguardando algo.

Pero la realidad no es el momento apacible, o la sorpresa, o la sonrisa, o la presencia de un ser humano que habla, ofrece un cigarrillo y desaparece. La realidad es esto: el lento trepar del miedo, otra vez. Si no fuera porque sé que no será ésta la última vez que llegue el miedo, podría levantarme, gritar, como un enfermo más: decir que ya no es posible resistir, que he llegado al límite de mi capacidad de aguante. Pero yo sé que esa no sería tampoco la última vez: sólo una vez más (y agravada). Es preciso continuar, seguir, andar. Lo único que no puedo hacer es detenerme en el camino. La única medicina, el único remedio a mis largas etapas es no detenerme, caminar, caminar, caminar.

Preferiría las ventanas cerradas, porque, al menos, no oiría el mar. Si no fuera por el desmesurado resplandor de la luna podría quedarme quieto, mirando el cielo; descubrir poco a poco los innumerables mundos que de niño me atraían y me consolaban. Pero este brillo me ciega, me duele.

Él también estaba encerrado.

En las casas viejas, en los pueblos que inundan la tierra árida, polvorienta, de mi país, siempre hay ha-

bitaciones cerradas y vacías; habitaciones condenadas
que, un día aciago, marcado, sirven para que un hombre se oculte voluntaria o involuntariamente. Para que
se encierre·con sus descabellados sueños quirom000ánti-
cos, pervertida o desquiciadamente científicos. Como
este pobre viejo que inundó de sueños o visiones este
manuscrito que ni aún a la claridad excesiva de esta
luna puedo descifrar (cada letra es como el nido de
un oscuro insecto, donde larvan desesperadas y mal
definidas ternuras). O como aquel otro hombre soñador: el que estuvo días y noches en su escondite
angosto, sobre el granero (que antes servía para guardar manzanas y avellanas). Solo, con su temor, solo,
con su concepto rígido, insobornable, de lo que creyó
debía ser, a toda costa, el mundo.

Aún he de permanecer dos días más en esta habitación, antes de volver a la luz. O, acaso, nunca más
volveré.

Aquella habitación, en aquella época del año, estaba vacía de manzanas, de grano: sólo quedaba, en las
paredes (como vaga aquí el espectro de los efebos imposibles), el aroma de la fruta que antes se guardó, de
los sacos de avellanas y almendras, del maíz. Un pol-
villo picante bailaba en el aire. Había en las vigas
restos de mazorcas. Era una estancia estrecha y larga,
también, aunque más pequeña que ésta. Y adosado al
muro había un armario falso; un armario cuyo fondo
era, en realidad, otra puerta que llevaba al reducto, al
escondite donde estaba el catre; donde él dormía, envuelto en la manta roja, con rayas negras, que aún olía
al arca, a naftalina, a invierno. Guerras carlistas,
persecuciones, crímenes, miedo, sonaban en mis oídos
de niño como algo remoto, ya increíble: pero allí es-

taba el falso armario, el agujero; y él permanecía allí
dentro, oculto, día tras día. "Tú no abras nunca la
puerta", me decía ella. Pero se refería a la puerta de
la calle. No sabía que yo conocía el escondite. Entonces, ella era delgada, tenía el pelo oscuro, casi negro,
apenas clareado en las sienes. Iba erguida por la calle,
y regresaba a casa altanera, casi fiera, después de su
trabajo, extraño en aquel mundo (reciente e inesperado
para mí). O con la bolsa del mercado por donde asomaba la fruta, el pan. "¿Has oído? No abras a nadie.
Tú di siempre: *mi padre no está.*" Yo decía siempre:
"Papá no está, se fue, papá no está, papá se ha
ido". Había una cadena de seguridad en la puerta de
la calle, y amparado tras la cadena, asomaba a la rendija mi cara de niño, y decía (al cartero, al misterioso
visitante, a la mujer desconocida): "No, mi papá no
está. No sé donde está. Mi papá se fue...".

Él me llamaba Bambi, porque había leído un libro
— le gustaban extraordinariamente las historias de animales — cuyo personaje central, un ciervo, se llamaba así. "Tú te pareces a Bambi" — me decía, riéndose.
Era grueso, jovial. Y, sin embargo, cuando hablaba
parecía volverse afilado, enjuto. Todas las mañanas,
antes de ir al Instituto, daba un paseo por el pinar.
A las seis desayunaba, en el comedor ancho, destartalado y festivo; con macetas en el balcón de persiana
verde, entre enjalbegadas paredes y litografías que
representaban pájaros, ciervos, caballos. Había un espejo, inclinado, encima del sofá; dos retratos ovalados
— el abuelo y la abuela —, en marcos negros; una
planta interior y delicadísima, mimada como un recién
nacido, situada muy cerca de la luz. Con infinito amor,
él le arrancaba hojas amarillentas; la pulía, con las
tijeritas curvadas de las uñas.

Pero un día, ella dijo: "*Se ha ido. Se ha marchado. Tú, di a todo el mundo que se ha ido*". No era verdad (pues una noche vi luz en el comedor; me levanté de la cama, salí de puntillas, y le vi; estaba de codos sobre la mesa, la frente apoyada en los cerrados puños; y ella le acariciaba un brazo, pasivamente, mirando al suelo). Al otro día, cuando ella fue a su trabajo, yo subí despacio la escalera del desván. Porque, me decía: "En algún lado estará, en algún lado estará. No puede desaparecer, como un fantasma". Abrí aquella puerta, y la otra, y aquel armario; y milagrosamente, empujé su fondo, y lo encontré.

Me cogió en brazos, me besó, me mojó la cara (aunque yo no le veía llorar). Y dijo: "Bambi, no lo digas a nadie; estoy aquí, escondido. No le digas a mamá, que lo sabes: pero ven a verme todos los días, cuando ella vaya a su trabajo, o al mercado...".

Y así lo hice. Cuando ella cerraba la puerta de la calle, yo subía corriendo la escalera. Abría una puerta, otra puerta, empujaba el fondo falso del armario. Y allí estaba él. Le había crecido la barba, estaba más delgado. Leía un libro de cubiertas verdes, con el lomo jaspeado: "Bambi, siéntate. Callado, silencioso, Bambi". Era un secreto. Un gran secreto sólo de hombres. La mujer no debía enterarse. Un secreto que nadie debía conocer.

(*"Bambi, historia de una vida en el bosque"*, por Félix Salten. *"Es verdaderamente grandioso cómo las palabras atribuidas a las criaturas del mundo animal expresan los sentimientos reales, propios de estas criaturas..."*)

Antes del encierro, a veces, en verano, me llevaba

por la tarde al pinar. Las piernas se me llenaban de
picaduras; orugas espeluznantes aparecían bajo las piedras, o sobre las matas; los pájaros gritaban raros avi-
sos, incomprensibles llamadas. Hacía frío, o hacía
calor. Tenía sed. Había hormigas y pinchos por doquier. El pan se llenaba de tierra... (...*Verdaderamente grandioso, como las palabras atribuidas...*)
Una vez, vi un pájaro muerto, medio devorado por
un horrendo manto de diminutas y móviles hormigas rojas. Salí corriendo, caí de bruces, mis rodillas
sangraban. Siempre tuve la piel demasiado blanca, el
sol me hace daño en la piel, en los ojos. La sombra
de la casa aguardaba, al fin, como un remanso: la luminosa sombra, verde y fresca, blanca y luciente, del
comedor, del espejo, de la delicada planta interior.
¿Por qué me llevaba al pinar? ¿Por qué era Bambi yo,
precisamente yo? Pero los hombres como él revestían
de los mejores atributos a las criaturas, que imaginan
extraordinarias, maravillosas. Los hombres como él
exigían a las criaturas pensamientos, deseos, ambi-
ciones extraordinariamente altos y luminosos. El mundo era una armónica sinfonía de sentimientos, de voces, de manos abiertas y generosas. Yo era Bambi,
gozoso entre los bosques. (Yo no era —nunca me
vio— un pálido y aterrado niño que no se atrevía
a decirle que el pinar le repugnaba, que aborrecía
los caminos polvorientos, que odiaba el amanecer
sobre nuestro escuálido río) Pero él recitaba: "*Los
hermosos dones, los grandes tesoros de la tierra*", en un
desolado paraje de arena y riscos, de lagartijas ladinas,
de hombres acechantes y sin hermanos. Él decía: "*La
gran familia del hombre*", y no tenía familia. Decía:
"*El inapreciable tesoro de la amistad*", y no tenía amigos. (Porque cuando estaba allí, escondido, pálido, con

la barba crecida, leyendo por vez número mil: *es ver-daderamente grandioso cómo las palabras atribuidas a las criaturas del mundo animal...*, sus hermanos habían abandonado el lugar, sus amigos habían desaparecido. Ya no se llenaban las tardes, los anocheceres, en el comedor de persiana verde [*"Otra botella más"*], de amigos, de charlas y sentencias...) *"Los sentimientos propios de estas criaturas"*, seguía leyendo, allá arriba, bajo la manta roja; porque el frío llegó, y en el escondite no podía ni debía encenderse la estufa. Nadie debía saber dónde estaba. *"Y cuando seas mayor, hijo mío, yo te lo explicaré; todo tiene su explicación. No creas que los hombres sean malos. Ya lo entenderás, cuando te lo explique. Es sólo un malentendido..."*, decía. Y yo pensaba que sí, que era verdad, que algún día me lo explicaría y todo quedaría muy claro, muy razonado. Lo importante, entonces, era que Bambi no perdiera, una vez más (como el Bambi del libro), su fe en los hombres.

(Pero Bambi, "¿no sabes estar solo?", le preguntan a Bambi el día que busca y no encuentra a su madre. "Pero Bambi, ¿es que no sabes estar solo?...")

Él sabía estar solo, días, noches. Días. Noches. Yo irrumpía en su escondite, en la mañana, cuando la puerta se cerraba detrás de mi madre. Ella nada sospechaba, a su regreso, cuando volvía cansada, ansiosa, la nariz enrojecida por el frío: *"Hijo, no has abierto la puerta, ¿verdad? No ha llamado nadie, ¿verdad?"*

No, no había venido nadie. No había abierto la puerta a nadie.

Pero yo no sé estar solo. No sé estar solo, y por eso Isa entró en mi vida, se apoderó de mí, se pegó a mí, como un voraz crustáceo. La tengo clavada en mi

carne: hiriente, molesta, inevitable. Porque no sé estar
solo, los muchachos se reúnen a mi alrededor; siento
la mirada de sus ojos: me creen y me crezco. Me he
sentido crecer así, en el silencio de las noches, en el
inaudible zumbido de las tardes, con los muchachos.
Cuando involucré a todos y cada uno de ellos en el
extraordinario sistema de un preciso y precioso reloj;
en una feroz, delicada maquinaria, apta para mover
un mundo donde los hombres son ellos mismos, únicamente, el único malentendido. Donde las criaturas
(animales todas) *expresan los sentimientos reales
propios de estas criaturas*...

V

EN ESTA CIUDAD

Aún sin despertarse oía la lluvia contra los cristales. El desaforado, odioso despertador, chilló dentro de su orejas, y alargó la mano para silenciarlo. "Latosa lluvia", bostezó. Apenas vio sus largos y rosados pies, sus uñas nacaradas, contra la estera de flores, el golpe del corazón, como un aviso, le devolvió la ingratitud de la noche pasada. Cesó el olvido del sueño, recuperó la conciencia de un filo agudo, implacable, hundiéndose en alguna zona muy dolorosa. Isa se oyó, en voz baja, casi susurrante: "Mario".

No era un día como todos los días, un tedioso discurrir sobre negocios ajenos, asuntos ajenos, intereses ajenos; sobre el teclado de la máquina, sobre los papeles y las carpetas, sobre los ficheros y las llamadas telefónicas; en el odioso fluir de las horas, en el infame suplicio de los insultos retenidos, en un abominable esfuerzo de sonrisas, y de interés; de ilusión incluso —oía la voz de Ortiz, el Jefe de la Sección de Correctores, al otro lado del cristal: "Si no se trabaja con ilusión, no es posible trabajar bien. Hay que poner ilusión hasta en la más sencilla tarca..." —; oía esa voz casi clerical, falsamente cordial, en las mañanas y tardes (indistintas bajo la eterna luz neón, porque no

era posible otra luz, allí no entraba el sol jamás).
No era un día como todos, era peor aún.

Isa se notó desfallecer, impotente en el principio
de esta jornada, de estas horas invariablemente repe-
tidas. Las bromas, los chistes, la pauta destartalada-
mente estimulante del café, del cigarrillo; las ironías
poco sutiles de Pelayo, las quejas de Margarita, la
participación (con ilusión fingida) en la quiniela colectiva... En este día, ninguna de esas horas serán soportables, compensadas por la única razón que podía man-
tenerla, todavía, en actitud viva y honesta frente al
mundo: "Mario no está. Hoy no veré a Mario".

Desayunó de prisa, sin mirar hacia la anciana que
aconsejaba ponerse las botas de goma; para no ver su
pelo de muerto color, tumultuosamente enredado bajo
la redecilla azul ("Mira que ponerse esa redecilla; a
saber de dónde la habrá sacado..."); para no percibir las encías desnudas, aún libres de la dentadura
postiza, ni ver su bata, ni sus zapatillas, ni sus manos
salpicadas de rosa y blanco, ni oír sus consejos falsamente maternales. ("Adónde iría a parar esa amabili-
dad, si no llegara el sobrecito consabido, ni los rega-
los consabidos, ni los famosos "extraordinarios".
Veríamos adónde iría a parar tanto cariño, si no se
llevasen la mitad, o más, de cuanto me ha sido y me
es posible arañar en este cochino mundo".) Su odio
pasivo, acostumbrado, bovino, tan ampliamente prac-
ticado en la oficina, fluía domésticamente. "No eran
tan amables, hace cinco años", rememoró, bajando la
escalera. "No eran tan amables, desde luego, los primeros tiempos." Cuando llegó a la ciudad grande y
nueva, con el bagaje de sueños, pobre estúpida;
cuando aún alimentaba la descabellada pretensión de
reanudar estudios, a costa de horas nocturnas, robadas

al sueño. "Ardientes ansias de trabajo y perfección..."
¿Adónde fue a parar la desquiciada inocencia, la bondad repleta de ignorancia?

Arremolinada en un compacto grupo de gentes,
ansiosamente apretujada a la puerta del autobús, Isa
repartió discretos paraguazos con mirada inexpresiva.
Trepó en la masa humana, partió, en la atmósfera
húmeda y caliente; sumisa y ausente, en un mundo
diminuto y aglomerado de discusiones que convertían en un alarido iracundo, absolutamente dramáti-
co, el cambio de un billete de cien pesetas en monedas. La lluvia azotaba las ventanillas, al otro lado
de los pisotones, la risa, la resignación y el tedio.

Jacinto, como de costumbre, se fue al pueblo apenas acabados los exámenes. En verano se reunía con
su familia: la madre, las hermanas, el honorable juez.
En esa etapa de reposo montaraz, entre matas de to-
millo, chopos y aire serrano, se reponía de excesos y
escaseces estudiantiles. A mediados de septiembre,
regresaba. Isa le veía descender del ómnibus, más
tostado, más gordo. Pensaba que, en la ausencia, se
hizo de él una idea más estilizada. Tres septiembres
llevaba ya, aguardando la llegada del autobús de la
sierra, en la nueva y flamante estación de los "Ómnibus Benítez"; tres septiembres recibiendo, con sonrisa vagamente nupcial, al novio que regresaba a los
libros, a las discusiones de la pensión (le robaban,
según él, los inapreciables chorizos portados en la
maleta); a los paseos vespertinos; manos enlazadas,
besos en el portal prohibido.

Se cumplía ya el cuarto verano. Papá había muerto: Isa llevaba aún luto. La falda teñida se ceñía
demasiado a las caderas (siempre parecía húmeda).

Estrenaba la blusa con diminutos lunares blancos
sobre el negro, síntoma de un convencional *alivio* que
no hallaba por ninguna parte.

Pero en aquel cuarto verano, Jacinto no regresó
del pueblo. Aquel verano se "prometió" con una muchacha, hija de terrateniente acaudalado; una chica
hermosa, alta, rubia, y poseedora de un sinfín de cua-
lidades más que, paciente y sibilinamente, deslizaron
en los oídos de su madre (y en los suyos) las hermanas Anchorena (conocedoras de toda familia o suceso
comarcal). Isa y su madre, en el comedor, centro
vital del piso, frente a la encristalada galería, intentaban enlazar una conversación banal. Pero volvían
a caer en el silencio, sólo atravesado por los mal disi-
mulados ayes y suspiros de mamá. Uno a uno, los minutos se hacían más intolerables. Todos los días llegaba
alguien (una amiga, un simple conocido) que añadía
noticias de Jacinto. "Qué pena, qué pena: una criatura
tan buena y tan joven..." Isa se sentía crecer en una
ira lenta, sorda. Parecía como si entre todos quisieran
enterrarla. Como si, a sus recientes veintidós años,
acabara de morirse: o la quisieran ya muerta, ya
pasada, vivida en otro tiempo.

Empezó a salir sola, por las tardes. Se iba al Ebro,
huía de las amigas, de su vana compasión o su fingida
condescendencia. (Excepto Maruchina, que le dijo,
con toda claridad: "Chica, lo que es tú, con lo que
son aquí los chicos, sólo falta que te haya plantado
Jacinto: Si no te vas de aquí, con la mala fama que
tenías ya...". Era decirle, más o menos: "O te vas, o
te dedicas al Ropero".)

"Pues me voy", se repetía con secreta rabia, aquella
tarde. Frente al río que muchas tardes presenció sus
lánguidos abrazos, sus repetidos besos, sus proyectos

hogareños, modestos, discretamente felices. En la ori-
lla opuesta, dos gitanillos medio desnudos correteaban
entre montículos de basura; sobre una escasa y dulce
hierba verde, inconcebiblemente limpia entre las inmundicias. "Tengo veintidós años y un bagaje no
común aquí a todas las chicas: algunos estudios, aunque interrumpidos, que pueden ayudarme a salir adelante..." ¿Por qué no completar aquellos estudios? Irse
de allí, escapar de la mezquina ciudad, de sus calles
angostas, de los soportales, del puente, del río; de los
paseos y de las meriendas; de sus santos de incalculable valor. Irse, abandonarlos para siempre. Isa descubrió aquella tarde la fuerza de su voluntad, obe-
dientemente sofocada durante veinte años ("Porque
una muchacha debe aparecer sumisa y dulce aunque
no sea dulce, sino mordaz; ni sumisa, sino iracunda").
De improviso, se sorprendió riendo. Había encontrado una risa llena, jocosa, en medio de la tarde, junto
a los álamos; arrancando mechones de color esmeralda, frente a un río que fluía sin importársele el
mundo, ni las muchachas besuconas, ni las orillas in-
vadidas de latas oxidadas y zapatos desparejados,
podridos, entre estiércol. Al verla reír sola, sentada en
el suelo, los dos gitanillos empezaron a gritarle cosas
(nombres ininteligibles), entre carcajadas. Allí los dejó,
desvergonzados, al aire sus oscuros ombligos, revol-
cados en la hierba, cuando ya se alejaba, secándose
las mejillas; porque nunca, nunca, se había reído así,
hasta las lágrimas, como aquella tarde. ¿Mamá, las
conveniencias, el dinero...? Sí, era despiadada. ¿Mamá
iba a quedarse sola? "¡Qué mala hija!" Sí, mala hija.
"Pero ¿adónde irás, desgraciada, adónde? ¿Qué has
de buscar por ahí, que no tengas aquí?" De los álbu-
mes fotográficos, de las viejas historias de familia, de

las anécdotas de clan, surgieron las Dos Ancianas: las inefables, dignas, señoriales y arruinadas primas de papá (que tanto le querían cuando era niño, cuando se quedó huérfano: "porque se puede decir que de madres, de verdaderas madres, hicieron para mí, hasta que me encarrilé...", oía la voz de papá, recordaba la humedad de sus ojos). Así, pues, de los empolvados armarios del historial familiar extrajo dos fantasmas encintados, les sacudió el polvo, los colocó de pie sobre la mesa del comedor y argumentó: "Iré a casa de las tías, y pagaré mi estancia; me saldrá mucho más barato, y, además, las ayudaré un poco". "¡Ay, ay, estas hijas de hoy día!" Mamá, doña Dolores, las Anchorena, suspiraban con fruición, la miraban de reojo; premonitorias, justicieras, augurando un fin lógicamente siniestro para la indócil muchacha que no tenía el buen gusto de dejarse enterrar viva.

Las Dos Ancianas la recibieron con el alborozo de suponerla portadora de suculencias pueblerinas; repleta de bienes y prebendas con que alegrar la sórdida dignidad que yacía, que agonizaba en velada miseria. La mirada de Isa recorrió paredes, techos; contempló la última llamada de la casa, el desesperado mensaje de los muebles, de los cuadros, consolas y espejos. Como si cada silla, cada florero, se aferrase con invisibles uñas y dientes a los muros, al suelo, al aire impregnado de alcanfor, azafrán y "Roses d'amour"; remisos, angustiadamente tercos y tenaces, negados a sumirse en las frías entrañas del Monte de Piedad. La sorpresa de las Dos Ancianas fue bastante seca, cuando Isa aclaró —no lo hizo antes, a sabiendas; lo hizo cuando se vio instalada en su habitación, aún rodeada de bienvenidas, mojados besos y pellizcos en las mejillas— que debía ponerse inmediatamente a traba-

jar, si quería costearse los estudios. "Pero tu madre...",
balbuceaban, las facciones súbitamente acartonadas
(convertidas, ya, en puras y descarnadas — casi vora-
ces — dentaduras postizas). "Pero tu madre... ¿no te
va a mandar nada?" No, mamá no mandaba ni recuerdos.

Isa quemó su primera nave: de entrada (como "re-
galito") depositó la mitad de sus ahorros en las ávidas
manos tendidas (palmas de porcelana rayada, sucia).
"Y no os preocupéis; si yo todo lo tengo bien organizado; si ya está todo planeado, y resuelto..."

Camino de la oficina, Isa siente aún la dureza, la
sórdida frialdad del dinero contado, céntimo a céntimo. "Yo comeré fuera de casa, porque mi trabajo no
me permite perder tiempo...", decía.

No comía fuera, ni dentro, ni en ninguna parte.
Mordía, a cachitos menudos, para hacerlo durar, un
panecillo; sorbía lentamente una infusión indescifrable, en la desapacible cafetería suburbial. Defendía
del hambre las dos pesetas para comprar el periódico, como un sagrado e intocable tesoro: y leía, entre
sorbos de un amargo y oscuro líquido, entre bocados
de un tierno y exquisito pan (nunca supuso, allá en
la ciudad muelle y estúpida, que un mordisco de pan
podía ser algo tan extraordinariamente bueno), la
Bolsa de Trabajo: buscaba alguna realidad, algo que
no fuese sólo una vana esperanza, un sutil engaño
disfrazado de generosas retribuciones; un complicado
laberinto empresarial que demandaba tentadores servicios, y desembocaba, como último eslabón, en el
simple pateo de la ciudad (para ofrecer, de piso en
piso, la desconocida marca de un detergente). Aún
no tenía empleo, aún no tenía nada. Los últimos

reductos de su irrisoria fortuna de la Cartilla de
Ahorros, iniciada el día de su nacimiento, acrecen-
tada por los modestos esfuerzos de papá y los más
sustanciosos del padrino Fernando (hasta que se murió), por los extraordinarios de Navidad, Reyes, Santa
Isabel... ¿Para qué recordar ahora, en la fría lluvia
de la mañana, el despiadado mundo de negativas, de
puertas cerradas, de hambre corrosiva, intolerable, que
la devolvía medio borracha de inanición al piso de las
tías, donde ofrecía, impertérrita, una impecable sonrisa de labor satisfactoriamente cumplida? Pero las
Ancianas no vivían de sonrisas honradas y laboriosas;
las Ancianas fruncían cejas, extendían manos de muñeca de China, opinaban que debían llegar "extraordinarios", "obsequios". ("Ah, viejas niñas, delezna-
blemente negadas a la muerte, viejas niñas mimadas y
cruelmente mantenidas, como ángeles desvencijados,
en un mundo que ya no admite mimos, niños, obsequios ni delicadeza alguna.") Porque: "Hijita, tú comprende: después de todo te tenemos en casa por mucho menos de lo que pagarías en cualquier pensión..."

La oficina de Isa forma parte de un edificio reciente,
levantado en un barrio aún sólo proyectado; un barrio
que, al parecer, sólo existe aún en alguna imaginación,
en algún plano. Mientras avanza, desde la parada del
autobús, Isa contempla la fachada enigmáticamente
encristalada de un edificio donde ha sido desterrado
el sol.

El Departamento de Correctores es su Departamento. Pequeña ruedecilla, ínfima cooperadora de la
gran maquinaria que produce Diccionarios, Manuales
de Mecánica, tomos de alguna indescifrable divulga-
ción científica, Tebeos, novelas para la juventud, y un

sinfín de otras cosas, totalmente inabarcables para Isa.
Al entrar en su oficina, le acompaña la desagradable
impresión de llevar prendido en su cuerpo el olor a
ropas mojadas, a paraguas hostiles; al sudor, aliento y
mal humor abigarradamente laboral del autobús. Intro-
duce su cartulina en el reloj-control (el "chivato");
aprieta el botón, oye el tintineo, sonríe vagamente a
nadie. Cuelga el impermeable, deja el paraguas en el
cubo de plástico — totalmente inadecuado entre la
armonía funcional de los muebles —, y se sumerge en
el tecleo, la luz neón, el rumor apenas audible de conversaciones moderadamente clandestinas. Al pasar, Pelayo le dice que tiene mala cara, con lúbrica ironía.
No tener buena cara, para Pelayo (Isa contempla fríamente el suéter flojo y gris, el necio bigote) supone
locas y desenfrenadas noches de amor. ("Cándida y
cochina es tu imaginación", se dice Isa, remedando remotas estrofas, de las muchas que flotan, perdidas, en
su memoria. "Sucia y optimista...")

Isa odia esta oficina donde encontró a Jaime, y la
ama, porque aquí vio a Mario por primera vez. Por
varios y distintos motivos, en cada tecleo, en cada
mueble, en cada rostro, Isa reconstruye, todas las
mañanas, su historia de desprecio y su historia de amor.
En la pared, el reloj le ofrece su luna blanca; inquietante, como el rostro de un antiguo cómplice.

Antes de llegar a esta oficina, trabajó (dispar y en-
tusiasta, ilusa y temerosa), primero, en una zapatería,
luego, en una tienda de electrodomésticos (Departamento de Contabilidad); luego, en otra oficina. Hasta
llegar aquí, y quedarse anclada, sumida ya en una
sutil red de Seguros Sociales, participaciones de fin de
año, pagas dobles, extraordinarios, nóminas, plantillas,
etc... Ya queda lejos la pobre Isa "eventual", sin apo-

yos, sin asideros, sin "seguros" ni "pluses". Isa camina
sobre la moqueta marrón con aire levemente posesivo, ligeramente sedentario. Se acabó la nómada Isa,
la peligrosa independencia (al margen de Utilida-
des, Seguros de Enfermedad y Otras Prebendas). Isa
sonríe pálidamente a sus lápices, a sus carpetas, a su
cenicero, aún impoluto. Hay un cansancio sutil, imperceptible, en todo cuanto abarca su mirada. Los estudios de Isa, ¿quién los recuerda ya? Tan sólo, por
las noches, acudió a unas clases de inglés, en la modesta Academia instalada en la misma casa donde
vivía. Una decepcionada pereza, una triste conciencia
de que *ya es demasiado tarde*, la aleja, más y más, de
un mundo que en otro tiempo creyó factible; incluso
hermoso.

Fue Jaime quien despertó su viejo deseo de aparecer "distinta a las demás" (no a *los demás*, sino a *las
demás*). Jaime era un hombre fornido, de pelo negro y
rizado, que usaba lentes con montura negra. Cuando
le conoció, tendría unos cuarenta y cinco años, ojos negros, grandes, un poco saltones tras los lentes. Alguna
en la oficina comentó que era un tipo "con gancho".
Isa lo miraba de hurtadillas, cuando, a veces, coinci-
dían en el ascensor. No le parecía ni guapo, ni feo, ni
especialmente atractivo. Sólo aquel día, cuando la llamó a su despacho y le encargó "un trabajo de más responsabilidad", sintió que renacía en ella, con sorpresa,
una olvidada y estimulante vanidad.

Ahora, con los ojos fijos en la página que no consigue ni siquiera deletrear, Isa reconstruye la mirada
de los ojos negros, abombados tras los lentes. Aquel
día, pensó que eran unos ojos extraños; parecían dos
peces tras el cristal de un acuario. "Un efecto puramente óptico", se dijo, con tonta suficiencia, al salir

del despacho temido y admirado. "A causa de los cristales de aumento." Días más tarde, Jaime opinó que
Isa era una muchacha con grandes aptitudes; que merecía un puesto más responsable; una oportunidad. "Él
sí que agarró un buen puesto, y aprovecha bien las
oportunidades", se burló Pelayo, mordaz. "Ese tipo está
aquí con un sueldo que ni puedes tú soñar, rica: él es
quien resuelve todas las papeletas, censura y todo
eso... Menudo tío. Claro, con su otro cargo, cualquiera
podría. El mundo es de ellos."

Isa rememora el paso hacia los Departamentos Altos
(donde la calefacción es más fuerte, donde los tacones
se silencian en la moqueta, donde las máquinas, las
mesas, son cómodas, modernas, útiles). Isa reconstruye
el "momento del ascenso"; la especie de tibio mareo
del primer día: cuando tuvo *su* mesa, *su* máquina, *su*
instrumental particular; no compartido, no promiscua-
do. Isa, ordenada, orgullosa, entró, por fin, en una parcela (pequeña y modesta, pero una parcela al fin) del
mundo al que creía pertenecer.

Ahora, estas cosas no tienen relieve, estímulo ni
interés alguno. La mañana pasa, la lluvia sigue. Ahí
fuera, la calle aguarda: invadida, de nuevo, por grupos
que esperan el autobús, que regresan a casa; que volverán, dentro de una hora, de dos horas, al mismo re-
corrido; entre las mismas quejas, las mismas protes-
tas, las mismas bromas; bajo la misma lluvia. Una
amargura lenta la retrasa; se queda la última, busca
el paraguas, el impermeable. Ya sólo queda el con-
serje, esperando, con las llaves en la mano.

"Si Mario no vuelve, lo iré a buscar", decide, súbita. Por lo menos, que no la abandone la ira, que no
la abandone lo único que la empujó hasta aquí, hasta
este momento en que la lluvia le moja la cara. Isa deja

deslizar por sus mejillas esas gotas frías, delgadas, con un placer difusamente rebelde.

Mario apareció en su vida por pura y fortuita casualidad. Entre sus obligaciones se incluía atender a personas como Mario. Aquella fue la primera vez que experimentó eso que oía llamar "premoniciones". El día en que Mario se acercó a ella, se sentó junto a su mesa, y escuchó su voz. El día que tuvo noticia de su aire distante y vagamente desdeñoso. "¿Qué le verán a este tipo? —comentó Pelayo—. Parece un galgo hambriento. Por aquí anda alguna deshecha por él." El día que vio por primera vez su cabeza de oro cobrizo, sus ojos azules, sus pómulos acusados; aquellas manos de largos dedos, que levantaban, con gran suavidad, el extremo del papel, y señalaban algo que Isa no logró captar, absolutamente inmersa en una desconocida sensación. Por primera vez, desde hacía muchos años, sentía admiración, respeto por un ser humano. Contemplaba, con fascinación infantil, el peculiar tono de su piel, raramente cubierta de algo que (había leído en los últimos tiempos demasiadas historias banales, lo reconocía) parecía "salpicada de polvo dorado". Por primera vez en su vida tuvo la certeza de que aquel hombre, y no otro, se inscribiría en su vida. Una certeza unida a un vago temor. Algo doloroso, amable, agrio o dulce. Malo o bueno, pero imposible de eludir.

El autobús aparece, al fin, entre los murmullos de protesta del grupo acechante (Isa recuerda vagamente un film documental: hombres salvajes, medio desnudos, alertas ante el paso de cierto animal, que surge hollando las matas; los acechantes salvajes saltan sobre él, le clavan sus lanzas). Isa se aleja hasta la esquina, y contempla una mujer que corre y protege con su delantal a una niña en uniforme de colegiala. Un hombre echa el cierre a su tienda de comestibles. Isa cruza la calle, se aleja sin rumbo, sin tino. "Y ese día entraron en mi vida los malos augurios; desorden, miedo, celos, desesperación..." Un bar modesto anuncia tapas calientes, bocadillos, café, pintados en sus cristales, bajo la lluvia. Parece vacío y oscuro, como una guarida. Isa cierra el paraguas, y entra. Como si pisara una tierra distante, extranjera, propicia al olvido.

VI

TRES DÍAS DE AMOR

He despertado bruscamente, como si esta vez el sueño fuera realmente un delito, un lujo prohibido. No recuerdo cuando me dormí. He buscado mi último recuerdo entre esos libros medio devorados; algo que pudiera aislarme en un estado de inconsciencia. Los libros que me hablan de antiguos y refinados sistemas de tormento. Quien aquí se refugió del mundo, en otro tiempo, sentía una excesiva afición por los crematorios, las crucifixiones y las exterminaciones masivas. Quizá por eso hay algo parecido a la pegajosa huella de un humo graso, incrustada en las paredes y los muebles. Un humo que debió emborronar este cielo, a veces, sobre determinados puntos de esta isla. ("*Un humo graso, negro, llegaba: procedente de humanas antorchas... el diablo se diluía, escapaba humillado, convertido en humo negro y grasiento...*", escribió alguien, aquí, en esta habitación.)

He intentado descifrar los manuscritos, estos delirantes ensueños, mezcla de brujería y petulancia científica. Es extraño que nada de todo esto me resulte ajeno. Ni una sola cosa, en éste desvencijado y sucio paraíso particular, refugio de un hombre ya muerto hace muchos años, me resulta desconocida.

Yo he conocido a este hombre. Yo he leído esos libros,
esos manuscritos, en innumerables rincones de este
país donde he nacido. He tropezado, infinidad de veces, con idénticas máquinas demenciales, pulcramente
dibujadas; con idénticos y descabellados sueños de
severidad y lujuria. Conozco estos desesperados saltos
hacia atrás, esta búsqueda en pos de una razón que
pueda servir de excusa, o estandarte, o cobijo, a un
grande y desamparado temor del mundo, de la muerte, del dolor, al fin. Este patético retroceso en pos de
unas migajas de eternidad, este desdichado afán a
sobrevivir al olvido. "No quiero morir, no quiero
morir", gritan todos los objetos: los hacinados
muebles, las estanterías dobladas por un peso ya
sólo hecho de polvo y humedad. La tortura de la
carne, la ciencia, la soledad, la incuria, el dulce y
vago amor por lo imposible: esos díscolos muchachitos desnudos, coronados de pámpanos, que levantan
sus brazos hacia inexistentes pájaros celestes... Todo
clama, gime, inventa una limosna de eternidad, una esperanza de eternidad. "No me quiero morir", oigo en
los crujidos, en los súbitos chillidos de las ratas,
en el silencioso e implacable descenso del polvo sobre
el polvo. Nada me es extraño en esta habitación. Habitaciones como esta, abundan. En cualquier pueblo,
de cualquier región; entre cadenas de montañas, junto
a ríos más o menos secos; en la lejanía o tras hile-
ras de álamos y chopos, existe siempre alguna estancia
estrecha, larga, vacía, que espera en vano el regreso
de un fantasmal imperio, de algún desteñido carnaval,
acaso nunca celebrado. Estancias vacías y cerradas,
hombres vacíos y cerrados. Muros, papeles, legajos:
caligrafía señera, orlada, arabescada y solemne. Caligrafía. Las palabras se han convertido, bajo el polvo,

en simple caligrafía ya desusada. Todavía — y pienso
que mi país no es sólo una, ni dos, ni tres ciudades
más o menos evolucionadas — nos hallamos rebosantes,
infestados de habitaciones estrechas, altas y cerradas,
donde siempre es posible esconder a un fugitivo. Invadidos de habitaciones a donde ya no llega la luz del
sol, donde las puertas se condenan, y se enmohecen los
pestillos. Grandes habitaciones en reserva. Grandes
reservas. Mi país no son dos o tres bellas ciudades, mis
compatriotas no son sólo mis amigos. Mis compatriotas
cierran puertas, clavan ventanas, guardan celosamente
el polvo, el podrido papel; para que las ratas pasten la
hermosa, grave, señera caligrafía (*"ya no se escribe
con tan buena letra"*). Qué gran desprecio puede ir
recolectándose aún, en las grandes reservas. Minas
aún inexploradas de desprecio, de profunda, sólida e
insobornable ignorancia. Largas y estrechas salas de
baile sin baile, espectros de máscaras transparentándose en los muros; reservas infinitas de soledad. Cualquier hombre puede decir, cercado a preguntas, que,
ciertamente, ahora lo recuerda: él también tenía un
tío completamente chiflado, encerrado en una casa de
campo, y que era el hazmerreír de... Casi todos mis
compatriotas disfrutan el parentesco, la amistad, el recuerdo de hombres absolutamente enajenados y *diver-
tidísimos*, encerrados voluntariamente entre catalejos,
brújulas, teorías y cartas orográficas o marítimas.
Grandes reservas. Caligrafía.

He despertado con el sacudimiento impreciso de
haber cometido un error: dormir, descansar, olvidar.
No se puede abandonar la vida así, tan dulcemente, sin perderla. Dejar la vida, con cuidado, para que
no se caiga, ni se rompa, ahí al lado, junto a la ropa,
los zapatos, el reloj y las gafas. Y recogerla mañana,

cuando vuelva el sol: cepillarla, sacudirle posibles motas y volverla a utilizar. Es un escarnio a la vida, imagino, abandonarla de forma tan trivial, puesto que la vida no es fácil, ni asequible, ni grata. Es una inconsciencia, una frivolidad, dormirse como me he dormido yo.

Me duelen los ojos, hay una luz excesiva en este cielo, aún ahora, cuando la luna se ha marchitado como un pétalo, y el amanecer es sólo líquido dorado, transparente. Aun así hay algo excesivo en la suavidad de este cotidiano nacer a la luz, para mí. Hiere mis ojos. Tengo la vaga sospecha de que el sol me odia.

Aún me dura el asombro de su nueva visita, cuando ya se ha ido. De que se haya sentado y me haya hablado. No esperaba verla más, y menos aún sin el tapiz de la noche, sin la fácil ignorancia de la oscuridad, donde no puede distinguirse un gesto de ira, o de temor, o de simple confusión. Es raro que haya vuelto, e imagino, o mejor dicho, estoy convencido de que para ella tampoco este regreso es explicable. Aquí, al otro lado de su puerta, donde al parecer se acumula todo lo que, en otro tiempo, pudo hacerla sufrir o soñar. Es curioso ese inseguro y triste anhelo que la empuja a ella también (como a todo lo que alienta en este suelo). Desde la cima de su presente, tan dolientemente adquirido, año tras año, corre desesperadamente hacia atrás, busca algún cabo suelto que seguramente debe balancearse en vacío: para asirse a él, tal vez, y remontarse hacia un país o una razón más convincentes que este suelo y esta razón. Adivino que odia estas paredes, que le repele este polvo, esta madera podrida, este suelo empalidecido por el tiempo y la sal. Pero viene aquí, regresa a este lugar, donde yo estoy y que, en definitiva, le ha sido impuesto; a quien tal vez fuera de aquí pudiera odiar, o despreciar, o ignorar. Siempre, el cúmulo de circunstancias, las dispersas partículas que flotan en el aire que, de improviso, un viento extraño reúne, aglutina, da forma y sentido. Es extraño, pero no me extraña del todo. Porque, desde que empezó todo (y empezó en el momento en que cerré los ojos de aquella mujer, y contemplé sus labios ya mudos para siempre, y la escondí por fin, con su anhelante y muda venganza, en el estrecho agujero de los muertos urbanos), late, en todo cuanto me rodea, un renovado, insistente reencuentro.

Los detalles más nimios cobran una significación especial. Ella ha visto la caja con las provisiones que anoche depositó aquí Bear, y se ha dado cuenta de que no la he abierto siquiera. Todo, hasta lo más banal, adquiere un relieve preciso, exacto, si se está encerrado; en espera de la grande, la única justificación. La enorme y aplastante oportunidad de la venganza.

Encerrado. Como lo estaba él, junto a las cada vez menos sugerentes —imagino— correrías de un Bambi que se alejaba, a buen seguro, en el último jirón de su fe. Creo que para él también resultaría decisivo el color de los objetos, a medida que la luz crecía o se apagaba en ellos; el reptante fulgor del sol pared arriba, el último vestigio de la noche sobre sus párpados, o sobre el papel; allí donde podía leerse, todavía (los ojos, al fin, se acostumbraban a la ausencia de luz): *"Pero Bambi, ¿es que no sabes estar solo?"*.

Ella ha sido buena persona, ha traído una bandeja

donde humeaba café; un olor, según dicen, reconfortante, estimulante. He tomado y tomo al día tanto café, que ya no sé si es estimulante o no. Se ha sentado ahí, junto a la mesa, en ese sillón de contextura paquidérmica, donde parecía perderse. Ha sido buena persona: hemos hablado de nada trascendente, de nada agrio, o festivo, o alusivo. Hemos hablado como correctas y circunstanciales visitas: de la isla, de Bear, del mar. He fingido que me importan las anécdotas de la isla, las vagas referencias a los estudios de Bear, y he asentido a su opinión sobre la belleza de este mar. Pero tengo el absoluto convencimiento de que ella sabía perfectamente que no me importan las anécdotas, ni de la isla ni de Bear, ni me gusta el mar. Lo sabía, lo leía en sus ojos, en sus manos, en toda su figura, de pronto extrañamente rejuvenecida, fundida al fondo de ese inimaginable sillón — sólo es posible crear o diseñar un mueble semejante en un lugar semejante —; como si regresara, por fin, a un tiempo muy tierno, muy joven, muy doloroso y amado. Mas que rejuvenecida, intemporal (como los efebos desconchados de la pared, en su inmóvil danza). Es curioso; la he contemplado, perdida dentro de esa especie de animal-mueble; tras de ella se abría la puerta, y al fondo aún podía distinguir un muchacho, imbécil y desnudo, con los brazos en alto. No he podido desunir sus dos imágenes, ni dejar de pensar que era algo natural (sabido y conocido anteriormente por mí) la visión de aquella mujer y aquel cretino mural al fondo.

No parece mucho mayor que yo. Es extraño que casi tengamos la misma edad. Supuse que había una distancia total entre nosotros dos, y sin embargo, qué raramente próxima la he visto de pronto, cuando la luz ha sido más violenta — esa luz que no me gusta y de

pronto he agradecido y deseado —; cuando he distin-
guido con claridad sus rasgos, el color de su piel, de
sus ojos y de su ropa. Tiene, efectivamente, el cabello
negro, brillante y liso. He perdido el contenido de sus
palabras — no de su voz, que ha vuelto a envolverme,
como anoche —, pero me ha sido revelada su piel ligeramente quemada por el sol, especialmente suave a la
mirada. No es una tersa piel de muchacha, una esta-
llante piel joven, dulce y fresca. Es una suavidad que
se aprecia simplemente en su contemplación; una piel
donde residen, indudablemente, infinidad de horas, de
minutos, de un tiempo que nada tiene que ver con el
cronometrado vacío que utilizamos en nuestras idas
y venidas, en nuestros afanes y negocios. Un tiempo
secreto, reservado únicamente, quizás, a la soledad;
dulcemente alejado, placenteramente triste. Es curioso, no sonríe nunca. Hay un rictus de seriedad que
imagino fue, en otros lejanos momentos, una seriedad
precoz. Como la de algunos adolescentes a los que de
inproviso se les exige una actitud madura. Esa rara
seriedad no ha abandonado su semblante. Sin saber
por qué razón, me ha parecido invadida por una desconocida, inexplicable y avasalladora belleza. Una sensación curiosa, saber que la belleza no está allí for-
mada por el contorno de su rostro, ni la curva de sus
ojos, o el color de su piel. Una belleza desusada, poco
conocida. Como desgajada de alguna misteriosa región, desciende y la invade, igual que lluvia o resplandor. Su rostro, moreno claro, sus ojos, su cuerpo
delgado (inexplicablemente salvado de angulosidad
agresiva), su delicadeza, me han parecido, inesperadamente, los más bellos. Aunque no lo sean.

Isa es mucho más joven, más bella, seguramente

más atractiva. Aunque su belleza sea ya, para mí, algo tan repetido y obvio como sus palabras, sus gestos o su amor. No entiendo por qué razón se ha de prolongar el hastío, cuando el amor, o el deseo, o el simple goce de lo imprevisto, son imposibles de prolongar. Creo que, al igual que de los bienes materiales, deberíamos programar una repartición más equitativa y justa de nuestros sentimientos.

No sé cómo se llama, ni ella sabe mi nombre. Nunca como hoy, en este día extraño, especial — un día que parece suspendido y sin horas, sobre las tinieblas de dos noches que han de formar en el tiempo de la venganza —, me parecieron las palabras tan ornamentalmente inútiles. Como la caligrafía del viejo que inventaba torturas y deleites, absolutamente inanes, ya, sobre el papel. Acaso una sonrisa puede suplir un complejo y organizado sistema de palabras: como también un gesto despectivo o burlón, unos labios doblados por el orgullo o una mano quieta, cálida, sobre otra mano. Aunque, en verdad, no me ha sonreído, ni ha tenido un ademán para mí que no fuere totalmente convencional. A pesar de todo, algo ha brotado (brota aún y va creciendo en el día, en el aire, en la atmósfera) que suple las palabras, los nombres, e incluso el paso del tiempo. No es frecuente este acercamiento, esta rara aproximación, como agua que va ensanchándose, vertiente abajo, llenando surcos, grandes y secos agujeros; como el agua que va arrastrando piedras y convierte el polvo seco en lodo, y regresa, al fin, a una vida oceánica, verde, aún inexplicable. Siento como si ese mar que vagamente temo, que es como la imagen de un terror que me atenaza, se tornara imaginaria e inverosímil playa; un suave e inofensivo acer-

camiento del mar, desprovisto de terror; un mar que
humedece esta seca arena que me rodea, y me convierte en isla, y me sumerge, al fin, en una sima donde
la luz es otra, y la luz tiene una nueva y desconocida dimensión. Donde no pueden oírse palabras, ni
existe otro idioma que el fluir de la vida, desplazán-
dose, uniéndose, separándose; me imagino a mí mismo,
flotante, igual a ciertos peces que contemplé en ocasiones, con secreto desasosiego, en los acuarios.

Hay muchas clases de vida, de belleza y fealdad;
y hay días como éste, en que existo despacio, oprimido por alguna especie de ley submarina. Oprimido
al tiempo que liberado. Por ejemplo, liberado — aunque sea por breve tiempo — de los gestos cortantes
y decisivos, a los que me siento estoy tan irrevocable-
mente abocado. ¿Estoy? ¿O me han hecho? La duda
es mi única posesión. La gran duda, por fin, que en
este día flota lentamente hacia una superficie frecuen-
temente hermética. La duda es mi único bien. Qué
extraño, cuando ella ha vuelto — y ya no me parecía
inverosímil este regreso — nos ha parecido (poseo ya
un nuevo sentido que permite enlazar sus pensamientos y los míos) que no se había ausentado nunca.
O, por lo menos, que durante su ausencia nos habíamos conocido más; que nos habíamos explicado cosas
ínfimas, trascendentes, soterradas o públicamente co-
nocidas, pero infinitamente nuestras: suyas y mías. (A
veces, un amigo pintor me decía: "dejo de pintar unos
meses y me parece que pierdo tiempo, que pierdo fa-
cultades. Pero cuando vuelvo a coger los pinceles descubro que sé mucho más, que he aprendido mucho en
ese aparente ocio".) En esa invisible escuela, fantasmal
y sabia, alguien, durante la ausencia, nos instruyó en la
difícil ciencia en que consiste la inaprensible, irrazo-

nada, difícil proximidad de dos seres. Dos seres que desean expresar, entender, comprender o destruir conjuntamente alguna duda. Esa duda, que descubro también en ese otro cuerpo: no en sus palabras. No sé cómo puede desprenderse, algunas veces, la realidad física, el cuerpo, la piel, el tacto que forman un ser humano, de su pensamiento o sus palabras, de su esencia espiritual. Ese cuerpo delgado (que casi podría ser hiriente o desapacible, si no pareciese detenido en su especial linde de fragilidad, de agudizada dulzura) me ha revelado su gran duda, también, con mucha más claridad que cualquier palabra, o manifestación (*"...propia de criaturas de su especie"*). Me parece tan revelador cada movimiento de su cabeza, de sus rodillas — casi rodillas de niña —; la curva de sus pómulos, su boca de labios fatigados y graves, sin sonrisa. Fugazmente, en algún momento, parece un muchacho. En otros, una remota esfinge, un ídolo intrínsecamente femenino, implacable y sanguinario: sólo redimido de su lejana crueldad por los siglos, por la erosión de la piedra bajo el viento o el azote de la arena. Sin saber cómo, me he dado cuenta de que no tiene los ojos negros. Sólo son ojos oscurecidos, ensombrecidos: pero si en ellos entrase el sol, se encenderían como granos de uva. Pienso, mirándola, que es como la corporeización de una gran incertidumbre, de alguna inacabada pregunta infantil; de una patética incomprensión del mundo.

Sólo cuando ya no hablaba, cuando quedó el silencio flotando después de mis palabras — de sus palabras también —, me he sorprendido y sobresaltado de cuanto le he dicho. Ahora comprendo, en oposición a lo que antes pensé — todo sucede, a la vez, tan

vertiginosa y lentamente; resulta todo tan contradictorio y consecuente —, el valor de las palabras, de esa
única arma que esgrime trabajosamente el hombre a
través de una selva de golpes, sangre, crueldad, ignorancia, estupidez y ambición. Desesperadas palabras en
lucha constante contra la brutalidad, contra los sonidos
guturales; contra los gritos de salvaje placer, o el ru-
gido del oscuro vientre del mundo. Contradictoriamen-
te, por sobre la frágil y emplumerada caligrafía, he
reconstruido, palabra sobre palabra, un vasto recorri-
do, una larga peregrinación de terror y de odio.

Sólo cuando ha vuelto el silencio me he apercibido que el sol se hundía, que estábamos perdiendo definitivamente la luz del día; que un día más,
con su luz, su viento, su soledad o su recóndita
alegría, se sumergía en el gran pozo irregresable.
¿Cómo le he contado lo que no se puede contar? ¿Cómo sé de ella lo que no es fácil entender? No
comprendo, ahora, en este silencio que nos une, tan
extrañamente acercados, tanto que se tocan nuestras
rodillas y siento el roce de su mano, no comprendo,
me digo, a las gentes que pueden referir, ordenada, severa, consciente y cronológicamente, la historia de su
vida. Nadie tiene historia, pienso, en este silencio que
está cercándonos, apretándonos de forma cada vez más
insoportable. Nadie puede contar la historia de su vida. Lo único que se puede hacer es esto: hablar de un
niño, de un paisaje, de un árbol, de un gran miedo.

La única historia que yo puedo contar es la de
una avasallada y escarnecida fe infantil. Hemos
podido hablar juntos, y reconstruir, o reencontrar,
juntos, en nuestras enlazadas y mal hilvanadas historias, las raíces de la incertidumbre; la incapacidad de
comprender; el gran estupor. Ahora, en este súbito si-

lencio (que sólo es, en realidad, ausencia de palabras)
he reencontrado, enterrado bajo mil coberturas y auto-
justificaciones, un inabarcable y casi dulce desengaño.
"Yo no era tan razonable, ni tan lúcido, ni tan admirable...", recita, desapasionada, una oscura voz.

Soy un vulgar mercader. Me he autovendido, a
pedacitos, poco a poco, para poder especular progre-
sivamente con mi propia verdad. Empecé a comprarme pedacitos de mi propia verdad el día en que me
dije: *No puedo hacer esto, o aquello; hay un gran
impedimento en mi vida, la gran responsabilidad que
ello representa*... Continué comprándome parcelas de
autoverdad cuando se me reveló la fuerza, la inocente sabiduría, la desarmada indignación de unos
muchachos que no han aprendido a especular, ni
quieren engranarse en el sistema de autoconsumición
que me atrapó a mí. Seguí vendiéndome mi propia verdad aun entre esos muchachos que no precisan, para
rebelarse, ni el odio, ni la estolidez, ni el hambre. Pero
son muchachos jóvenes, y yo he perdido al muchacho
que fui. O, acaso, no lo tuve nunca, no lo fui nunca.
Es una extraña sensación esta, como si me contem-
plase desde un ángulo, ajena y claramente; joven,
como ellos, grotesco remedo de Gore Gorinskoe (por-
tando a hombros una anciana que le golpea los hi-
jares con los talones, que le azota, y le obliga a caminar entre frases amorosas: *hijito querido, camina,
camina, lindo muchachito*...). Es como si, de pronto,
les viese a ellos, delante de mí, doblando la esquina,
perdiéndose. Y me he visto correr tras de ellos, con la
anciana a cuestas, sintiendo sus golpes y sus dulces
nombres: y les he gritado a esos muchachos que me
esperen, que esperen, que no les quiero perder. Pobre

y humillante verdad, muchacho envejecido, profesor de vacaciones para chicos que perdían el curso; oscuro corrector de páginas que hablan del petróleo, del porvenir del aluminio, de muchachas que besan a hombres maduros en el último capítulo, de traducciones infamemente proferidas: irreconocibles idiomas en lucha despiadada contra el sucio, desgraciado y mísero hombre que arrastra un cadáver de anciana; heredero de un solo bien: la venganza. Pero he seguido, sigo, aún estoy en el límite mismo en que parece suspendida la desenfrenada carrera. Estoy aún comprándome, y vendiéndome. Cada vez me vendí más caro, cada vez me compré a mejor precio. He hecho conmigo esplendidos negocios. Mi verdad en venta ha sido bien autocotizada. Recuerdo que una vez, siendo niño, conocí a un hombre que contaba mentiras, y se las creía. Si no las hubiera creído, lo hubiese tenido por gracioso, o embustero. Pero, como las creía, sólo parecía un desdichado loco.

Pienso en la misteriosa razón de esta mutua y ya irreprimible búsqueda, en el porqué de este inevitable encuentro que nos cerca. Sí, en verdad, nada tenemos en común, excepto la duda.

VII

EN ESTA CIUDAD

Tres largos días, sin una llamada, ni una línea, ni una noticia. Mario dice siempre: "no voy a escribirte, no vale la pena". Tantas veces lo dijo, cuando se desplazó a cualquiera de esos lugares de donde ella permanece excluida, con sorda rabia, en un contenido rencor que debe amordazar cuidadosamente, si no quiere perder el último jirón de lo que representa, ya, su única razón de vida. Pero otras veces supo perfectamente adónde fue él, con quién, por qué. No esta pueril y burda mentira, esta mal pergeñada estupidez. "Es como si yo no le importase, como si le diera lo mismo que le crea o no le crea", desliza una voz perversa e interna, gota a gota. Nunca recibió una carta suya, es cierto, y muy pocas — las más precisas— llamadas telefónicas. Siempre fue ella la ordenadora de encuentros, citas; la encargada de fijar días, horas, lugares. Mario se limitó a asentir, a aceptar. Al principio, con un vacilante agrado. Ahora, con una total entrega al tedio, a la costumbre, al fácil asentimiento: porque intuye y teme, acaso, que la negativa sería más incómoda.

"Él no me conoce, como yo le conozco", piensa ahora, sentada a la mesa, entre las dos ancianas que vierten equitativamente en los platos una sopa humeante e insulsa; que charlan entre sí con curiosos monosílabos, especie de signos captados en el aire; como misivas en un clima ya pasado, ya vivido anteriormente, sólo inteligible para ellas. Isa ha llegado a la conclusión de que hablan entre sí como pájaros, en una vieja clave, un semilenguaje hecho de repeticiones y ecos de otras conversaciones ya ocurridas, ya sabidas, año tras año. Un lenguaje que les permite insinuar, o apenas pronunciar, media sílaba para entenderse. Oír su rara charla es como escuchar una inconclusa sinfonía de breves sonidos guturales y prolongadas eses finales. Por un instante, Isa se pregunta si la felicidad consistirá, al fin y al cabo, en esto: una vejez arrullada en el simple hecho de no tener que desprenderse del azucarero de plata con las iniciales de *"los papás";* en verter chorritos de sopa humeante sobre esos platos de flores azules y arabescadas que, *"afortunadamente, han podido conservarse".* Con amarga sonrisa, Isa remonta su memoria al tiempo en que llegó el bienestar (pobre bienestar, basado en un patético *"no ir a peor, no tener que deshacerse de lo que, hasta ahora, consideramos todo nuestro mundo").*

Eran los días en que empezó su breve y vulgar historia con Jaime; cuando la vida monótona, anodina, absolutamente desolada de la joven Isa ("entonces, sí; entonces era verdaderamente joven") respiró, creció, descansó al fin en un mundo de tranquilidad. "Tranquilidad, no tener que recontar, pensar, distribuir. Vivir la vida decentemente —piensa, inmóvil frente a su plato—, con la dignidad mínima para no atravesarla como un salteador, o un mendigo, o un miserable, es mucho más difícil de lo que puede imagi-

narse desde un rincón provinciano, al borde de un
río, junto a unos gitanillos que se ríen de la vida entre inmundicias, latas oxidadas y podredumbre." Vivir con un mínimo de paz, de bienestar, sin acucian-
tes fantasmas de fin de mes, facturas, zapatos que ya
no pueden llevarse con decoro, es mucho más difícil
de lo que piensa una pobre chica nacida en una ciudad pequeña, familiar y despiadada. Isa comienza a
ingerir en silencio su deslavado plato de sopa; dispuesta a olvidar, a dejarse mecer (por unos minutos
al menos), al margen de toda esperanza, de toda desazón; de todo augurio, bueno o malo.

"Pero es difícil, no pensar. Creemos que se puede
decir: voy a echarme un ratito, a cerrar los ojos, a
descansar. Y no es cierto. No voy a descansar. Nadie
puede descansar, si está despierto: el pensamiento
vuela y conduce a esa zona donde no deseamos volver,
y volver y volver. Esa horrible zona que nos trae otro
tiempo, el bueno, el que hubiéramos querido paralizar en los relojes, en el calendario; y el otro, el que
quisiéramos ahuyentar, borrar del mundo."

Pensar, y pensar; y recordar a Mario, a Jaime.
Recordar la historia, a jirones, a trechos; el tiempo
de Jaime, y el de Mario. "Jaime no ha sido malo.
Nunca fue malo conmigo", piensa, de repente, para
ahuyentar el abrasado temor, el dolor difuso que el
solo nombre de Mario clava en su conciencia. ("No
volverá. Lo he perdido. No volverá.") Jaime, entonces ("tan absurdas cosas ocurren en el monótono
transcurrir de nuestros días"), se revistió en su imaginación con los atributos del malo. El malo y el
bueno de los cuentos infantiles y las películas inocentes, se encadenan en la mente de Isa como un
juego idiota; una grotesca rueda de seres tomados de

las manos, que inventan el bien, el mal, el pecado,
la virtud, el honor, la perversión. "Cuánta mala lectura, cuánta imbecilidad, cuánto veneno", se dice, con
una rabia blanda, pero incapaz de despertarla, o em-
pujarla. "Cuánta idiotez disfrazada de sabiduría."

Ahora, en este momento, ridículamente sentada
ante un ridículo plato de sopa, Isa recuerda al hombre "malo", al "seductor", al "aprovechado", y reconoce, flotante en un diluido despecho (mientras ese
plato transparenta retorcidas guirnaldas de una preciosa
y desaparecida grandeza), que "no era tan malo"
En tanto que el bueno, el justo, el limpio, el
amado... Isa experimenta unas desusadas ganas de
llorar. "Yo nunca lloro", intenta convencerse. Algo
férreo, despiadado, se aprieta alrededor de su cuello
como una amenaza intolerable. Isa se levanta
y desea decir: "No tengo apetito, me duele la cabeza, perdonadme, voy a descansar un rato..." Pero
ni siquiera puede decirlo. Es decepcionante, también,
saber que, ahora, su brusquedad será acogida con be-
nevolencia. Ahora, la dejarán marchar, con mirada
tierna y comprensiva; dirán: "Pobre niña, trabaja demasiado". "Igual que entonces", ironiza, y empuja la
silla, que chirria groseramente. Busca la habitación
oscura, se echa de bruces en la cama, apoya la cabeza
en el bulto demasiado blando de la almohada. La
superficie rugosa de la colcha hiende su mejilla.
La aparta, descubre el embozo, busca la frescura de
la sábana. Ahora sí; ahora, una súbita humedad,
cálida y desesperada, empapa el minúsculo tro-
cito de lienzo, junto a la sien. Este pedacito de lienzo que huele tiernamente a una lejana habitación
donde había una lámpara japonesa y un extraordinario, inconcebible bienestar, llenaba el aire, el mundo;

una ya imposible sensación de amparo muelle, defensivo. "También Jaime, entonces, me devolvió una sensación parecida." No era ya el remoto y perdido calor, el imposible cobijo. Pero sí un relajado y deseado alivio, un gran descanso. Algo casi olvidado: la noción de lo que podía ser el mundo sin miedo a la malevolencia, sin temor a la maldad que la rodea, sin importarle demasiado las tristes y mezquinas defensas de quienes — como ella misma — debían golpear, morder, cavar, pisotear, para no hundirse definitivamente en el polvo que todo lo entierra. "Él no fue demasiado malo." ¿Qué más podía pedir, en un mundo donde la máxima aproximación humana era la envidia? ¿Qué más podía pedir, entonces? Isa cierra los ojos. Las lágrimas son ahora el hilo de un ovillo, de una madeja desoladoramente interminable. "¿Por qué dirán las gentes que el llanto consuela?", piensa. "¿Quién dijo que llorar es empezar a consolarse? Algún cretino que sólo ha llorado en el dentista." Pero ni siquiera puede sonreír a sus propias gracias, como otras veces, cuando buscó un jocoso comentario con que paliar íntimas — y ahora demasiado frecuentes — desilusiones. "No es ser malo devolver a una muchacha el gusto de vivir, de mirarse al espejo, de estrenar un vestido, de cenar en un restaurante decente, de poder divertirse, bailar..."

Una vez, hacía muchos años — quizá tenía ella trece, o catorce —, en un folleto ilustrado que Patricia, la criada, recibía semanalmente a cambio de modesto peculio, Isa leyó una prolija escena de seducción. En la cocina, sumida en la lectura de aquellas hojas, Isa observó a una Patricia siseante, frente a la mesa olorosa a lejía y guisos bajo el tenderente - gitano - doméstico que ofrecía, en la tarde de lluvia, una colada rápidamente rescatada de la galería. Patricia no atendía a su requerimiento de niña, hambrienta y friolera, que vuelve del desapacible Instituto: "Patricia, mujer, que me des algo de merendar; que no cenaré, porque mañana tengo examen y me quedaré estudiando hasta qué sé yo cuándo..." Patricia murmuró, se levantó con desgana, abandonó sobre la mesa las páginas coloreadas *con santos* — como decía —, y fue a prepararle un bocadillo. La observó, mientras partía un panecillo por la mitad: Patricia aparecía presa de una ensoñación difusa, semiidiota, semiangélica; perdida en un mundo remoto y, a no dudar, precioso. Un mundo que yacía ahora, abandonado, en la mesa de la cocina, desde el paréntesis donde podía leerse, en cursiva, la palabra *(continuación)* hasta el paréntesis donde decía, en iguales caracteres *(continuará)*. En el recuadro coloreado, una rubia muchacha cedía, horrorizada y blandamente (como a merced de alguna vandálica pero ineludible invasión), a la insospechada fuerza de un extraño sujeto, que lucía pelambre negro-rizada y chaleco a cuadros. Distraídamente, Isa ojeó el folleto. "¿Por qué lees estas cosas, Patricia?..." Patricia le dio su bocadillo, y, sin responder a su pregunta, le arrebató los papeles, para hundirse de nuevo en las aventuras y discusiones de aquella curiosa pareja. Isa rememoró los días — hacía apenas dos años — en que, pacientemente, enseñó a leer a Patricia. Pobre Patricia, entonces, recién llegada del pueblo, huérfana, porque las ruedas de un carro de alfalfa habían partido en dos, sin consideración alguna, el cuerpo de Padre. Sobre el camastro de Patricia, en la habitación interior donde nunca entraba el sol, prendida a la pared con chinchetas, estaba aún la fotografía de Pa-

dre, con boina, aureolado por difuminados vahos que
lo desgajaron de su primitivo puesto en el grupo familiar — de donde fue separado, ampliado y retocado —
para relegarlo definitiva y palpablemente al reino de
los muertos. "¿Por qué lees eso, Patricia?", repitió más
tarde, obsesionada por misteriosas preguntas que en-
lazaban, sin aparente lógica, la escena de la joven avasallada con la fotografía del Padre clavada en la pared.
Patricia estaba ya fregando, en el vapor del agua
caliente y del mal humor que caracterizaba aquellas
horas. Isa mordisqueó, con aparente desinterés, una
manzana. Patricia dijo: "¿Pues no tiés que estudiar?
¡Anda con tus libros y déjame en paz!" Allí estaban
las páginas, aún, ya leídas, sobadas, apiladas, con destino a los vasares o al fondo del cubo de basura. Sin
poder evitarlo, en un indescifrable impulso, Isa recogió,
furtivamente, el amasijo de papeles, ya arrugados. Se
los llevó, convertidos en una informe bola, sucios
de aceite e impregnados de olor a cebolla; los estiró,
ordenó e insertó entre las páginas de la fría y razonada
Química. En el temor a ser vista por Patricia y el blando terror a los exámenes del día siguiente, devoró, de
un tirón, la historia dulcemente truculenta, la espec-
tacular y aleccionadora pérdida de una femenil pureza.

Aquella escena de seducción no se borró de la mente de Isa. A juzgar por lo leído, la seducción estaba
constituida por rígidos cánones y circunstancias — aún
dentro de la más variada gama de fantasías eróticas —;
a saber: hombre adinerado, entrado en años, deseaba
— con furor más allá de toda razonable explicación —
poseer, contra viento y marea, el cuerpo joven, mór-
bido, virginal y económicamente débil de joven ignorante, intrínsecamente buena, pero abocada a sacrifi-

carse en aras del bienestar (o la salud) de otro ser
aún más desdichado: léase padre, madre, abuela, her-
manito, o cualquier clase de gente parecida. Las conse-
cuencias de este sacrificio eran presumibles: la vesánica
falta de escrúpulos, la crueldad de los hombres de
apetitos desordenados y bolsa repleta llegan a extremos
estremecedores. Aunque, en vela por las buenas costumbres, la seducción se producía de forma que repelie-
se los delicados sentimientos de las lectoras. Todo estaba
teñido de fatalismo: todo sucedía porque no había más
remedio que así sucediese. Aun cuando los años despoja-
ron a Isa de semejantes credulidades, esta escena persis-
tió, flotó, aunque vaga y distante, en las brumas de
las desventuras de Adán y Eva y su expulsión del
Paraíso; junto a la imagen del Ángel de la Guarda,
vuelto cara a la pared, llorando el primer pecado mortal de su encomendada: pecado que, desde luego,
atentaba contra el sexto mandamiento. Isa experimentó
un rudo sobresalto, pues, aquella mañana dominguera,
luciente y cálida, en que Jaime, una vez más, requirió
sus "servicios extra", dada la premura en resolver
algunos asuntos de oficina que ni siquiera era posible
aguardasen al lunes. La buena secretaria, la impecable, eficiente y puntual Isa, ardientemente deseosa
de ocupar satisfactoriamente su nuevo cargo, la satisfecha Isa, recién ascendida y considerada, avanzó
en la soleada mañana del domingo hacia un Jaime
—un don Jaime, todavía— serio, correcto, incapaz
de la menor frivolidad —ni en horas de oficina, ni en
horas "extra"—. No era la primera vez que acudía
a solicitudes parecidas para aliviar el exceso de trabajo del atareado y bondadoso don Jaime. Hasta aquel
día, el trabajo se efectuó sin contratiempo alguno,
sin una sola frase o mirada que se apartara lo más

mínimo de precisas e impersonales órdenes o dictados: sin el menor vestigio de aparente humanidad. En
la mañana señalada, don Jaime apareció una vez más
tan impoluto y sobrio como su traje, su camisa, sus puños o su corbata (nada más lejos, don Jaime, de cierto
chaleco a cuadros y cierta pelambre rizada que encarnaba, aún, la imagen del libertino y un tanto estúpido seductor). El sobresalto de Isa, aquella mañana,
no fue debido al descubrimiento de los íntimos deseos
de don Jaime; el sobresalto fue debido únicamente
— ¡qué claramente se define esto, ahora, en su memoria! — a lo inusitado del procedimiento. Algo parecido a una insulsa protesta: "pero hombre, si no
es así...", sacudió únicamente el estupor ante la
errónea creencia de que se trataba de un trabajo
honesto y eficiente, cuando don Jaime — de pronto
Jaime a secas — se inclinó hacia ella, y, en vez de
exponer una opinión absolutamente laboral, le propuso llanamente irse con él a su *estudio*. Sin aparente
exaltación, ni el supuesto — y tan bien descrito en los
folletos — furor lúbrico en ojos enrojecidos, Jaime, con
mirada reposada, agrandada por los lentes de aumento, manifestó, con precisión no exenta de homenaje,
lo mucho que apreciaba el contorno de sus piernas,
de sus labios y alguna evidencia más. Luego, insinuó la posibilidad de alegrar la fastidiosa vida de
una muchacha tan pobre, tan mal vestida y tan bella,
con los atributos y accesorios a que, sin duda alguna,
tenía merecido derecho.

A partir de esta neta y sucinta exposición, el sobresalto creció, ante la íntima constatación de que, si
bien la escena de la seducción no correspondía exactamente a aquellas otras en que ciega, ensoñada e
indignadamente se instruyera Patricia, a pesar de

todo, se trataba de una indudable seducción: y, no obstante, fue recibida con (recién descubierta y mal disimulada) alegría por parte de Isa.

Sin un solo beso aún, en la mañana radiante, Isa siguió a Jaime: entró en su coche, se instaló a su lado, avanzó por las calles de una ciudad súbitamente nueva y luminosa; dejaron atrás aceras pobladas de gentes que salían de Misa, portadores de paquetitos de confitería; treparon hacia una zona aún más luminosa y soleada: entre árboles que parecían retener un silencio antiguo y muy añorado — un silencio infantil, dulce y placentero —, hacia el llamado *estudio* (y únicamente pensó, con serenidad, que Jaime era, verdaderamente, persona poco amiga de perder superfluamente el tiempo).

Tampoco fue demasiado cruel el primer paso hacia la deshonestidad; no se sintió enormemente discriminada de las gentes recién vistas: las de los paquetitos con postres domingueros. Antes bien, aunque con estupor, pudo constatar que, de improviso, se sentía mucho más cerca de ellos: por lo menos, en su aspecto externo, Isa se parecía más a aquellas muchachas que no arrastraban el mismo abrigo desde hacía cuatro inviernos, ni intentaban esconder los tacones demasiadas veces restaurados por el zapatero de la esquina. "Antes estaba mucho más lejos de ellos; antes sí que me sentía de otra raza inferior, humillada, desesperanzada, huera...", se dijo, con la zozobra que produce, parece ser, el descubrimiento de íntima verdad. Una verdad que hasta aquel momento hubiera tomado por cinismo. El primer beso de Jaime no fue peor, ni mucho menos, que el primer beso de Jacinto o de otro muchacho cualquiera (y estos últimos provistos de — estaba bien claro — más turbias intenciones). Ella no iría a esperar a Jaime a un hipotético autobús, portador de hipotéticas razones nupciales. Jaime tenía cerca de cincuenta años, una esposa, hijos; una casa, una profesión y unas actividades que no tenían relación con la vida de Isa (ni falta que le hacía a ella). A veces se acordaba de las atroces frases de Margarita, la taquígrafa, destinadas a la cerda condición de la masculina especie. Sadismos, abyecciones, brutalidades sin fin, etc., no eran demasiado compatibles con las horas de sano esparcimiento, en el pequeño y nada extravagante *estudio* —más parecido a una habitación de hotel de segunda clase que a un *estudio* propiamente dicho: o al menos, imaginado por Isa— de un hombre que sabía apreciar el valor de la juventud y la belleza; un hombre aún joven, a su vez, para apreciarla placenteramente; pero, indudablemente, en una edad no partidaria de excesos (que ni sus horarios ni su trabajo aconsejaban ejercer). El primer beso de Jaime (de pie, apenas la ayudó a despojarse del abrigo odiado —y al despojarse de él y su raído forro azul tuvo la sensación de desprenderse de toda miserable condición—) fue un beso dulce, cálido, y (si fuera posible desbrozarlo de toda alusión incestuosa) casi paternal. Sin las gafas, que cuidadosamente dejó en la mesita, y desnudo, Jaime resultaba más joven de lo que pudiera ofrecer su cotidiano aspecto. Los ojos se le achicaron convenientemente en el rostro, dulcificado, discretamente sensual, e Isa descubrió en su iris verde oscuro una tierna y atractiva desorientación de miope; un, casi, regreso a su no del todo perdida juventud. Cuando abrazó su cuerpo ancho, sus espaldas robustas, pensó que era una sensación placentera, casi deliciosa: algo así como abrazar, por primera vez, el aspecto más confortable, justo e indudablemente decente de la vida. "Indecen-

te — se dijo en más de una ocasión, tras la despedi-
da de un beso cariñosamente depositado en su
mejilla —, indecente es atravesar el mundo como
aquellos pobres canes que, entre silbidos y pedradas,
perseguían un roído hueso a lo largo de los descampados." Decente, por contra, era despertar en un día
limpio de las angustias de fin de mes, de las facturas
impagadas, de humillantes remiendos, ya incalificables.
Decente, la sonrisa de las dos ancianas que, de la noche
a la mañana, aparecían halagadas, muellemente amor-
dazadas por un moderado bienestar.

Las manos de Jaime no eran rudas zarpas (descritas
por Margarita), ni sus caricias las sibilinas y astutas
añagazas del diablo (que con fruición leía en la cocina
Patricia). Las manos de Jaime, grandes, morenas, con
nudillos poderosos y salientes, tenían un aroma incon-
fundible, que aún hoy recuerda con un diluido placer.
"Y acaso, aquello, fue también el amor", se dice Isa,
con algo parecido a una sed entre secos labios, entre
las retenidas lágrimas de difícil catalogación. Pues si
no, ¿cómo explicárselo ahora, en la recuperación reflexiva del tiempo huido, en la ordenación de unos hechos
que, así, serenamente, pueden catalogarse, e incluso
archivarse, como si se tratara de un elemento más de
oficina? ¿Cómo justificar, si no se tratara de alguna clase
o aspecto del amor, las circunstancias que se suce-
dieron, absolutamente dispares a las que pronostica-
ran, tras las aprendidas seducciones, los folletos amo-
roso-explicativos de Patricia? En vez del abandono
cruel y despiadado (en una fría noche de enero), en vez
de la sarcástica risa del libertino de pelambre rizada,
en vez de la soledad y desamparo que sucedían invariablemente al consentimiento de las indefensas heroinas
novelescas, sus relaciones con Jaime, tras la mañana

dominguera, fueron creciendo en intensidad y frecuencia. En lugar del "hastío que es secuela del deseo satisfecho en el capricho de un momento", lo que se sucedió y menudeó fueron sus encuentros; e, incluso, las muestras de afecto (o amor, o lo que quisieran llamarles). Ya no eran sólo las citas en el *estudio*: se ampliaron en salidas nocturnas, diurnas, vespertinas y de todo tipo. En más de una ocasión se aprovechó un corto viaje de fin de semana: dos días confortables, en lugares y paisajes que nunca antes esperó visitar. Jaime no fue el congestionado energúmeno de ojos vidriosos que aprendió a odiar Patricia, ni el viscoso reptil que despreciaba Margarita; ni siquiera el imbécil y aprovechado representante de una especie que, personalmente, tuvo Isa ocasión de conocer. Jaime ofrecía el aspecto de un hombre limpio, agradable, educado, y no exento en absoluto (Isa revive un hormigueo tristemente fugaz en sus arterias) del misterioso imán, capaz de despertar, en un cuerpo joven y despreocupado, el calor y la sed, la dulzura y la exaltación que componen, a todas luces, el amor a la vida.

Conque, a fin de cuentas (resume Isa con la desfallecida resignación de quien ha pisoteado algo muy aprovechable), cuando sus relaciones con Jaime llegaron a lo que en las novelas de Patricia hubieran sido calificado como su *cenit*, apareció Mario y, de la noche a la mañana, de un certero puntapié, envió al cuerno la única etapa razonable de tan desgalichada vida.

De pronto, Isa siente una cruel sensación de pobreza, de despojo. "Bailar, divertirse... ¿Quién es esa muchacha capaz de divertirse, de alegrarse por unos zapatos o un bolso, o de bailar? ¿Dónde está esa muchacha?" Ya no existe. Es como si hubiera muerto.

"Y de esta muerte, sólo es responsable Mario." Un
rencor pasivo la invade. "Mario, despertando la ilusión, otra vez, de creerme una mujer superior, de no
ser una pobre chica como las otras. La necia vanidad
ignorante de creerme «europea» junto a los álamos del
Ebro, por besar a un desgraciado bigotudo, retaco,
imbécil y egoísta. Despertando, otra vez, aquella Isa
que podía mirar sobre el hombro a Maruchita, y a
todas las demás (que sabían perfectamente lo que
querían y esperaban de este mundo). Desbaratando,
otra vez; desquiciando. Y al encontrarle, sentirse de
nuevo recién llegada de otra provincia desconocida,
de otra mucho más sórdida ciudad. Pobre Isa, pobre
Isa, desaparecida, enterrada por Mario. ¿Para qué?"

Jaime se portaba bien. No fue brutal, ni exigente,
ni se parecía su historia a esas historias que alguna vez
contaba Margarita con aire de suficiente experiencia;
una historia que resumía "lo indecentes, lo bestias
y lo asquerosos que son los hombres". No, Jaime
no fue así. Y, sin embargo, desde Mario, a partir de
Mario, le convirtió en el gran canalla, en el representante de esa podredumbre que debía desterrarse sin
piedad de la tierra. Desde el momento en que Mario
entró en su vida, Jaime acaparó por sí solo todo lo
aborrecible, lo execrable, lo venal de este mundo.

Isa se incorpora lentamente, se lleva los dedos
a la mejilla, enjuga esas lágrimas, humillantes y de-
moledoras. "Pero, ¿quién tuvo la culpa? Sólo yo."
En la penumbra, resigue con la mirada el borde de
la colcha, el borde de la alfombra gastada, el contorno
de sus manos, que resaltan casi blancas. "Fui yo, fui
sólo yo. No, Mario. No debo ser injusta. Siempre luché
— eso es indudable, es lo menos incierto de mi historia — contra la hipocresía. Odio la hipocresía. Y si algo

bueno queda de aquella joven y rebelde Isa, ¿no es
acaso la facultad de conocer, no es acaso la posibilidad
de analizar mis actos, mis sentimientos, la suficiente
serenidad para volver a empezar, siempre, todos los
días de mi vida? No, no fue él, fui yo, Isa, la admi-
radora ciega de Mario, la deslumbrada por Mario".
Aunque no me lo dijera entonces claramente, siempre lo he sabido: "sólo si consigo entrar en su mundo
podré tenerlo". Fue ella quien deslizó, entre sonrisas
de falsa amargura, de falsa desilusión, una exube-
rante historia de seducción, de explotación de la pobreza, soledad y el desamparo. Jaime ("que en
sus días fue como el gran y deseable premio gordo,
la quiniela de la suerte") se convirtió, en labios de
Isa, para los oídos de Mario, en el verdugo impío,
en el canalla, en el feo malo de las películas inocentes. Mario no tuvo la culpa. No fue Mario. Fue
ella, sólo ella ("porque no había otro camino, no conocía otro camino, no podía emprender otro camino
para conseguir lo único que deseaba poseer en este
mundo").

Isa mira su reloj con sobresalto. "Debo darme prisa, o llegaré tarde..." Al bajar la escalera piensa: "Qué
extraño: no he podido recuperar la ira, ni la desesperación suficientes para levantarme y decirme que *todo
seguirá*, que *todo se recuperará*. En cambio, ha bastado
el correr de las manecillas del reloj, la rutina, el curso
de las horas, la dócil sumisión a lo establecido..."

La vida, reflexiona, es acaso mucho más simple
o mucho más perversa de lo que suponemos.

TERCERA PARTE

LA HISTORIA DEL ERROR ES SIMPLE

I

DIARIO EN DESORDEN

En varias ocasiones me dije que el atardecer — como el alcohol — son fáciles y socorridos cómplices para seres sedientos de amor o de una larga, plácida, aunque dolorosa, autoconfesión. Para la recuperación, por ejemplo, de un vasto olvido.

Así son, eso son, en verdad, lo que la gente llama apariciones, fantasmas. Indudablemente, cuando olvidamos, cuando perdemos algún recuerdo, es como si nunca lo hubiéramos vivido; no han sucedido las cosas que ya no tienen cabida en la memoria. Por eso, si (fuera de toda lógica) se alza en medio del olvido un solitario y asombroso recuerdo, es como ver flotar el espectro de un ser ya desaparecido de la tierra.

Esta vieja y conocida pugna de complicidad y desafío, de placer y malestar; esta renovada autovaloración y autodesengaño, este amor, realidad indudable, física y bella, es, en esta noche, desprendida del atardecer como una cortina, una vez más, causa de estupor e incomprensión. No suelo engañarme en estas cosas. No puedo decir que me ha sorprendido el final de esta suave pendiente por la que empecé a deslizarme desde el momento en que abrí la última puerta (cerrada al

extremo de la angosta, vacía y pintarrajeada estancia
que Bear descerrajó tan gentilmente). ¿Cómo va a
sorprenderme algo tan viejo y repetido? ¿Cómo puede
engañarme —ni me ha engañado jamás— la constatación de algo tan visible, audible y reconocible
como es el convencimiento anticipado, casi inmediato,
de que una piel se pegará a mi piel, de que (más tarde,
más pronto) esos labios besarán mis labios, ese cuerpo
continuará mi cuerpo? Inútil será una relación de
cuantas imágenes más o menos sinceras, más o menos mitificadas puedan desprenderse de ese misterioso, sencillo y cotidiano acontecer: una mujer y un
hombre que, acaso por un solo instante, o una hora,
o unos años, resultaran insustituibles por otra mujer o
por otro hombre. Lo que no sabía (ni aún sé, quizás, en
este momento en que vuelve la oscuridad, hermosa y
cálida, que abriga nuestro abrazo), lo que no supe nunca, antes de ahora, es el porqué de un abrazo, de una
piel contra mi piel. Creí que estas cosas no podían ni
debían razonarse. Y, sin embargo, puedo razonarlas
ahora, quietamente, en la oscuridad, con los ojos abiertos; mientras roza mi cuello el tacto áspero de su cabello, y siento en mi hombro la tibia humedad de su
frente. Es algo parecido a la posesión de un grande,
aunque desalentador, enigma. Una revelación larga e
inútilmente perseguida. Las soluciones a los grandes
enigmas, no son, por lo general, tan intrincadas, ni tan
bellas, ni tan malévolas, como el misterio nos los hizo
esperar. Pero ahora sé y siento, de un modo físico, en
nuestros cuerpos abrazados (en este semisueño que
abandona su cabeza en mi hombro, en sus ojos cerrados,
en la respiración casi inaudible que levanta su pecho),
adivino, oscilante sobre sus párpados cerrados y mis

ojos abiertos, el peso de una dilatada, innumerable traición.

Siempre, durante años y años, la traición gravitó sobre todos mis actos. Ahora me ha rozado otra vez, la he sentido desprenderse de alguna invisible bóveda. Igual que se desprende la noche del cielo. Sobre mí y sobre él flotan errantes, ciegas, otras muchas pequeñas y grandes traiciones, otras infinitas e incesantes cobardías. Todos los días un niño vende a su mejor amigo. Todos los días un hombre vende a su hermano, o un hijo traiciona a su padre, o un padre escarnece la dignidad, la inocencia o el valor de un hijo. Todos queremos sobrevivir (aunque fuera mejor morir violentamente; aunque fuera mejor morir gratuitamente, y quedar en la memoria de las gentes como inverosímil leyenda, propia para esos oídos sin malicia que todo lo pueden creer, admirar, admitir como posible y bello: incluso la más desquiciada historia de amor, o generosidad).

Pero queremos sobrevivir, asirnos a nuestra noble y estólida condición de víctimas propiciatorias, de corderos expiatorios, de criaturas que, sin culpa de haber nacido, deben soportar el peso de años, decepciones y calamidades sin protesta. Queremos subsistir, víctimas lloronas, verdugos triunfantes, engendrando y pariendo hombres y mujeres; cubriendo la corteza del mundo de hombres-mujeres-víctimas-verdugos.

No ha cambiado nada en ella, entre el primer día que la conocí y su última carta; o la carta que puede escribirme dentro de un año. Beverly es de una autofidelidad envidiable. La supongo desesperada sin David, sin Bear, sin Franc. Pero seguirá escribiendo invariables, espaciadas y regulares misivas. Puedo recitar su próxima carta aún no recibida. Dirá: "Gracias por avisarme la nueva dirección. Tengo recuerdos muy agradables de esa ciudad. Ahora estoy pasando los últimos días de vacaciones en V. Regreso a M. el día 18 de este mes. ¡Qué días, aquí, con las convenciones! La de Chicago me chocó mucho... pero al mismo tiempo creo que la explicación de los dos puntos de vista sobre X. resultó provechosa. Creo que por primera vez nuestros estudiantes universitarios empiezan a participar en la política del país, con todos los extremos de actitudes. Dile a Bear esto. Dile a Bear que en F. hay expresión libre de ideas. Hasta ahora no hemos tenido "riots". Ay, es posible os visite. Ay, España me sigue atrayendo. ¡Con atracción muy fuerte! De veras me encanta esa ciudad de las casas de Gaudí, y los museos preciosos. Espero volver. ¿Estudia Bear todavía? Siempre me interesa lo que es de Bear..." Así será su próxima carta, y otras cartas pasadas o venideras.

Beverly, eras exactamente igual que en esa carta del último septiembre, o del futuro otoño, aquel día en que te vi por vez primera. Tus palabras y el azul de tus límpidos ojos, rebosantes de cordura. Segura y puntual, como el envío de la "alimony". Beverly, tú y tus cartas, tu "alimony", sois un gran invento. Aunque entonces, en aquel tiempo, no lo supiera comprender.

Siempre sentí un inconcreto deseo de proteger a David de algo. Un extraño sentimiento, a decir verdad, impropio de mí. El primer día que vi al hijo de Beverly (llegado de una Universidad del Este) me sorprendió que, siendo hijo de ella, no fuese fuerte, seguro, decisivamente importante. Por eso, cuando apareció en nuestra casa aquel muchacho (creo que la

primera vez era en las vacaciones del Thanksgiving
Day) frágil y moreno, con la nariz rodeada de pecas,
y sus asombrados y grandes ojos grises, me despertó
una inexplicable piedad. Franc decía que apreciaba
mucho a David. Franc siempre ha creído a pies junti-
llas lo que sus íntimos buenos deseos le dictan. Pero
cosa muy diferente es que sus deseos coincidan con
la realidad. Franc sentía por David lo mismo que por
mí. Quiero decir: sabía tan poco de David como
de mí. Nos imaginaba — supongo — buenos, hermosos,
correctos e inteligentes. Y además *éramos españoles*
(David entraba en el juego, puesto que, entre otras
herencias menos sólidas, exhibía un apellido tan in-
cuestionable como Díaz). "Español, como tú y yo."
Así, pues, ¿quién podía dudar ni un sólo minuto que
David fuese un excelente muchacho?

La curiosa amistad de Beverly y Franc se mantenía
— e imagino que sigue manteniéndose — en una indescifrable zona de citas, saludos, charlas sobre su trabajo o negocios, opiniones sobre la temperatura y des-
pedidas (hasta la próxima cita, puntual y anticipada
por teléfono; hasta el día siguiente, o la semana siguiente, o la quincena siguiente; o hasta el regreso de
las vacaciones). Es posible que ambos hubieran deseado para sí, vacilante e inconscientemente, lo que estaban dispuestos a verificar, sin ninguna clase de dudas,
en nosotros dos. No fue extraño, ni difícil, que David
se quedara en F., y se matriculase conmigo, en la misma Universidad donde yo inicié mis cursos de litera-
tura comparada (que aún hoy intento aplicar a algún
aspecto de mi vida, sin acierto ostensible). No fue
extraño que David congeniara conmigo. Entre otras
razones, porque en aquellos días constituía el único
ser viviente, menor de treinta años, con el que podía

intercambiar un puñado de palabras inteligibles. "Será muy bueno para David practicar su español con Matia" —decía Beverly. Supongo que para mí también fue bueno el inglés de David.

Pero lo que no fue bueno es lo que sobrevino a esa amistad, a ese vago amor y temor que nos unió. ¿No fue bueno? Acaso no fue tan malo. Ahora, a esta distancia, ya no sé por qué razón no hubieron de ocurrir las cosas como ocurrieron. ¡Qué más da! De una forma o de otra, el camino se ha de recorrer. Cualquier forma, en definitiva, es buena, si no se muere uno en el camino. (Aunque, a veces, puede quedarse lisiado.)

—Demasiado tarde — dijo David.

Ya era irremediablemente tarde, ya no podía desprenderse del presente devorador; sus pies estaban bien asentados sobre la tierra (aquel cuadro de tierra precisamente, y no otro); con sicómoros y maples y ardillas y seres entre la niebla, de cara ennegrecida con el hollín, con los zapatos en la mano. Y pensé, en la confusión: "Es porque los druidas..."

—No llores, madre — decía David —. No llores, es tarde para llorar.

Pero la mujer lloraba, y lo retenía entre los brazos, apegado a ella, apretándolo como si no pudiera ya desprenderse de él jamás. Sentí malestar (tal vez porque aquello no me emocionaba tan convenientemente como fuera de desear; como siempre creí que debían emocionar escenas como esa. Así, al menos, me lo habían enseñado). "Si algún día tengo un hijo, no haré eso con él", pensé única y vagamente. Pero era absurdo dedicarse a pensar en esas cosas. No se podían hacer planes, ya.

Cierta malsana satisfacción se abría paso; y eso era quizá lo más limpio, lo más noble, lo más respirable de todo lo que estaba ocurriendo en las veinticuatro últimas horas: no se podían hacer, ya, proyectos. El caso es que vivía (desde hacía demasiados años) víctima de innumerables proyectos. Proyectos y proyectos, y planificaciones de futuro, surgían de aquí y allá, de todos los rincones posibles, como setas. Y he aquí que, de repente, todos se frustraban, se rompían y desaparecían contra algo tan imprevisto y brutal como una guerra.

—Eres un poco la bruja mala — dijo Franc, por la mañana —. Tú sales de la guerra y entras en la guerra. A ver si traes la buena suerte alguna vez.

El Halloween quedaba lejos, con sus monigotes carnales, disfrazados de elfos, barnizados de niebla, descalzos. Pero David y yo habíamos acabado de golpe con todos los proyectos, y él aparecía contento, satisfecho, aliviado. Porque, de pronto, se resolvieron sus dubitaciones; ya sabía lo que no tenía más remedio que hacer: la guerra.

Siempre pensé que Beverly no podría jamás sorprenderme de una forma demasiado evidente. Me equivocaba. Sólo el día en que la vi, abrazada desesperadamente a David, llamándole con voz gutural e ininteligible. El día en que David detuvo, al fin, todo el mundo de zozobras, dudas y elecciones, con su llamada a filas, sólo ese día, comprendí cuánta paciencia, cuánto tesón, cuánta esforzada y férrea voluntad antiimaginativa debe poseerse para ofrecer todas las mañanas de la vida un rostro fresco y rosado (aún rebasados los cincuenta años), un brillo perfectamente azul en los ojos, un matiz absolutamente indiferente en la voz. Comentar en el mismo tono el curso de

las rosas, los tornados, los problemas raciales y la
avería de la cañería. Beverly fue siempre, para mí,
una lección viviente, inolvidable.

A partir de ese momento, innumerables parejas
cuyos varones fueron llamados a filas decidieron casarse. David y yo nos casamos también, una fría mañana,
sin ceremonia alguna.

Aquella espera, aquel enorme tiempo que me pareció desprovisto de todo sentido, llega ahora hasta mí
sólo a retazos. Como si hubiera sido un tiempo breve,
un amargo minuto; aunque entonces supusiera que jamás el tedio, el inútil transcurso de las horas, invadió
a ser humano como me invadió a mí. Por contra, la
rápida sucesión de los hechos que se desarrollaron, tras
la espera, están aún pesándome; ahora, en este mismo
momento en que la cabeza de un hombre de quien
nada conozco (ni la razón por la que debe ocultarse,
ni el delito que ha cometido o pueda cometer), su peso
en mi hombro, se me revela, en esta especie de duermevela dulce, aliviada de rencor, pasión o indiferencia
(simplemente descansando en mí), como la única posibilidad de total comprensión entre dos criaturas vi-
vientes. Apoyados uno en otro, como he visto a los
árboles y plantas en algún bosque; sólo así, descansando, en la oscuridad.

La luna ha desertado, ahora, como un fugitivo,
tras nubes tumultuosas y cambiantes. Sólo así, en la
certeza de que él ha cerrado los ojos, con el olor
de su piel cerca de mí —un olor rubio, inconfundi-
ble—, puedo, sin miedo, sin rencor, reconstruir la náusea, el estupor, la degradante sensación de haber sido
testigo y parte de la ínfima condición humana.

—¿Y qué fue de ellos?; ¿qué pasó luego...?

—Aguarda que termine de poner la mesa; en un momento vuelvo y te lo cuento, preciosa — dijo Mauricia.

—Sí, pero antes dime una cosa, una cosa sólo...

—Aguarda, hermosa, que vuelvo en un periquete.

Pero luego le mandaron recado, salió dejando la puerta abierta, y yo quedé junto a las cenizas calientes, balanceando las piernas y sin conocer nunca el final de aquella historia del pueblo; de hacía muchos años, de cuando ni siquiera Mauricia — ni nadie que yo conociese — vivía.

"Es un mal sueño, — pensé —. Hace algunas noches sueño cosas extrañas."

Me levanté, y fui a beber agua. Exactamente como hacía muchos años, muchos, no ocurría. Sólo en los lejanos días de la niñez, de la adolescencia, bajaba de la cama de un salto e iba descalza a beber agua, con una sed irresistible.

Abrí el grifo y llené el vaso de enjuagarme los dientes. Me había equivocado, era el del agua caliente. Siempre me equivocaba. Me miré a hurtadillas en el espejo. Ojos desamparados; como los de aquellos perrillos que vi una vez, tan patéticos en sus jaulas, el día que David perdió a *Doff* y lo cogieron los laceros. Dediqué una mueca al espejo, y me la devolvió con mágica puntualidad.

David era tan frágil como una amapola. Yo había cogido, no hacía aún muchos años, una amapola; recuerdo mi mano ansiosa, cerrándose, porque la había atrapado; luego fui corriendo a enseñársela a alguien, abrí la mano y apareció aquel amasijo incierto.

O quizá no. Quizás era una mariposa. Pero, ahora que recuerdo, a la amapola ni siquiera la asfixié: estaba allí, tan solo, cortada entre mis dedos, desmembrada y muerta. Todo vestigio de flor desaparecido, y, en su lugar, un lacio y rojo pétalo, más muerto que cualquier podredumbre, rodeaba un tallo peludo, largo, negro, untuoso, como una oruga. Algo siniestramente blando, efímero y banal; traidor en su suavidad, como una hilera de hormigas. Limpié la palma de la mano en mi pierna desnuda de niña, salí corriendo. Pero no podía olvidar aquel sucio cadáver, estremecedoramente mezquino.

¡David!, llamé, sabiendo que no estaba a mi lado, que estaba muy lejos. Le llamaba para oírme a mí misma llamándole: o al menos deseando hacerlo. Y, sin embargo, aquel nombre sonaba hueco, falso, como si no perteneciera a alguien conocido. Cualquiera podía llamarse David, en aquel momento. Daba igual uno que otro nombre. Tan ausente me era todo, tan extraño. ¿Cómo podía borrarse así la vida? Más aún: ¿cómo podían desaparecer los sentimientos, si el objeto de esos sentimientos se ausentaba? Intenté imaginar que era una ausencia corta, que en realidad David volvería al día siguiente, a más tardar. Era inútil: David era una palabra solamente.

En la oscuridad, sobre la mesita de noche, el despertador marcaba una hora fosforecente. Encendí la lamparilla, eran las tres de la madrugada. Sentía que las tres era hora mágica; casi podría decir que definitiva para mí. Lo mismo que el número tres. Lo temía y, muchas veces — como aquella —, una ad-

vertencia terrible repetía en el fondo de mi conciencia su agorero mensaje, y yo no quería oírlo. En
esos momentos el confuso grito — era un grito opaco,
sin estridencias — quedaba sofocado por almohadones
de nubes y palabras mojadas que laciamente ocultaban
todo significado agorero. Sin embargo, después, cuando
la desgracia sobrevenía, aquel grito se alzaba, horrendo, triunfal, como malévola sibila entre harapos flotantes — mis pobres razones —; y se revolvía hacia mí,
y me señalaba con un largo y duro brazo blanco, de
piedra blanca, extendido, reluciente de maldad; y el
grito mate se convertía en un rechinante azote. (Sacudiendo un lejano y ya olvidado cañaveral.)

No tenía nada de extraño que aquella madrugada,
aunque el número tres se esforzase en aparecer como
una advertencia, yo lo quisiera prometedor de algún
buen augurio. Aunque lo sabía provocador de males
muy próximos.

Cuando regresé a la cama, el sueño había desaparecido totalmente de mí. No me gustaba levantarme
a aquellas horas. Por pura rutina me arropé de nuevo
entre las sábanas, cerré tozudamente los ojos, intenté
ahuyentar todo pensamiento que no fuera *dormir,
dormir*. Pero era inútil, y yo lo sabía.

El sol fue transparentándose lentamente, a través
de la cortina, aquella madrugada. Era una cortina
verde, con leves dibujos de ramajes. Fue apareciendo
una rosada claridad mezclada al verde que me hacía
añorar los jardines marítimos de cierta pequeña sirena
de mi infancia.

Era el 15 de noviembre. Generalmente no sabía
en que fecha vivía. Pero esta fecha era una cifra viva,
distinta. Y recuerdo que me dije, mientras miraba amanecer: es el 15 de noviembre.

Poco después, llegaron los primeros resplandores y el rumor del día. (Cuando había un gran viento, parecía zarandearse el apartamento entero. Se estrellaba el viento contra los muros de la casa y oía algo parecido a lejanísimas detonaciones, como cuando ponían barrenos para partir la piedra de las canteras. Al principio lo creí un fragor misterioso y nocturno, pero luego, poco a poco, fui dándome cuenta de que sólo era el viento.)

El día transcurrió sin novedad. Nada nuevo había ocurrido. Estuve estudiando toda la mañana, y hacia las doce me abrigué — hacía ya mucho frío y se anunciaba nieve — y salí a comer. Había una cafetería en un cruce, no lejos del edificio. Estaban los cristales empañados por el vaho, por la fuerte calefacción. Colgué el abrigo de la percha, y mientras lo hacía noté la insistencia de unos ojos. Era algo impalpable, pero cierto. Casi no me atrevía a levantar los míos. En los últimos tiempos, a veces, había tenido esta sensación. Cuando me ocurría, un miedo invencible aleteaba junto a mí. No me atrevía a levantar la mirada y encontrar aquella otra, invisible, como si de este modo pudiera ahuyentar alguna posibilidad, escapar a algún designio o acontecimiento que aún parecía posible evitar. Como si por unos segundos tuviera en mis manos la posibilidad de enderezar la curva del destino. Aunque razonadamente no creyera en estas cosas.

Busqué una mesa junto a una ventana, orlada por cortinas amarillentas, que se encendían con la luz del sol. En aquella enorme planicie era frecuente que en los días más fríos hubiera un sol redondo y brillante en mitad de su cielo. Sobre la mesa brillaban el azucarero, el salero, la botella de Katsup y la mostaza. Tomé la cartulina y fingí buscar ávidamente algo, presa de un sutil espionaje. Y esta escena, y este día, se repitieron, como inane pesadilla, una vez, veinte, cien.

Poco después nació Bear.

Nadie le hubiera reconocido, excepto yo, cuando volvió. Si la primera vez que le vi pensé que tenía ojos de víctima, cuando volvió comprendí que había hecho de ello una especie de profesión. Historias de castigos ejemplares, de inauditas durezas y vejaciones venían con él, como todo bagaje. Delirios, temblores, pesadillas y llantos convulsos fueron la cotidiana estampa de aquel regreso.

A veces, comíamos en una especie de "snack" que se alzaba a las afueras. Contemplaba su rostro, su nariz pecosa, su cabeza inclinada sobre el plato, y me decía: no es posible que le hayan hecho daño hasta ese punto. Era difícil reanudar algo que. (vagamente empecé a sospecharlo) tal vez nunca existió, o llegó con demasiado retraso.

Muchachos y muchachas, como él y como yo, masticaban cabizbajos a nuestro lado; perdidos en unos días que ya eran pura ausencia, y nadie podía recuperar; días, años empleados en algo que estaba fuera de sus planes (desde los más descabellados a los más modestos). Ya entonces, el David de la naranjada y el zumo de pomelo se había convertido en el inseparable David del whisky. Pero aquello sólo eran indicios, vagos signos o indicaciones (carteles de aviso que da la vida a alguien ciego, sordo a todo cuanto no sea lo que íntimamente se anhela salvar, o inventar).

Supuse que era Beverly, quien le perjudicaba. Beverly, sus cheques mensuales, su eterno velar sobre David. Nuestra casa, nuestra ciudad, nuestro ambiente. Siempre encontramos una persona, un suceso, un

momento propicio en quien descargar nuestra larga
queja de víctimas sin culpa. Es posible que Beverly no
fuera ajena a aquella sumisión, a aquel mezquino y
triste espectáculo. A veces, las mujeres hermosas,
fuertes y sensatas pueden absorber, como un tornado,
los tiernos árboles, las humildes casitas de madera.
David apareció siempre abrumado, confuso, por la
gran sensatez de Beverly. Le dije: "Vámonos de
aquí, escapa a esta dependencia, a este horrible
y sofocante jardín, donde todo está previsto de
antemano, donde todo lo malo, lo feo, lo triste, debe
evitarse, donde toda manifestación humana debe ser
empaquetada, perfumada y sabiamente disimulada"
Era un tiempo en que todavía creía en la humanidad,
como algunos niños creen en sus libros, en las historias que narran y resuelven satisfactoriamente las acciones buenas o malas, las feas o hermosas cosas de
la vida, y reservan un último capítulo para la buena
solución de cada caso. "Vámonos de aquí", le decía;
y recuerdo (y sé que nadie, o casi nadie, habrá hablado con mayor convencimiento de algo que no entiende;
con mayor fe de algo que jamás conoció). "Abandona
esta dependencia, esta sumisión; esta absoluta entrega
a sus decisiones, a su dinero, a su sensatez..."
    Yo no odiaba a Beverly. Nunca la odié. Y, sin
embargo, en aquel momento se aparecía para David
(para nosotros) como el compendio de todos los males que a él le hubieran elegido. Ella era la causa de
que David se hubiese hundido; de que hubiera nau-
fragado en una realidad, en una cruel realidad que
otros pudieron soportar, e incluso olvidar. Beverly, la
fuerte y valerosa Beverly, había protegido a David
hasta el punto de dejarle completamente inane ante
el pasado, el presente y el futuro, pensaba yo, llena

de rencor. "Abandonemos este lugar, vamos a labrarnos nuestra propia vida, sin ayuda de nadie."

Oigo aún, temblando, mi voz. Por David, con el mismo miedo que sentiría si le viese al borde de un abismo, sin fuerza para sustraerse al vértigo, al vacío. "El Veterans Act — y esgrimía periódicos, papeles, noticias que en aquel tiempo aún me interesaban, aún me llenaban de curiosidad o preocupación por el mundo (feo o bello, bueno o malo) que me circundaba — se preocupa de los ex combatientes que han perdido años preciosos, como tú... Proporcionan becas para realizar cualquier clase de estudios. Todo son facilidades, David; no podemos desaprovechar esta oportunidad..."

David asentía débilmente, con su cara de niño perdido en el bosque (el niño que hablaba de los druidas, y de un cierto Halloween, ya irregresable).

Al anochecer llegamos a una especie de ciudad, o pueblo, o selva metálica, compuesta por infinidad de *trailers* donde multitud de muchachos, de jóvenes parejas, iniciaban la recuperación (o lo intentaban al menos) de los años de desolación, de muerte, de sucia crueldad, de donde llegaban. En aquellos vagones-vivienda (medio circo, medio ómnibus), la sensación de irrealidad, de comenzar un sueño estremecedoramente metálico — quizás aquel viento que hacía vibrar desconocidas láminas de cinc, no sabía yo dónde —, comenzó también nuestra esperanzada y crédula etapa de independencia, autofirmeza y tal vez amor. "Es una maravilla — le decía, instalando mis pocos enseres junto a mis estúpidas esperanzas, en el interior de aquella larga y varada vivienda —; es algo verdaderamente bueno." "Sí — repetía él —. Realmente bueno."

Era difícil, imposible, pedirle una opinión, la más nimia observación personal. Me asomé a la ventana y divisé, allá al fondo, confortada por un remoto sabor de lágrimas, el contorno de unos árboles azotados por el viento. Reconocí el aroma a tierra y hierba, como una muy entrañable amistad.

Bear era todavía un bebé, empezaba a andar sobre sus cortas piernas, a levantar las manos hacia los objetos, a emitir sonidos (extraños para todos, excepto para mí). Bear me miraba, aún no hablaba, y sin embargo, en sus ojos había una inteligencia muda; una risueña inteligencia que iba de él a mí; y me tenía asombrada y conmovida.

No es fácil comprender, sin haberla experimentado, cuán atroz puede resultar la estrechez, la privación, para alguien como David; lo que puede representar una idea de pobreza —aún más o menos decente— en un lugar donde la riqueza es el orden natural de las cosas. La espantosa miseria que puede ser —como era para David y aun para mí misma— el simple "no tener algo" allí donde "todo se puede y se debe tener". Quien no está inmerso en esta clase de miseria, en cualquiera de sus facetas, no puede llegar a apreciar la infinita gama de aristas, ángulos y motivos que puede presentar (desde la miseria que impide entrar en un local por la simple pigmentación de la piel, hasta la tonta privación de un deseo suntuario, pero común a todos, excepto a uno mismo). Es risible, ahora, comprobar hasta qué punto ignoraba otra miseria más dura y despiadada: pero muy tarde me llegó el conocimiento, y no podía consolarme, entonces.

Miseria fueron (esto sí puedo recordarlo con claridad) las noches de insomnio; esperar la llegada de un ser vagamente humano; un ser sobrecogido de su propia incapacidad, alcohol y delirio. Recuerdo mis manos aferradas al borde de la ventana, esforzándome en no asomarme, en no mirar hacia allí donde podía él aparecer, en la noche; o hacia donde no aparecía, tras la ausencia de dos, tres o más días.

A veces, si llovía, el techo del vagón resonaba con un golpeteo especial; algo hueco, frío y atenazante. La lluvia golpeaba sin cesar el techo de nuestra casa-vagón, como avecinando el próximo temporal de gritos y llanto monótono, enajenado. Monstruosamente infantil.

Y aquella noche, atravesaba el aire, las paredes, una llamada, un inhumano lamento. Allí fuera, caído de bruces en los charcos formados sobre el barro, tras la reciente lluvia; en medio de la paradójica e inmensa soledad de un abigarrado pueblo (o ciudad, o irreal país formado por innumerables vagones metálicos, cerrados), en el silencio de las puertas y ventanas herméticas, de los oídos sordos — que convertían cada objeto, cada cuerpo, en un espejismo de falsa humanidad —, brotaba y hería su horrible y ya conocido grito.

Estaba a mis pies, y en la gran desolación, sólo la lejana silueta de los árboles, negra en la noche, me devolvía un poco del valor que iba perdiendo, minuto a minuto. Allí estaba, caído boca abajo en los charcos, con el temblor convulso y conocido: —"no lo haré más, te lo prometo, no reincidiré..." Oía, como una burla más, detrás de aquel grito, a intervalos cortado por el horrible castañeteo de los dientes, cortando palabras y voz como un atroz cuchillo. Entonces, despaciosamente, asomó la luz de la luna; algunas nubes se apartaron; y me pareció que el esparcido y destartalado mundo de metal aparecía recién lavado, brillante. A mis pies, una enorme rata se estremecía —yo vi una pegajosa rata, hinchada, mojada, ahogarse en un lavadero, hacía muchos años—. Súbitamente, algo desterró de mí toda piedad, la pueril e inútil paciencia, el ingenuo convencimiento de que en el último capítulo la solución es la correcta. Era una maligna y venenosa inocencia, la mía; una malhechora fe, la mía. Inútil creencia, de pronto absolutamente muerta, de que "todo va a cambiar, todo va a arreglarse, esto pasará..." La acomodaticia, sedienta justificación a cualquier acto que no fuera un acto hermoso, o digno: "las guerras son crueles, las guerras destruyen a los muchachos buenos, sensibles, frágiles, a quienes debemos proteger no sólo de la guerra, sino de todo daño, de todo mal..." ¿Contra qué debía proteger a aquella enorme rata convulsa, mojada, tripa al suelo, que profería un chillido absolutamente desprovisto de humanidad? Aquella larga y sucia rata ya no era nada, no era nadie. Nada quedaba por salvar, puesto que nada existía. Nada había que salvar, puesto que nada había. Ninguna guerra podría destruirle, ella era su propia guerra.

Recuerdo que le arrastré hasta el vagón, tomándole por debajo de los brazos, como tantas veces. Pero esa noche (al invadirme de nuevo, una vez más, el vaho conocido, el intolerable vaho del alcohol transpirado en un cuerpo enfermo, derribado, informe), aquella noche, por primera vez, me negué a soportarlo: le solté, oí su cabeza contra al suelo; y quedó en la tierra con su gemido embrutecido. Corrí hacia el extremo del vagón, sin poder reprimir la gran náusea (que venía de muy lejos, de muchos y muchos otros reprimidos deseos de huida). Me pareció que todo mi cuerpo expulsaba algún repugnante, informe amor, que ya no servía a nadie, para nada.

Pero sólo yo era culpable. Nadie tenía la culpa sino yo, tan sólo yo, que había creído infinidad de frases, que había leído, y creído, que el mundo estaba repleto de bondad.

No sé cómo se llama este hombre, ni cuál es su edad, ni cuál es su vida; su pasado, su presente o la posibilidad de sus esperanzas. Sin embargo, he llegado al convencimiento de que ninguna de esas cosas pueden pesar en nosotros ahora, cuando llega la madrugada a esta absurda casa, ajena y familiar a partes iguales. Un paisaje a un tiempo aborrecible e inconcebiblemente hermoso.

Es extraña, esta madrugada, esta paz, bajo la luz que reconstruye ante mis ojos su cuerpo ya ineludiblemente inscrito en mis recuerdos; reconocido desde el primer instante como algo que alienta en mi mismo ser, en mi mismo aire; algo que reposa en mi mismo silencio, con un idioma común, sin palabras.

Contrariamente, otro hombre, a quien yo conocía, o creía conocer, con quien labré conjuntamente un idioma, un presente, un futuro, con quien tuve un hijo, pudo convivir conmigo y desaparecer de mi lado absolutamente desconocido, ajeno.

Despegado de mi ser, como hecho de una materia que no tiene nada en común con la materia de mi cuerpo.

Bear existía, crecía, en un tiempo en que algo semejante podía significar una especie de mal y bien unidos. Al menos, Beverly lo creía así.

Siempre he admirado a Beverly, pero ahora todavía más. Algún día, espero, conseguiré su dominio o su voluntaria ignorancia del aspecto menos afortunado del mundo. El recuerdo de la Beverly de aquellos días se funde a cierta vieja canción que me irritaba en la infancia: unas niñas del colegio de Nuestra Señora de los Ángeles jugaban y cantaban con aire apacible, sin ninguna agresividad, a decir de otras niñas: *"la torre en guardia, la torre en guardia, la vengo a destruir"*; y, serenamente, ordenadamente enfrentadas, las otras niñas respondían, inmutables y cantarinas: *"la torre en guardia, la torre en guardia, no la destruiréis"*. La ira pueril que me causaba, en aquel tiempo, la estólida y melodiosa batalla de ambos grupos, es lo que más se parece, no obstante su incongruencia, a la actitud de Beverly hacia mí en aquellos días. La veo avanzar serena, casi cantarina, casi melodiosa: *"la torre en guardia* — y lo oía, a mí pesar, al fondo de sus sensatas razones —, *la vengo a destruir"*.

Aunque, en verdad, la pobre Beverly venía sólo a levantar, ladrillo sobre ladrillo, si no una torre, cuando menos una caseta perruna entre las ruinas de una falsa ciudad esperanzada, beoda y absolutamente desértica. "Debéis separaros, querida. Es la única fórmula." Porque la vida, realmente, sólo podía encarrilarse a costa de fórmulas, de recetas culinarias más o menos simples o complicadas; pero recetas, amasadoras de este enorme y monstruoso pastel llamado mundo. Sin duda alguna.

Yo estaba equivocada: al mundo no se le vencía a costa de recelos, rebeldía, esperanza o deseo de amor. Todo eso está bien para empezar. Pero si ya se está metido, hundido hasta la cintura en la viscosa masa del pastel, es preciso restituir cada cosa a su lugar. Era

verdad lo que decía Beverly: los hombres y las mujeres — que, de pronto, parecían pertenecer a una desconocida y atroz fauna, presta a devorarse entre sí, a
cubrirse de lodo, a arrancarse lentamente, con placer
bíblicamente sensual, ojo por ojo y diente por diente:
(*Oh, no, atroces ideas de muchachos desorientados; la
Biblia es la otra: la del hijo pródigo, la del maná en
el desierto. Esa es la verdadera Biblia*) —, los hombres
y mujeres y sus problemas, podían ser algo tan sencillo
como explicable. Beverly, al menos, sabía explicarlos.
Porque los hombres y las mujeres (una vez apartados
y seleccionados de entre la horrible fauna que es mejor olvidar), pueden hallar buena y razonable solución a todas las estúpidas complicaciones. ¿Cómo
podía dudarlo?

Ahora, ya, de aquella conversación sólo logro retener un infinito cansancio que, repentinamente, cedía,
se relajaba. Sentada frente a Beverly (que, por cierto,
había rematado con un extraordinario sombrero de
flores azules y amarillas el orden dorado de sus cabellos), mientras por fin brotaban mis lágrimas silen-
ciosas, y las dejaba correr por las mejillas sin pudor
alguno, el mundo, como un obediente rompecabezas,
iba ordenándose adecuadamente. Con simplicidad mucho más que infantil: con simplicidad de mujer entrada en años, que todo lo puede comprender (incluso
el mundo y los hombres, ya que nunca se dejó atropellar por ninguna de las dos cosas).

"Sabía que era acaudalada, pero no tanto..." era
el único y necio pensamiento que me llenaba, mientras
ella exponía y extendía ante mis ojos, como un hermoso
y bien trazado mapa, las ventajas que puede ofrecer una
situación de mujer divorciada; las infinitas gamas
y posibilidades que presenta; el gran invento que

es el *alimony*. (Ella misma —decía—, ya de por sí
bien situada, pudo especular muy satisfactoriamente
con su propio *alimony* —puesto que el padre de
David era hombre de muchísimos recursos—; y, como
su sentido financiero era muy agudo, había aumentado,
en cifras muy convincentes, un dinero que...) Beverly
desplegaba y alisaba con sus manos regordetas y cui-
dadas una vasta gama de proyectos absolutamente
honorables, rebosantes de cordura. Una llanura insospechada empezaba a extenderse ante mi vista;
una larga estepa de paz, descanso, casi deslumbrante
en la fría mañana; confortada y abrigada en el suave
calor del Restaurante, cuyo anuncio, a través del cristal "Luncheon, Drinks", se encendía y apagaba en
rosa. Confortada por el martini, la suave música, la
vista del sombrero de Beverly, recubierto de una indestructible y hermosísima primavera. Un sombrero
que llenaba toda la estancia, que presidía nuestra en-
trevista como un símbolo. Un sombrero absolutamente
honorable y sajón (pensé, idiotamente), cuyo antece-
dente sólo era posible escudriñar en las heroicas y de-
saparecidas arcas del "Mayflower".

Inmersa en una calma sobre la que sobrevolaban ro-
sadas nubes, Beverly hablaba de mi merecido descanso, de un merecido y largo tiempo de vacaciones ("Por
ejemplo, querida, es una sugerencia, tómalo así..."),
o de un reencuentro con la vieja tierra. Tal vez, un
viaje, como los que ella solía hacer, tan placenteros,
agradables e interesantes, por Europa; y me recordaba
sus fotografías; los grupos de amigas floreadas, dulcemente guturales Hijas de la República. En medio de
esa llanura de paz sin límites, sin horizontes siquiera
me vi a mí misma, flotante. Un ingrávido cuerpo, una
nube más. "Ya no hay que tener preocupación econó-

mica. Ya está todo previsto. Hay leyes. Todo está perfectamente previsto..." En el mundo bien organizado, donde podían evitarse roces absurdamente incivilizados, donde Beverly y yo éramos las más decentes y honorables aliadas, oía su desapasionado elogio de ciudades (Venecia, Roma, París o Amsterdam, sin demasiado orden). Como si se tratase de recetas caseras, pero eficaces, contra todo dolor. Beverly, a fin de cuentas, aquella tarde, era la máxima expresión de humana sabiduría.

Yo vi muchas veces el álbum de Beverly. El precioso álbum de sus seleccionados, numerados y gráficos recuerdos. Las fotografías donde aparecía con un traje estampado y cómodos zapatos blancos, abotinados. Y sonreía. (Aunque, de repente, su sonrisa era la de un payaso, un viejo payaso, borracho, lastimero.) Pero Beverly gozaba de sus vacaciones, Beverly sonreía en Venecia, en mitad del compacto grupo de amigas. Beverly, y todas aquellas mujeres, conocían bien el suelo que les tocó pisar: y barrían, limpiaban y ordenaban, como es debido, esta cochina y destartalada cocina que se llama mundo. (Aunque la figura de Beverly, recortada sobre un fondo de agujas y torres, sobre el complicado encaje arquitectónico que una sabia y feroz fauna, ya remota, edificó, Beverly, de pronto, aparecía como la imagen de la más cruel y estremecedora soledad.)

"Cada uno en su lugar adecuado; descansando, y volviendo a empezar..." Desde luego, por supuesto, Bear quedaría en casa de Beverly, con Beverly. Y David en su perfecto y extraordinario Sanatorio.

Punto final. Cualquier cosa que pudiera decir Beverly aquella mañana sería ciegamente aceptada, agradecida. Porque nadie hubiera podido contravenir su extraordinaria, bienaventurada paz y sabiduría. Y menos que nadie un inmundo manojo de dolor, de marchita esperanza, sentado frente a ella, asintiendo, sin avergonzarse siquiera del llanto, ni de la docilidad. Una fuerza se apaga justamente en la línea límite; en la misteriosa frontera donde, aún ayer mismo, nos creíamos en pie. Puede apagarse así el orgullo, la voluntad de sobreponerse al desprecio; y el tambaleante edificio que tan laboriosamente elaboramos, entre largas esperas, retenidos gritos, se derrumba y nos cubre de ruinas. "Momentáneamente, Bear, conmigo..."

Volver, regresar al mundo de donde nunca debió salirse. ("Cada cosa en su sitio.") Regresar a este mundo, donde un hombre desconocido apoya en mi hombro su cabeza (debió ser un muchacho de cabello dorado, ensortijado y espeso, que seguramente le humillaba). Regresar al mundo donde las gentes no parecen excesivamente inclinadas a la felicidad; al lugar donde los niños pueden dejar las escuelas y empezar el trabajo a los once años; donde los niños pueden beber, en público, vino rojo y espeso, sin marca conocida; donde todavía se puede abofetear, o golpear, a los niños, sin contravenir la ley, sin demasiado miedo a su frustración o sus posibles inhibiciones. Donde aún hay niños que saben reírse bajo cada golpe, y se aprestan a robarnos el último vestigio de credulidad.

Volví, dejé a Bear con Beverly. "Todos los años vendrás a verlo, querida. Ahora necesitas descanso." Dejé a David en su admirable sanatorio antialcohólico. *"Donde, parece ser, en los últimos meses, han tenido experiencias positivas bastante notables..."*

"Momentáneamente" es un dilatadísimo espacio de tiempo. Un incontrolado tiempo, falsamente provisional, traidoramente elástico. ¿Cómo perdí así a Bear? ¿Cómo pude perderlo así, necia, abúlicamente, confiadamente? "Momentáneamente" es un largo tiempo donde estúpidas mujeres viajan sin sentido, intentan trabajos, vidas, amor, sin objeto preciso ni convicción; donde estúpidas mujeres flotan, errante y provisionalmente, y van, y vuelven, y besan mejillas de niño que ya no es niño; que nos mira como a una olvidada fotografía. Donde de beso a beso crece más la distancia —*"Ahora está en W. Mira su fotografía..."*

Bear ya no está. Bear se ha ido. Ya nadie puede ver a Bear. La distancia es ya insalvable. Y no puede devolver la mirada de unos ojos que aprendieron a hablar antes que los labios; la inocente y muda complicidad de un niño, bajo un techo metálico, o sobre un verde césped, con hojas secas entre las manos.

Yo perdí a Bear, y nunca lo recuperaré. Ni en las mustias ilusiones de Franc, ni en viajes por Europa, ni en esta tierra donde, acaso, no debí volver, o no debí abandonar. No fue en un tren húmedo y nocturno, donde yo perdí a Bear, sino en otro vagón lejano y metálico; allí donde un niño, que aún no había aprendido a hablar, tejía una sutil cuerdecilla —dorada, ínfima— de su mirada a mi mirada. Sin suponer que yo misma la cortaría, tal vez para siempre.

II

TRES DÍAS DE AMOR

No puedo comerciar más conmigo mismo. He de admitirlo, decirlo. Tengo que explicar — a mí, o a alguien; no sólo a ella, y a esas puertas que se abrirán o cerraré para siempre — el día en que yo abrí una prohibida puerta, y nació el gran espanto.

Ahora desearía abrir los ojos y decir: Te he engañado. He engañado a todo el mundo. Me engaño a mí mismo, todos los días. No es verdad, no me oculto, nadie me persigue aún, y todavía no tiene sentido este encierro. Aún en este momento, si saliese de aquí, nadie me perseguiría, ni podría causarme daño. Todo ha de suceder, aún. Hoy, esta noche (mira el plano, tan bien trazado por la mano de Bear), es cuando debe ocurrir lo que planeamos lentamente. Yo lo había elaborado hace muchos años. Mejor dicho, lo deseaba, lo venía deseando, y sólo ahora se han conjugado las decisivas casualidades, o fatalidades, como suele suceder bastante a menudo en la vida. Desde el día en que conocí a Bear, desde que oí hablar por primera vez de esta casa, larvó mi plan, empezó a aguijonearme el deseo. Cuando conocí a Bear, acababa de enterarme: el *objeto,* el único *motivo* que me guió durante años, *él,* la única fuente de toda mi energía durante

años, *él*, el *objeto precioso e inestimable* de mi venganza, había sido trasladado —los hombres como él
no viajan, no emigran, no cambian de domicilio: son
trasladados, como aparatos, instrumentos o peones—
a esta isla. Todo parecía fundirse, coincidir; llegaba
desde regiones dispares, y se aglutinaba en un mismo
punto. Estaba naciendo, por fin, el cuerpo de la venganza, y sólo me detenía la gran excusa; había una
vieja mujer, subida a mis espaldas, con quien me unía
una deuda impagable: a quien yo no podía abandonar,
dejar aún más sola, por el simple lujo de exponer mi
vida, mi porvenir, o tan sólo mi presente.

La vida es algo más sórdido que un desgraciado
matrimonio, más cruel que el abandonar los hijos
en manos ajenas, más triste que errar por el mundo en
busca de un instante de amor, o de entusiasmo, o de
paz. Esto no lo sabrás nunca tú, pobre mujer que ahora
me abrazas. La vida se compone de cosas tan vulgares
como un sueldo, una cesta del mercado, unas medici-
nas, unos zapatos. La vida es peor aún: es una vergüenza, una humillación continua, una dilatadísima
vejación, hora tras hora, de peticiones, esperas, solicitudes, sonrisas, palabras hueramente graves. Hace
apenas unas semanas, un día, la gran excusa dejó de
existir. Ya no existe. La vieja mujer ha muerto, con
todos sus recuerdos, con su tenue y afilado aguijón.

Sólo cuando la vi muerta comprendí que no se
podía dilatar por más tiempo lo que ya empezaba
a convertirse en una mal disfrazada cobardía. A
mi alcance se ofrecían elementos preciosos; alguien
(acaso el aliento de la gran venganza, sutilmente audible en el silencio de la tierra, o del viento, o de la
miseria: un inmóvil batir en el aire, sobre los desperdicios, sobre los detritus de las fábricas; en el

yermo y polvoriento campo; ese batir ciego e iracundo
que a veces estremece las ventanas del invierno, cuando un aterrado muchacho estudia, o aborrece, o llora)
había acumulado, frente a mí, las extraordinarias circunstancias que tenían el nombre de Bear, de esta
casa, de esta familia intocable e intachable. El plan,
de tan simple, podía ser perfecto: la posibilidad de
entrar en esta isla, de salir de ella, sin que nadie
— excepto Bear, tú, yo y Borja — lo supiera nunca.
Ni tú ni Borja diréis nada, jamás: espero que Bear
sea demasiado precioso, para vosotros. Y, aún, quizá
más que Bear, un nombre, un mundo, una clase: como
queráis llamarlo. Todo tiene sus riesgos, y tú podías
negarte, y nada se verificaría. Pero no te has negado.
Bear conoce a quienes le rodean, es un inteligente
muchacho. A veces pensé que Bear debería tener otra
familia. Pero ya no sería Bear, y no serviría para nada,
en esta ocasión.

Aquí están las líneas seguras, su plano, simple y
perfecto, como un dibujo o unos ojos de niño. Nada
puede fallar. Bear ha sido instruido en la idea de
que ese hombre, el hombre *trasladado*, es el *hombre-clave*. El que está en camino de destrozar la complicada red que tan laboriosamente tejimos durante
estos dos años. Bear cree que ese hombre tiene en sus
manos los indicios que le llevarán al camino seguro:
el camino que lleva a la destrucción de nuestra paciente labor, durante dos años; que olfatea el aire a nuestro alrededor. Inesperadamente es "trasladado"; la
rueda de casualidades señala la última y definitiva pieza. No se puede desdeñar la ocasión, y este plano de
Bear copia fiel y concienzudamente la casa donde vive
el *hombre-objeto*. ¿Ves esta puertecilla trasera, abierta
al jardín? El jardín linda con la calle estrecha y solita-

ria, donde esperará Bear, en el coche de Borja. Bear ha vivido paso a paso todas las costumbres de este hombre solitario y metódico. Sólo es preciso aguardar, el hombre llegará a casa, cerrará la puerta. Yo esperaré en el jardín: habré entrado por aquí. Se puede acabar con un hombre sin ruido: todo puede ser limpio, aseado y rápido. Un hombre puede morir sin ruido, yo lo sé muy bien. Sólo hay que salir al jardín, saltar la tapia, subir al coche de Bear y regresar. Nadie echará de menos al *hombre-objeto* hasta el día siguiente. Y al día siguiente, Bear, Borja y yo estaremos ya en el mar. Nadie tiene noticia de mi presencia es esta isla, nadie me ha visto, nadie sabe nada de mí, en esta casa, en esta familia. Bear es un muchacho fuera de toda duda. Borja es un hombre fuera de toda duda. Todos sois gente fuera de toda duda. Tan simple como este dibujo de niño.

Eso es lo que deseo decirte. Pero, ¿cómo voy a decírtelo? Soy el hombre que finge dormir, cuando está alerta. Así, con la frente apoyada en tu hombro, en el calor de tu piel, cierro los ojos, y finjo que duermo, o sueño. Siempre mentí, disimulé. Tampoco puedo decirte otra cosa: que ahora, en este amanecer presentido a través de los párpados, algo empieza a derrumbarse; parece que algo se deshace, a mi alrededor. Como si las innumerables partículas casuales que formaron el gran cuerpo de la venganza, se disgregasen lentamente. No puedo decirte que, de pronto, tengo la sensación de estar vendiendo a Bear, de estar haciendo con él lo mismo que hicieron conmigo, en otro tiempo. Que, de pronto, Bear me parece, junto a su plano, un niño que juega con un arma que no ha aprendido a manejar. Y que yo, en el que confía, no existo. Siento la angustia de haber desaparecido con las sombras de esta noche que comienza a abandonarnos. Se ha diluido el *hombre-razón* de Bear, como huyen poco a poco las últimas sombras de estas paredes; como si, con la luz, mi sombra regresase a lo que siempre fui.

He vendido a Bear, y a un vasto mundo de seres que creyeron en mis razones; porque me han supuesto asolador de ídolos y altares, destructor de mitos. Me han secundado porque imaginaron seguir a un arrasador de falsedades, de podridas estructuras. Acaso sólo en una madrugada lúcida, como ésta, cuando acaricio este negro y suave cabello, cuando beso estos labios y abrazo este cuerpo que inútilmente amo, percibo, con toda claridad, la huella de infinitas claudicaciones. Deseo este cuerpo junto al mío, porque también lo veo cansado, surcado, hundido por ríos de decepción, melancolía y duda. Acaso sólo en madrugadas como ésta es posible desentrañar el gran embuste, la atroz farsa: yo soy el gran mito.

Cuán breve puede ser una vida y qué lenta y larga una muerte. He mentido, he engañado; durante una larga etapa, que parte desde aquel día, sólo he sido un muerto, un fantasma, que larvaba (no los deseos de justicia, no el implacable resorte que destruiría la gran tienda de los mercaderes), que sólo larvaba mi pequeña, particular y obscena venganza. He mentido: ese hombre, no es el *hombre-clave*. Te he mentido, a traición, mirándote a los ojos, Bear. Ese hombre no es *nuestro hombre;* nada sabe, ningún hilo de nuestra red se ha prendido en sus manos, nada puede hacer contra nosotros. Ese hombre a quien decidí eliminar ha envejecido, quizás ha olvidado, probablemente ya está cansado, o triste, o lleno de paz. *No es nuestro hombre,* es sólo *mi hombre,* el objeto de mis particularísimas y privadas venganzas, de mi particular y mezquino derecho al odio: privado, acotado, posesivo. De mi propio e intransferible mito. Os he engañado, te he engañado, me he engañado una vez más, otra vez más, siempre...

El ogro de Pulgarcito degüella a sus hijas mientras duermen, el lobo devora limpiamente a una niña crédula, un rey jovial y cubierto de amatistas desea casarse con su hijita de quince años. Las historias para niños son simples y feroces. La historia del error es tan simple como un cuento para niños.

El error comenzó una mañana, en el frío y el sol, sobre los veladores de mármol aún vacíos, bajo los soportales. Un camarero barría desperdicios debajo de las sillas, y las losas de la plaza brillaban porque había caído una luminosa lluvia. El puesto del hombre de las castañas asadas acababa de encenderse. En la guarida, cerrada y alta, hacía mucho frío: ni fuego, ni luz, ni calor, debían delatar al hombre escondido, el secreto de Bambi. Pero un cucurucho de castañas, ardientes entre el papel de estraza, calientan las manos ateridas. "Podrá calentarse las manos." En el secreto excitante de la mañana, cuando la mujer fue al trabajo y tardaría aún horas en volver, el minuto que guardaba un compartido, entrañable y divertido secreto (mucho más divertido que jugar a policías y ladrones, bajo los pórticos) regresaba. Iba con el cucurucho apretado en las manos, sintiendo su calor sobre el pecho, cuando alguien dijo: "Bambi". Todo parecía tan leve, tan natural. No dijo: "Mario"; dijo: "Bambi". La sabiduría de la traición tiene sutilidad de encaje, aun en las manos más burdas.

Lo recuerdo con una claridad total. Es más, creo

que su recuerdo tiene un relieve más real que todas
las realidades entre las que ahora me muevo. Nada
ha tenido después la materialidad, el color, de ese recuerdo. Estaba sentado junto a una de las columnas
del pórtico, bajo el cartel de toros medio arrancado,
y se recostaba en el respaldo de su silla de mimbre.
Bebía cerveza, espumosa y vivamente dorada. Tenía
el periódico doblado, en el velador de mármol, junto
a la caña. Nadie me había llamado Bambi excepto
el hombre encerrado. Por eso me detuve, le miré, obe-
decí a su ademán de que me acercara. Me acarició la
cabeza, y pensé (sólo ahora sé que fui víctima del
autoengaño, al oír la suavidad de su voz) que hablaba
muy bajo (sólo hablaban bajo los que eran como nosotros en aquellos días) al contemplar en sus ojos, unos
enormes y cándidos ojos azules, el mismo recelo que
conocía en los de la mujer que me ordenaba no abrir
la puerta.

El cepo de una palabra: "Bambi" (que pertenecía
únicamente al mundo secreto, al escondite), logró que
me dijera confusamente: "le conozco, le vi antes, a
veces, con papá". Una a una, sin el menor olvido, puedo reconstruir todas sus palabras. Aún está en mi mejilla la suavidad de su mano demasiado pequeña, blanda, de blancura casi obsesiva, acariciándome. Dijo:
"Bambi, disimula, hijo mío, haz como si te hablara
de otra cosa: ya sé, ya sé que nadie debe saber dónde
está papá. No te preocupes, Bambi. Ahora debemos
darnos prisa. Aquí —y la mano se colocó dentro de
la chaqueta, junto al corazón— llevo algo importante para él, tengo que dárselo y hablarle en seguida,
para que no le pase nada malo. Disimula, hijo mío, yo
te acompañaré, como dando un paseo. No podemos
perder tiempo, *para que no le ocurra nada malo*". Me

quedé quieto, mirándole. Pensé: "No hay que tardar, se enfriarán las castañas, y no le servirán para calentarse las manos". (Es absolutamente inconcebible, ahora, saber que sólo pensé eso.)

Le llevé conmigo, le dije: "Coja la llave, la tengo en el bolsillo". Él, con gesto paternal, sacó la llave y abrió a puerta. Me siguió escaleras arriba, y recuerdo que yo iba casi saltando, y que sólo pensaba: "aún están calientes, aún le van a servir".

Al llegar a lo alto, al granero ya prohibido, yo apreté el paquete de estraza con la mano izquierda, y con la mano derecha abrí la otra puerta, la del armario; y llamé: "Papá, papá".

Pero no me contestó, como solía. "Qué raro", pensé. Así que avancé la mano derecha, empujé la puerta-trampa, y sólo entonces, de algún desconocido cielo, bajó un frío grande, aflojé la mano sobre el pecho, rodaron por el suelo todas las castañas.

Él estaba pegado contra la pared, blanco, respirando anhelante, los ojos desmesuradamente abiertos en su cara sin afeitar. Mirándome como jamás hombre o animal me ha mirado en la vida.

No se puede hacer tabla rasa, cortar de raíz la memoria, o el odio. No se recomienza, no se reconstruye una serenidad reflexiva, una postura justiciera y aséptica, sin encharcados remansos de amor, desesperación o ajuste de cuentas, si no se es como Bear, Enrique, Luis, o cualquiera de los muchachos. Bear lleva sólo en su memoria un amable césped, verde intenso, desde el que acaso es posible olvidar, destruir, edificar. Será un buen arquitecto, con sus trazos escuetos, absolutamente desprovistos de superfluidad. Igual que ha desterrado de sus palabras los inútiles ornamentos. Bear ignora la florida y señera caligrafía.

A Bear nadie le ha repetido sin pronunciarla, uno a uno durante todos los días de su vida, la palabra venganza. Nadie le ha despertado de noche, sin otro reproche que un suspiro ahogado y una mirada intensa, fría, demoledora, disfrazada de dulzura. Ninguna mujer con zapatillas grises (ahora ya se han trocado sus alucinantes zapatillas en dos enormes ratas que recorren y escudriñan por vacíos desvanes) ha permanecido, durante toda su vida, siempre despierta y vestida antes que él; sacudiendo, quitando y contemplando el polvo, con ávida mirada; atenta, delirantemente sedienta de venganza. Venganza, en los alientos y sacrificios para que consiga un puesto en la mezquina rueda del dinero contado, bebiendo en desportilladas tazas antiguamente hermosas, apoyándose en muebles decrépitos sobre suelos falsamente nuevos. (*Nuestra tumba,* todos los días de la vida, frente a nuestros ojos.) Nadie ha llevado a Bear ante una tumba que, al fin, puede parecerle cavada con sus propias manos. Y en esas horas de insoportable silencio, adivinar injurias, golpes; sentirse odiado por haber quitado a un ser lo único que daba razón y vida a su existencia. Nadie ha hecho eso contigo, Bear.

Tú sí, tú puedes empezarlo todo, tú puedes terminar con todo. Yo no puedo. No puedo engañarme de nuevo, recomenzar, con fórmulas de reivindicación colectiva, lo que sólo es una íntima e intransferible reivindicación privada: privada, como sólo puede serlo el odio.

No lo haré. No mataré a ese hombre, no se puede asesinar a un fantasma. Ya no volveré a confundir mi deshonesta y lujuriosa venganza personal con un ampuloso concepto de justicia común. No me venderé más parcelas de justicia, de verdad y derechos humanos que no poseo. Tendrás que elaborar tu propio plan, Bear. Tendrás que trazar nuevos proyectos, Bear, no contaminados por mí. Tendréis que empezar, vosotros solos, lo que yo perdí hace tiempo.

Acaso, de entre la seca tierra, o los tristes ríos, irá brotando, o larvando, una nueva especie; alguna clase de valor, totalmente ignorado. En alguna parte estará aguardándoos. En un gran abismo, como aquel hacia cuyas estrellas miraba yo, tendido en el suelo, siendo aún niño. Cuando me decía que allí, en remotos y parpadeantes sistemas, existiría tal vez un concepto del orden, de la paz, del amor, absolutamente desconocido de los hombres.

III

EN ESTA CIUDAD

A las siete de la tarde, en el mes de junio, hay un tibio sol sobre las hojas de los plátanos. En los barrios nuevos, entre los descampados, el sol le parece siempre más cercano, más real, como en la ciudad de su adolescencia. Isa abandona la oficina, presa de una sola idea: "Mario ha vuelto, Mario está aquí". No va a esperar pacientemente esa llamada que no llegará. Ya le ha llamado ella varias veces: oye aún, con crispada ansia, el timbre del teléfono, matizado por la distancia; monótono, aburrido, cruelmente impasible. Nadie ha contestado a ese timbre. "Pero Mario ha vuelto, Mario está aquí, y yo voy a buscarlo", se repite, machaconamente.

Hace muchas horas —más de un día— que se ha entregado, vencida, a las famosas premoniciones, a los augurios, a la fatalidad. "Ya no voy a luchar más. Ya no puedo más." Se sabe dentro de una desesperanzada pendiente, por la que resbalará sin remedio. "La pendiente que empezó con él, desde el primer día." Incluso cuando le creyó distinto; cuando le creía indomable, todopoderoso. Cuando aún no le quería como le quiso luego, como ahora: al saberle cobarde, débil y aterrado, absolutamente incapaz de vivir. No le

quería entonces, como en este momento; más allá del
desprecio, el horror o la admiración que pueda despertar un ser humano. Al margen de sus taras, de sus
virtudes, de sus más simples e inanes actos. Simplemente porque sí; por una oscura fuerza, que brota al
margen de la voluntad y la razón, del egoísmo o el
deseo de felicidad. Porque sí, por esa recóndita, espantosa energía sin nombre que le empuja, que no
puede evitar, que es su única razón de existir. Algo
parecido a un difuso y antiquísimo apetito, una vora-
cidad sin límites, una especie de religión feroz y cani-
bal. "Ciertas tribus se comían a sus enemigos, cuando
estos eran valientes —recuerda haber leído, y corre-
gido, en esta especie de delirio que invade su memoria, que la obliga a avanzar hacia esa calle, esa casa,
fijas en su mente, como el único paisaje, el único
horizonte, el único objeto vital—. Se comían el corazón, para apoderarse de su valor..." Recuerdos,
temores, inciertas frases flotan alrededor de su frente,
como insectos nocturnos, en la tarde que va apagán-
dose sobre el asfalto, en el rodar de los coches, en las
luces que empiezan a encenderse, emborronadas a sus
ojos, rojas, verdes, amarillas. Isa avanza, en una suerte
de crispado sueño, hacia una calle demasiado conocida.
Camina despacio, pero inexorable, hacia ese lugar que
aún está lejos, que aún tardará en aparecer. "No hay
prisa —asevera una voz, sutilmente malévola—. No
hay prisa; de todas formas, llegarás."

Cuando se encuentra frente la fachada, tan conocida como su propia habitación, sus objetos personales
o sus más ocultos pensamientos, es ya noche cerrada.
La portera se acerca con la llave en la mano, va a cerrar el portal. Isa avanza, pálida y sonriente, y su
propia voz le suena dura, extraña:

—Buenas noches, ¿no ha llegado...?

El final de la frase se diluye. Ve brillar las gafas de la mujer que niega, ligeramente desabrida. Isa, con desasistida agonía, mira esa escalera cuyo pasamanos de mármol sólo llega hasta el primer piso... Esa escalera que, por culpa de la mujer-estorbo, de la mujer-pantalla, de la mujer-excusa no ha pisado nunca. Esa escalera que hace mucho tiempo desea recorrer, trepar: entrar en ese piso, esas habitaciones. Pero esta otra mujer lacónica, impaciente, niega. "No ha venido. No, no hay ningún recado. No, no, nada. Nada."

Isa retrocede a un mundo encajonado y extraño, absolutamente ajeno, poblado de seres que se apresuran, delante de ella, junto a ella, detrás de ella; seres rezagados, que incluso corren, como esa muchacha, hacia el portal a punto de cerrarse. "Es una criada", se dice, contemplando el beso rápido del novio, un muchacho joven, de zapatos extraños y pelo enmarañado. "Es una criada. El portal. No te pares en el portal, como una criada", rememora confusamente. Este es otro portal, pretencioso y viejo, con portera imbuida de rara autoridad, de un consciente y grave cometido que, de pronto, se le antoja neciamente inútil. ("No te quiero ver en el portal, como una criada...") De nuevo siente la desalentadora humedad de las lágrimas. "Voy llorando por la calle — se dice débilmente —. Voy errando por la calle, entro en los portales, mendigo noticias. Me rezago en los portales. Como una criada. Pido limosna, en los portales. Como el mendigo del puente, con la mano extendida y los ojos acuosos..."

Fue entonces, poco después de iniciada su incipiente amistad, tras las primeras citas que la emborracha-

ban de felicidad, cuando le detuvieron por primera
vez, por lo de las octavillas, y lo llevaron a la Modelo.
La noticia le llegó de otras bocas, de otras fuentes: no
de él, por supuesto. Él nunca se lo hubiera hecho saber. Fue entonces, aún en el apasionado principio, en
el exaltado deslumbramiento de su admiración.

Ahora Isa sabe que a ella no le importan los motivos de Mario, ni el bando en que se mueve su extraordinaria idea del mundo (o en lo que desea convertir
al mundo). Estuvieran donde estuvieran sus ideas, eran
únicamente las ideas de Mario, las convicciones de
Mario, las actividades de Mario. Por primera vez im-
ploró, buscó, indagó; y cuando lo vio, al fin, como un
noble y hermoso animal, tras la espesa reja que súbitamente la llenó de odio, nacieron los delirantes y apa-
sionados deseos de sacrificarse por él. Se sintió dispuesta a arrasar el mundo para lograr que él (él, no sus
ideas, no sus objetivos) consiguiera lo que quería.
"Como al niño mimado por mamá, que *debe tener* el
juguete o el capricho deseado." Ese era el clima enajenado, exaltado, que la llevó a una desaforada búsqueda con que alejarlo de aquella reja. Acortar aquellos veinte días —los recuerda con la precisión que
acostumbra—. Fue eso lo que la hizo reunir sus ahorros, buscar al abogado —el amigo de Jaime— y en-
lazarse, por su causa, en una vidriosa zona de reen-
cuentros, de turbios y sabios artificios, de utilización
de unos recursos que creía ya desplazados de su vida.
"Todo es lícito con tal de conseguir lo único que importa en el mundo." Mario tendría lo que quería.
Mario tendría todo aquello que Isa pudiera darle.

Aquella mañana, cuando Mario salió, al fin, pendiente de proceso, nunca podrá olvidarla. Ella llevaba

el vestido estampado que tanto la favorecía. Estaba esperándole enfrente, en el bar, entre la barahúnda que tan bien conocía ya ("*¿Por qué número van?*". "*Ya ha entrado la tercera.*" "*Van por la segunda...*" La cola, las mujeres, los niños correteando en traje de fiesta; diciéndose que, después de todo, era una mañana de domingo. El patio inolvidable. El color verde oscuro, la puerta gris, la pareja, el pasillo, el otro pasillo, la galería: "*¡Van por la tercera!*" La espera. era aún una dulce y ácida sensación de mundo recién descubierto. Un mundo que, por primera vez, sentía suyo, que le pertenecía de forma rotunda, incompatible.) Ahora sólo siente la rebelde tristeza de haber perdido el mundo; o de que se lo han arrebatado de las manos; o de que el mundo no fue nunca suyo.

Isa cierra los ojos, no desea retroceder en el recuerdo, no desea asomarse de nuevo al agujero que se abrió aquel día (mucho después, en víspera del proceso, cuando fue otra vez en busca de Jaime). "Jaime no fue malo, tampoco, en ese momento. Un poco sarcástico, sólo. Pero lo mínimamente sarcástico que se puede ser en una situación parecida..." No fue humillante, puesto que todo, todo, era permitido, aceptable, con tal de que Mario tuviese lo que quería, lo que merecía, lo que deseaba. El gran bache fue otro: el que se abrió el día en que empezó a intuir, a comprender, a saber, que Mario no era ignorante de sus intrigas, que Mario aceptaba, y tal vez aprobaba. A Mario no le importaba que ella buscara a Jaime: que Jaime hubiera usado toda su "influencia" — aquella oscura y comentada "influencia" que le atribuían, medio temerosos, medio envidiosos, en la oficina —. Isa no quiere evocar el primer asombro, el aldabonazo primero; aviso y principio de una comprensión mordazmente reveladora. Pero, ¿qué le importaba a Isa la admiración, la remota virtud con que adornara el paso de un Mario imposible, inexistente y — ahora así lo entendía — estúpido? "Lo importante es que Mario tenga lo que quiera." Lo que Isa teme reconstruir es otra cosa: la constatación de que allí brotó su amor. Cuando le descubrió vulnerable, débil y cercano, y lo sintió verdaderamente suyo, alcanzable, favorable. Mario, el débil. Mario, el que tenía miedo; el que vivía bajo un espeso, profundo y devastador espanto, cuyo origen ni podía ni quería conocer. Fue así, poco a poco, como desapareció el primer deslumbramiento y llegó este amor posesivo, factible. Mucho más violento y oscuro. Amor sin tino, sin razón, sin falsas caretas o falsas ilusiones, sin hipócritas autoidealizaciones. "Yo no he nacido para sueños — piensa —. He nacido para luchar y para conseguir concretas realidades." Desgraciada o maravillosamente — no la sabe con claridad —, para apoderarse de todas las cosas, va pisando el mundo con el solo objetivo de aferrarse y defender fieramente un amor sin misterio; sin un mínimo vestigio, ya, de curiosidad, o de candor.

La calle ha quedado despoblada. Es un hora incierta. "Una hora estúpida", piensa, dentro de la lejanía, de la ausencia en que ahora flota. Una hora en que nadie llega, y nadie parte; ni siquiera se oye ya el bastón del sereno en las aceras. Una hora perdida, colgada, vacía de toda significación.

"Mario, Mario." Escucha su voz débil; parece una voz de muñeca. Como la de aquellos títeres, detrás del biombo, en el parque de su infancia. Aquellos

que llamaban "Los curritos". Tenían una voz igual,
una empequeñecida voz nasal, una imbécil voz que
a las niñas les hacía reír, menos a ella. Le parecían
despreciables, sucios, feos y sin ningún interés. Porque
Isa era distinta en aquella ciudad. Isa, en aquella ciudad, fue siempre diferente de "las otras".

"Mario", se repite, con un súbito terror, ahora, sólo
para oírse. Y es por fin, a manos del terror, a manos
del indecible miedo de oírse esa voz, cuando por fin
brota la ira. Recupera la ira, la abraza, la saluda con
un goce furioso. La siente quemando su garganta,
como cuando se aguantan los deseos de insultar, o de
reírse del mundo. La ira burbujeante, amiga, tonifi-
cadora, rompe, salta, como un surtidor.

Un viento fresco agita unos papeles, despojos que
una ya ausente multitud dejó caer al borde de la calzada, en los alcorques de los árboles. "Mario" — dice,
con voz clara, reposada —. Te vas a la m..." Respira
despacio, hondo. Una vez, dos. "Ya te cazaré" — se recupera, poco a poco. Va añadiendo a sus pensamientos
palabras; ira, coraje, fuerza —. "Ya te cazaré, descuida.
Aunque no seas hombre para levantar una vida, ni un
país".

Respira, respira, respira, hasta que algo cede, y
va restituyendo poco a poco las dispersas emociones,
las dispersas lágrimas, los dispersos y agónicos cole-
tazos de la desesperación, a su región de espera, de
aguante. "Pero descuida, que ya te cazaré."

Al fondo de la calle se enciende y avanza una lu-
cecita verde. "Un taxi", piensa, con el mismo sobresalto que en el día anterior la resucitara de su apatía
comprobar el avance de las manecillas del reloj. Eso fue
ayer tarde, o hace mil años, ya no se sabe cuando. "Si no
lo cojo no encontraré otro, en esta hora maldita..."

Está cansada, no tiene costumbre de andar tanto, tiene los pies doloridos. No puede ir andando hasta casa. Debe descansar, no quiere sentirse mañana así, desmanejada, blanda, como una muñeca de trapo. O como uno de aquellos asquerosos Curritos que a las demás les hacían tanta gracia, y a ella no.

IV

PERDER EL TIEMPO

Despertó hacia las nueve de la mañana. A través de las persianas entraba el sol, a franjas. Había tres anchas ventanas, abiertas al declive. Contempló, parpadeando, las rayas de luz en el suelo. "Las habitaciones que reconstruyó tío Borja." A decir verdad, pensó, tío Borja se había *cargado* la mitad de la casa. Mandó derribar tabiques y había instalado allí dentro un curioso montón de cachivaches, más o menos valiosos; extraños objetos procedentes de países muy dispares. "Todo el gran desvalijamiento de Son Major — le había dicho mamá —, porque esa casa siempre le fascinó, desde niño".

Son Major, sobre el acantilado; adorado por tío Borja. ¿Por qué adoraría aquel lugar, lúgubre, abandonado, vacío? Se demolía lentamente. Nadie cuidaba de Son Major. Las jaras y ortigas invadían lo que, según oyó, fue un hermoso jardín. Bear vio caerse, materialmente, a pedazos, la barandilla de madera de su despintado balcón. Pero todo lo de aquella casa parecía obsesionar a tío Borja. Ahora, los restos de aquel desaparecido mundo yacían en esta especie de estudio que tío Borja se había construido. ¿Para qué? ¿Qué clase de trabajo o estudio se llevaba a

cabo allí, como no fuese reunir amigos, beber, o estar
sólo hora a hora, entre desolados vestigios de lo que ado-
ró un niño, y que, acaso, ya ni siquiera le gustaban?
"Porque esto le ocurre a todo el mundo." También
a Bear, ciertas cosas (que años atrás le atraían)
habían dejado de entusiasmarle. No entendía cómo
la gente se empeñaba en ir hurgando hacia dentro,
hacia el pasado; como si las cosas que ya no son,
que han muerto, no fuera mejor olvidarlas, dejarlas
allí donde seguramente es natural que estén. En cambio, tío Borja había acumulado cartas marinas, un
polvoriento velero dentro de una botella, relojes, brújulas, estatuillas primitivas, figurillas de jade, es-
culturas africanas de dudosa procedencia... ¿Y todo
para qué? "Si casi nunca viene aquí. Si casi nunca
viene a la isla. Si se pasa la vida en Madrid, en
Barcelona, o en la Costa Azul. Aunque diga que en el
verano o la primavera iremos a los Grandes Lagos,
yo sé que no es verdad. No tiene ganas de ir. El mundo de tío Borja está claramente especificado, se puede
recorrer a ciegas en un mapa. Yo creo que siempre se
engañó, diciéndose que le gusta viajar, que le gusta
leer, que le gusta, incluso, ese podrido caserón de Son
Major (que, al fin, por esas curiosas cláusulas testa-
mentarias que dicen aproximadamente "...a mi querido hijo Manuel, y en su defecto..."; y en este caso, el
defecto de Manuel, revertió en tío Borja). Cuando
mamá me lo contó, la vi risueña, y triste. Ella sabrá
por qué. Siempre que habla de estas cosas, parece que
se ríe de su tristeza; pero no son verdad, ni su risa, ni
su tristeza. En el fondo mamá es una buena persona; la
madre más conveniente que se puede desear. No anda
metiendo la nariz donde no debe como, por ejemplo,
la intolerable madre de Luis."

Saltó de la cama, y pensó que, al fin y al cabo, aunque le criticase y se riese de él, tío Borja no había hecho otra cosa que imitar al abuelo loco, el de las habitaciones de arriba. Mientras se duchaba (en el minúsculo pero único cuarto de baño *potable* de la casa) bajo el agua fría y reconfortante, Bear se repitió, una vez más, que Mario tenía siempre razón. "El factor humano", recordó, "las máquinas, exactas, suelen cumplir su cometido con precisión: pero no fíes ciegamente a las máquinas el éxito de un plan, porque son utilizadas por seres humanos, y el elemento humano es imprevisible: estornuda, tropieza, dice una palabra, la única palabra inoportuna que provoca el cataclismo." Si tío Borja no hubiera arremetido con media casa (llevándose, entre otras cosas, la que fue antigua habitación de mamá), no hubieran alojado a mamá, contra toda previsión, allí arriba, en una de las tres estancias condenadas. No hubieran tenido que convertir a mamá en cómplice y guardián de Mario. Pero — pensó — de quien nunca se hubiera podido prescindir era de tío Borja. "Y, acaso, si mamá está involucrada en esto — aún más estrechamente que por el simple hecho de ser mi madre —, será más fácil convencerle a él."

Por las abiertas ventanas llegaban los ruidos y rumores de un gran ajetreo. "El gran día ha comenzado." Pero no aún el gran día de ellos, de los que utilizaban cuidadosamente la fiesta centenaria. La anciana no sabía que había llegado, verdaderamente, el día extraordinario.

Los de la casa habían explicado su programa de festejos con bastante insistencia. Misa familiar, oficiada especialmente en el oratorio privado (que era simplemente el gabinete de la abuela, dispuesto a esos efectos, desde que la anciana no podía acudir a la iglesia, según pudo comprobar). No resultaba muy soportable, desde luego, pero en este día Bear no quiere emitir ni una sola nota discordante en la gran conmoción familiar. Nadie debe fijar los ojos en él con especial interés o desacuerdo. Es preciso actuar dentro de la comedia, permanecer al servicio de la ceremonia, como un elemento más de ella. Como un florero, un sillón, o un lechón relleno.

A las diez llegaría tío Borja, y debía acudir al aeropuerto a esperarle, en el viejo Citroën. A las doce, según noticias, empezaría el gran jaleo. Tras la Misa, el largo aperitivo —con los mandamases, viejas y viejos del contorno, y los brumosos y complicados parientes de la isla—. Luego, el almuerzo *sólo en familia*. Había surgido familia por todas partes: desvencijadas primas, desencolados primos; remotos sobrinos, calvos y enajenados, que tenían su puesto jerárquico e inviolable en la mesa y la solemnidad del día. Una solemnidad que, en definitiva, se corporeizaba en la enorme tarima donde yantar, compuesta allá abajo. La noche anterior la vio, aún desnuda de manteles y vajilla. Parecía la armazón de un patíbulo; le recordó aquel grabado de las habitaciones condenadas, uno que reproducía los preparativos de una ejemplar penitencia colectiva.

Antonia llamó suavemente en la puerta, y entró con la bandeja del desayuno.

Tío Borja parecía contento. No del día que les esperaba, por supuesto. El día que le aguardaba, evidentemente, le *recocía la sangre* (frase textual de tío Borja). Pero estaba contento, casi exultante, por lo del regreso en la "Pez Espada". En cuanto subió al coche, se puso a hablar de eso. ¿Todo iba bien? Tuvieron una travesía estupenda, claro. Magnífico. Bear, por supuesto, era un verdadero lobo de mar. Sí, qué gran tipo. Le dio un golpecito en el hombro.

Bear le observó de reojo. No debía fiarse de tales jovialidades. "No ha llegado aún el momento de hablarle." Fue siempre partidario, con todo el mundo, de los hechos consumados. Desde el abuelo Franc, pasando por la misma Beverly, hasta mamá. Con cuanta gente tropezó en su camino, cada vez que necesitó de alguien, nada dio tan buenos resultados, por lo general, como el hecho consumado. "Yo creo que debíamos salir mañana sobre las seis...", opinó, mientras tanto.

Ahora conducía tío Borja. El aire despeinaba un poco su pelo, tan cuidadosamente cortado, alisado y locionado. El perfil, agudo y súbitamente simpático de tío Borja, asentía: "Estupendo, estupendo". "Naturalmente" — se repitió Bear; y otra vez la rara sonrisa que sólo le llegara en soledad bajó hasta él —. "Cuanto antes escapemos de aquí, mejor. Está deseando que pase este horrible día, que lleguen las seis de la mañana, olvidar la vieja que le retiene una herencia ya varias veces dilapidada, estirar un poco más la humillante paciencia, y, por fin, ¡fuera!"

También lo deseaba él. Un mudo gemido de alivio le subió al pecho. Ya estaba deseando que fueran las seis de la mañana, que volviera, de nuevo, otro día. Que todo hubiese terminado: centenario, acecho, disparo, muerte, huida. La vida es algo demasiado importante para estropearla estúpidamente. Pobre tío Borja. Sintió cierta inusitada, débil ternura ("una sucia compasión, a decir verdad") hacia él. "Tío Borja no hundirá

nunca a mamá. No puede. Si lo hiciese no sería él."
Sintió que poseía, de pronto, una gran seguridad.

Ahora, el viento primaveral se llevaba lejos las
palabras de tío Borja. Ahora, no importaba lo que
decía tío Borja. "Tío Borja sueña otra vez con el mar.
El mar es el elemento donde tío Borja parece salir de
pronto de sí mismo; vivir un hombre que no es él; una
vida que no es la suya." Cuando volvieran al mar, ya
estaría todo consumado, ya nadie podría retroceder.
"Quizá, ¿por qué no? Es posible que tío Borja me lo
agradezca algún día, íntimamente." Tal vez ese día
hipotético, eso tan sencillo que Bear no sabe explicarle,
tenga respuesta; eso que le pregunta a veces y él no
puede contestar. Tío Borja, flotante en sus confusos y
trascendentes conceptos de honor, familia, raza; entre
cuchicheantes y conspicuas concomitancias de familia;
entre chasquidos de besos fraternos, aún con gesto infantil, le desazona. Mamá y él, sus bromas de niños crecidos, resucitando infantiles rencillas con sonrisa de-
samparada; rencillas que se empeñan inútilmente en
reavivar. "Tío Borja le dirá a mamá, una vez más: *¡Que
mal te sienta ese peinado!*" "*Igual que entonces; siempre tenías que decirme lo mismo. ¡Pero si yo nunca he
«usado peinado»*, dirá mamá, orgullosa de su aparente
sencillez, de sus cabellos y vestidos tan aparentemente
sencillos (sólo Beverly sabe el número exacto de dólares que cuesta la sencillez de mamá). Tío Borja la
besará (besan a todo el mundo esta gente). Tío Borja
llama a tía Emilia *"la pobre mamá"*. ¿Por qué siempre tía Emilia es *"la pobre"*, dicho con un peculiar
levantamiento de cejas? ¿Pobre de qué?"

Tío Borja avanza hacia la vieja casa que odia con
todo su corazón, pero que no se atreve a desafiar.

La casa que alberga la perversidad de cien años, glotones y tiránicos, sentados como Feroz Cancerbero sobre el Gran Arcón del Tesoro.

Ah, tío Borja, qué bien te revelaste a Bear, de pronto, en la mañana, cuando apareció la silueta de la casa contra el inocente cielo; qué bien te vio Bear, a ti y a tus restos de honradez, prendidos en alguna parte; "como un jirón enganchado en un clavo, han quedado prendidos, en alguna parte de ti y de la casa, honor, amor, recuerdos, orgullo de casta..." Todo, piensa Bear, flota en ese jirón que es ya, sólo, un desteñido banderín, sin viento que lo haga flamear. "Pero muy oportuno, ahora." Tío Borja aceptará el trato-hecho a su modo. No hundirá nunca a mamá. Tío Borja no mezclará a mamá en una sucia historia de ilegalidad y terrorismo: en una sucia historia donde también concurren circunstancias (favorables) de convivencia nocturna, en las altas habitaciones condenadas. (Pero aún respetables.) En este mundo intachable, los pecados de la carne y del espíritu sólo pueden aparecer así: pintados en las paredes por un mal artista, casi inocentes de puro estúpidos. "Y mamá, pese a todo, ya está mezclada en esta historia." Acaso...

Pero en todos los proyectos, en todas las estructuras, existe la posibilidad del acaso. Si no, serían leyendas, historias. "Acaso, el hombre de los ojos de bebé, rompa súbitamente esta noche (a la hora exacta en que los relojes señalan exactamente las exactas costumbres de los hombres ordenados, silenciosos y metódicos), acaso, a la hora acechada, cronometrada, constatada, el hombre de los ojos de bebé rompa, por primera vez, sus incondicionales costumbres. Acaso, la invariable soledad del hombre solo, al que le gusta vivir solo, se quiebre esta noche en una presencia ajena, intempestiva y absolutamente gratuita. Acaso, a este hombre a quien nadie espera nunca, por vez primera en su vida alguien le espere en el jardín de cuidados gladiolas rosa, geranios y pequeño cobertizo donde se apilan, en pulcra distribución, los guantes, la pala, el rastrillo, usados por el metódico hombre con metódicas aficiones de jardinero solitario. Acaso, el motor de este viejo cacharro que ahora conduce tío Borja llegue a su último rendimiento, y no se ponga en marcha, al otro lado de la tapia. Acaso, un perro ladre inoportunamente, o Mario tropiece... El elemento humano no es de precisión."

Pero el que se detiene en los *acasos* no conseguirá nada, en ninguna parte. Bear oye crujir la grava bajo las llantas, y el coche se detiene. El inverosímil viejo avanza, torpe, en su reuma; abre la puerta del garaje que más se parece a una cuadra. "El que se estanca en los *acasos* nunca dará el pequeño o gran paso que puede cambiar la vida, o el mundo."

Al subir la escalera se percibe el ronroneo de "la pobre mamá", que baja los peldaños hacia el *niño malo, que nunca se deja ver*. Mañana, a las seis, a la primera luz, el mar aparecerá hermoso, dilatado, un mundo recién nacido. Mañana, cuando el mar se lleve de la isla a Mario, a Bear, a Borja, como si nunca hubieran estado en la isla, el hombre de los ojos de bebé aún yacerá en el suelo, o en su sillón; ya mudo, ya inmóvil, ya incapaz de desbaratar lo que, con tanta paciencia, con tanto ardor, con tanto sacrificio, se ha conseguido a lo largo de casi dos años. Todo seguirá su curso normal. Nada entorpecerá el inevitable curso de lo que debe ser, y no puede dejar de ser.

Al subir la escalera, tras el abrazo de tío Borja y

"la pobre mamá", Bear nota algo parecido a un estallido en alguna parte de su ser. Un mudo, deslumbrante fuego, un violento crujido de felicidad. "Antes
de las nueve de la mañana no llega nunca a su despacho. A las nueve de la mañana, nadie sabrá, jamás,
que Mario estuvo en esta isla."

Besos, besos, besos. ¿Quién habrá inventado esta
clase de efusiones, besos que suenan *chas* (como
una rana aplastada en la mejilla), húmedos besos
que hacen *muá;* esos besos apretados, o esos otros, en
el aire, que hacen *chis*? Toda clase de besos, observa
Bear, pueden apreciarse aquí, esta mañana. Por lo
menos, Beverly, entre otras apreciables cosas, le preservó de semejante canibalismo moderado. Una infinita gama de labios se fruncen, imitan leves papirotazos. Sobre todo ahí, en esa mejilla (bolsa de años,
piel arrugada, fláccida); impertérrita y pasivamente
tiránica.

La Misa ha terminado. Al extremo de la habitación
dos niños monaguillos se asoman, ligeramente estupefactos, a la puerta del oratorio-gabinete. El más pequeño está a punto de pisarse el borde de su túnica.
Mirándole, Bear piensa en un remedo infantil y destronado del Rey de Copas. Una copa lleva, verdaderamente, entre las manos; que debe retornar al gran
cofre de los tesoros familiares, de donde salió; solemne y escasa *(sólo se usa en días tan señalados y significativos como éste)*. Aún experimenta Bear un húmedo malestar, recordando el momento en que la
anciana, colocada en primera fila, ha alzado su mano,
afilada como una garra, para cortar el inicio de una
perorata que comenzaba más o menos: "En este día,
símbolo y compendio de una larga tradición de seño

río y bonhomía...", para sofocar (con su voz extrañamente firme, casi imposible en esa garganta cercada por la cinta de terciopelo): "No hay sermón". Bear ha contemplado el humillado asombro del joven y nuevo párroco de este lugar. (Inexperto y campesino, cabeza rapada y grandes pies.)

En la terraza aguardan los irreales primos del centenario. Ancianos todos, sea cual sea su edad. "Como si hubieran dado asueto a un curioso, lujoso y decrépito asilo, un asilo de durmientes mugrientos y valiosos; iguales a esa casulla que, según oigo, vale una fortuna. Aunque me haya parecido sólo un trapo sucio, cubierto de oro y rosas."

Hace mucho calor. "Qué gran calor, ¿verdad? Impropio aún de la estación." El calor, pegajoso, atrae un ejército de menudos volátiles: dorados, verdes, tornasolados, que se lanzan gozosamente sobre las frentes perladas de sudor. Bear mira al cielo: no hay nubes. O sólo, quizás, es todo el cielo una gran nube, plana, lisa, que borra sombras y transparenta una luminosidad metálica, mezcla de luna y sol. "*Chas, chas*"; ahora ya no son los besos, es la mano plana, huesuda, del anciano con cuello de terciopelo verde: aplasta, con un goce infinito, los ojos casi en blanco, un mosquito cándidamente goloso de su amarilla calavera.

Qué extraño, mamá no está. ¿Por qué no está aquí mamá? Una leve irritación nace en Bear. Tampoco mamá debe ofrecer ninguna nota discordante. Nadie debe atraer la atención de nadie, en un día como hoy. Mamá debe continuar aquí, apática, sobriamente amable —algunos creen equivocadamente que mamá es muy orgullosa—; correcta comparsa. Mamá debe estar aquí, en su puesto. Durante todo el día mamá debe permanecer en su puesto.

Sólo cuando llegue la hora decisiva, Bear saldrá de aquí. (A esa hora ya estarán recogiendo los huesos residuales en platos y cestos, todo el vasto cementerio de aves y porcinos, de plumas; los manteles amarillos, probablemente valiosos; la porcelana, el cristal, las migajas y los besos. Ya desfilarán, en sus tartanas — o en esos artefactos de edad y nombre indefinible en que llegaron —, civiles, paisanos y eclesiásticos.) Bear contempla frentes sudorosas, cuellos oprimidos, medallas, guerreras de corte napoleónico; curiosas manifestaciones de afecto y acato, en Reconocidas y Severas Autoridades. "Mi bisabuela es un mundo" piensa, en un contradictorio resquemor y respeto. "Un Tótem, un Torreón, un Ejército..." Las copas azules, verdes, opalinas, brillan abigarradamente, bajo el terso cielo. Hay algo infinitamente incómodo, en esta amplia terraza, desde la que no se puede distinguir el mar. "¿Dónde habrá ido mamá?"

De improviso, Bear descubre fijos en él unos ojos, luminosos y grises, igual que este cielo. Por primera vez, quizás — al menos en su memoria —, Bear siente un estremecimiento, algo parecido a terror, o repugnancia, o infinito asombro. Un par de ojos grises — inhumana, salvajemente vivos — resucitan como dos Lázaros en una cara espesa, blanca e inmóvil. "¿Cómo se puede tener esos ojos a los cien años?", piensa; y le parece que esos ojos son capaces de paralizar su mano: el vaso del que iba a beber ha quedado pegado a sus labios, quieto. En medio del enjambre — murmullos, risas mimosas, exclamaciones admiradas — un largo silencio se abre paso, firme y duro, como una lanza, entre esos ojos y Bear. "Yo no la he

besado", se dice, sin saber por qué. Una rebeldía
pueril le llena: "Ni la besaré. Será la única nota discordante: pero, por lo menos, no la besaré". ¿Será
esto el principio del odio? Baja los párpados y hunde
la mirada en el líquido dorado, fresco, de pronto ami-
gable. "Nunca he odiado a nadie. Nunca he odiado a
nadie", se repite, con monótono estupor. Una frase iró-
nicamente deformada llega en la bruma de otra frase
lejana: "Este muchacho ya tiene edad de conocer su
patria". "Este muchacho ya tiene edad para conocer el
odio." Pero esta no es la Patria de Bear, Bear no tiene
patria. Bear no habla nunca de esas cosas. No quiere
empezar, de pronto, a decirse cosas parecidas.

"Y a todo esto, ¿dónde habrá ido mamá?"

El ruido —los crujidos, las halagüeñas exclamaciones, las viejas e indescifrables bromas, los afanes
culinarios y ornamentales que componen el rumor de
esta casa— se ha aglutinado ahí abajo: entre el gran
comedor, la terraza y las dependencias del servicio.

La escalera, solitaria, le trae un silencio que no es
sólo ausencia de ruidos o de voces, sino algo más denso, más desusado: como si el silencio que parte del
viejo corazón de la casa, parado reloj de carillón, es-
tuviese formado por el compendio de todos los gritos,
de todos los rugidos de la tierra. Un silencio envilecido por el estruendo de siglos de lamentos y de
huecas palabras, por largos clamores de desesperación, amor, abnegación, lujuria, le obliga a detenerse. Apoya la mano en el pasamanos de madera, piensa: "No tengo por qué ir a investigar adónde fue
mamá. Qué me importa donde esté. No es nada importante que..." Pero sus pasos continúan, ascienden,
no obedecen a su razón. Sólo a una oscura llamada

(parecida a otra lacerante llamada, en unos ojos grises, casi bestiales de puro humanos) que le resulta
imposible identificar. Un estremecimiento le asalta:
"No deben abrirse las viejas estancias, no deben saltar-
se las viejas y mohosas cerraduras, no debe penetrarse
en las enrarecidas, polvorientas, decrépitas habitaciones que algunos hombres, que algunos locos, tuvieron
sólo para sí; para esconderse, para que nadie conociera
la última verdad de su mísero desamparo..."

Pero no puede detenerse en premoniciones, en
ráfagas absurdas que jamás conducen a solución alguna. Bear sube, abre puertas, llega al borde del mundo que, minutos antes (quizá las mismas paredes de la
ruina, quizás ese enjambre de voces desesperadas que
ya, en su estruendo, nadie oye, y toma por silencio), le
advirtieron no desvelar.

Ha cedido el calor, y en el confín de la tierra, de
los árboles, de los objetos, se anuncia una noche
perfumada. Es el momento en que, ahítos, fatigados,
enajenados de placer, confusión y achaques, el último
reducto de comparsas trepa hacia sus innominables
vehículos. Fantasmas de alguna feria arcaicamente
bulliciosa (con vestidos de marinero y sorbos de zar-
zaparrilla). Los ancianos parientes, ya olvidados del
reciente y aún no sellado festejo, parten de nuevo al
sonambúlico país de donde llegaron. Hacia paredes
desconchadas, cuadros cara a la pared, gatos ladinos
y sustitutivos de un afecto esparcido, huido o muerto.
Hacia el sonambúlico Limbo de los muertos remolo-
nes, rezagados, cegatos, sordos, glotones, deliarante-
mente suntuosos.

Bear mira a mamá. Su silueta aparece extrañamente clara, casi blanca, junto a esa plateada higuera don-

de el último reducto de primos exhala erráticos besos
sin destino preciso, bienaventuranzas y elogios dedica-
dos a una ceremonia que ya confunden con el último
funeral familiar. Parten (regresan), acompañados, sos-
tenidos, empujados por sirvientes de aire insomne, se-
veramente protectores; espejismos de alguna última
vanidad recogida bajo los muebles, o al fondo de un
oscuro cajón, como una joya olvidada.

Mamá y tío Borja, postreros centinelas de esta ba-
bilónica destrucción, aguantan firmes el espectáculo
de seniles embriagueces e inusitadas lágrimas, como
las de esa anciana prima que llora la muerte de la centenaria, convencida de haber asistido a su sepelio, en
lugar de a su cumpleaños. Mientras ella, la gran protagonista indiferente, en brazos de Antonia y tía Emilia, ha trepado de nuevo a los privados salones de su
reino; la cabeza ladeada, los ojos fijos en el índice que
ensarta cuatro anillos (demasiado anchos para él).

Una noche como esta, olvidada del rencor del sol,
dulcificada por un cielo casi verde, es una extraña
noche para la venganza, piensa Bear. Pero esa es otra
de las mil farsas tejidas en el vasto enramado de recelos, miedos y terror que es preciso barrer de la tierra. La venganza no es una palabra apropiada para
esta noche. ¿Cuándo oyó Bear esa palabra? ¿Se pronunció acaso durante el largo y elaborado programa?
No la pronunció Mario. Nunca ha hablado de venganza. Es una palabra sólo permisible a Gerardo. Sería
justa palabra para él, aunque tampoco la pronuncie.
Pero una palabra prohibida, para Mario o para Bear.

Se dirige al garaje, y el viejo coche trepida, arran-
ca. Posiblemente, nadie se ha fijado especialmente en
él. Aunque en este momento ya no le importa demasiado.

Tras la polvareda tartajosa, tembleaqueante, de los últimos primos, Bear cree rematar el cortejo bufo-patético. "Los últimos fieles", se dice, con amargura.

Cuando, por fin, sale a la carretera, en algún lugar — quizás al borde de los pinos, quizás allá, sobre el mar — el sol tiene todavía un dulce desperezamiento, una última mirada de oro. "Tal vez se ha dado cuenta de mi marcha." Una tranquilidad helada le invade casi físicamente. "Lo que más me gusta de ti, dijo Mario en varias ocasiones — y lo recuerda ahora, aunque sin el orgullo de la primera vez —, es tu dominio, tu control, tu serenidad."

En la brisa, Bear sonríe. "Tu compostura", decía Beverly. "Bear, no descuides tu compostura."

Aquel tramo no era muy concurrido, y aparcó sin dificultad. Al frenar el Citroën, súbitamente, pareció convertirse en un dócil y maravilloso instrumento de precisión. "Habrá que revalorar y desechar tantas cosas..." Recomenzar. Eso, ya, era lo único importante. "Parece mentira cómo podemos, tan inocentemente, tan suavemente, engañarnos; cuando la realidad nos está gritando en los oídos su escueta y simplísima razón. Parece mentira cómo tan voluntariamente podemos ensordecer; luchar denodada y cruelmente contra nuestra íntima e irreprochable verdad."

Bear bajó el cristal de la ventanilla. En la acera, a ambos lados de la puerta del bar, se alineaban los veladores. La mesita señalada estaba vacía, todavía. Bear comprobó su reloj: "Faltan aún cinco o seis minutos, a lo sumo".

(A veces, la gente parece como afanosa en precipitar su destrucción. Contrariamente a lo observado y cronometrado escrupulosamente, días atrás, el hombre de inviolables costumbres avanza, calle abajo, hoy [golpeando con el doblado periódico la rodilla] cuatro minutos antes que los otros días. Vira en la esquina, se acerca a *su* velador, deja *su* periódico sobre el mármol, y, con gesto levísimo, casi imperceptible, inexorablemente habitual, levanta las cañas del pantalón hacia arriba. "Le molestan las rodilleras, las deformaciones. Cuida los trajes. Es pulcro, metódico, justicieramente exacto." Una simpatía débil, muerta antes de tiempo, brota en algún lado, en algún impensado rincón del Pensamiento-Bear. Pero, ya, Bear es una cosa y su Pensamiento otra. Bear es una forma dócil, sumisa, sólo obediente al Pensamiento que ya ni siquiera siente propio: ni siquiera nacido de Bear. [Con todo y ser Bear, únicamente Bear, ese Pensamiento-Orden.] Esa voz de mando, vacía de todo sentimiento, parece constituir, ya, la única forma de vida posible. "Es bueno vivir tranquilo", desliza una vocecilla furtiva, que aún pertenece cálidamente al Bear familiar y conocido.)

El hombre se sentó despacio, desplegó cuidadosamente el periódico sobre el mármol mientras se acercaba el camarero, y hablaron parcamente. El hombre se pasó un dedo, chato, blanco, sobre la ceja. Luego, deslizó la yema hacia el lagrimal y allí se detuvo, frotando ligeramente alguna inoportuna desazón. "Tu última desazón", decidió el Pensamiento-Bear. No era preciso bajar del coche, ni acercarse. Así, asomado a la ventanilla, desde su asiento al volante, esperó a que el camarero diera la espalda y entrara de nuevo en el bar. Sacó del bolsillo el bulto pequeño, el peso negro y breve, y lo levantó con exactitud paralela a las precisas y matemáticas costumbres del hombre. "Adiós, ojos de bebé." Le despidió maquinalmente, con voz perfectamente audible.

La mano blanca se detuvo bruscamente. Se abrió, como un gordezuelo abanico, como un inofensivo sapito aplastado en plena carretera. Trepó, ya indecisa, torpe, hacia la frente. Los ojos azules, inocentes, enormemente redondos, quedaron plácidamente estupefactos; quizás a las puertas de un remoto dolor, demasiado fugaz para ser entendido. Había un agujerito negro, rojo —francamente envanecedor en su precisión y limpieza—, sobre una mirada absolutamente ajena e ignorante de cuanto pudiese detenerla para siempre.

Ni siquiera fue necesario la huida, o la prisa; ni hubo tumulto alguno. Pudo poner el motor en marcha, arrancar, desaparecer, regresar.

Un disparo es algo insólito. Un hombre con una bala en la frente no es un espectáculo frecuente, cotidiano. Apenas suceden cosas: un transeúnte se para; una mirada de incredulidad; una cabeza que se vuelve y otea hacia un lugar que no es el lugar del suceso. Lo insólito, según se ve, es algo demasiado brusco e inconcebible, demasiado incomprensible. Queda, pues, tiempo para arrancar y desaparecer en el primer asombro o la primera indignación.

(No para huir, desde luego. Bear no huirá jamás, ya. Acaso hubiera preferido que no le permitieran marchar así, tal como le han dejado: tranquilo, casi airosamente; prendida en la nuca una mirada de asombro, de absoluta estupefacción. No han tenido, siquiera, tiempo para enfurecerse. "Qué cosa rara, verdaderamente, qué gran imponderable, el factor humano. En esto, por lo menos, Mario tenía razón." La carretera clarea bajo una luminosidad tersa, llena de paz. "Después de esto, la gente de este país que Franc llama la Patria, me definirá de varias formas. *Loco,* dirán los unos. Otros dirán: *qué agallas tiene el angelito;* alguno pensará: *vaya hijoputa...* Cuánta inexactitud, a decir verdad, en cada afirmación. No poseo ni una brizna de genialidad para ingresar en la locura; ni tampoco el más mínimo asomo de ese paradójico valor suicida que anima a quienes aman demasiado esta vida. Y mamá no es una puta; solo una buena mujer, madura, solitaria, inútil... Ella sí es mujer para Mario, en vez de Isa...")

Ya era noche oscura cuando golpeó aquella puerta con los nudillos. Pero sabía que ella no estaba allí. Por eso la empujó y descubrió, al otro lado, el rosado resplandor de la lámpara. No era tampoco una sorpresa, esa puerta (la otra, la que guardaba sólo una vacía sala a cuyo extremo otra puerta abría y cerraba el escondite de Mario) entreabierta, por cuya rendija escapaba la rosada luz de un globo de cristal rojo. El olor a moho, a sal, a polvo, llegó a él con la desagradable sensación que le produjo, y disimuló, la primera noche. (Sólo habían pasado dos noches; desde entonces, qué extraño, parecía que hubiera transcurrido un cortejo de años, sin días. O un día largo, como un año, sin noches.)

Entró en la sala vacía, y despertaron a la luz los pintarrajeados jovencitos, inútilmente obscenos. Bear percibió el rumor, la sorpresa de dos seres que súbitamente se creen sorprendidos. Retardó sus movimientos: avanzó despacio, la lámpara en la mano. "Que tengan tiempo de recoger cuanto han abandonado; que puedan componer el gesto, la expresión, la compostura; que puedan improvisar unas frases, una actitud, una mirada..." Ahora, sí, ahora la sonrisa di-

fícil y únicamente solitaria, llegaba sin esfuerzo, como
algo profundamente cierto, real; incluso compartible.

Sonreía, cuando ellos aparecieron. Se dio cuenta: "Nos hemos encontrado aquí, en la sala vacía:
no en la guarida de Mario, ni en la habitación de mamá. Nos hemos quedado aquí, en la sala vacía, con dos
puertas medio podridas, una a mi espalda, otra a sus
espaldas". No creyó que esta escena se produciría allí.
"Imaginé, no sé por qué, que este encuentro ocurriría
entre los legajos y el polvo, o en la improvisada habitación de mamá".

Pero allí estaban los tres, enfrentados. Bear observó la indudable y azarada expresión (de susto, o de
irritación, o de severidad, o de humillación) que parecía llenarles. A los dos, a él y a ella. Y efectivamente,
tenían ambos el vago aire de haber recogido precipitadamente algo olvidado. Algo que no era la ropa. (Y
se burló de su propia inocencia, se rió de su propio
candor por haberlos imaginado destronados y desnudos,
como Adán y Eva.) Mario estaba cerca de él, adelan-
tado, como quien supone debe tomar las riendas de lo
imprevisto e irremediable. No aparecían desnudos de
ropas, pero sí estaban desoladora, patéticamente desnudos de algo muy sutil, vastamente doloroso y perdido. Algo que él, Bear, acababa de destruir conscientemente.

"Bear", dijo Mario. Notó la vacilación de su voz,
y contempló aquella mano que se levantaba maquinalmente hacia el centro de los ojos (como si rozara
con el índice el imaginario puente de inexistentes gafas; aquel gesto que tan bien conocía; el gesto de
Mario cuando buscaba solución a un problema demasiado complejo).

El vacío total de sentimientos que, desde hacía un

incontrolable y dilatado tiempo (esto ya no podía cro-
nometrarlo como hubiera deseado), le empujaba a actuar, a hablar, le obligó a enfocar la lámpara, con
desapasionada curiosidad, hacia el rostro de Mario. Y
en la oscuridad flotó un rostro casi blanco, absolutamente desconocido. Luego, dirigió la luz al fondo,
hacia la silueta de ella, que permanecía quieta.
Parecía apoyarse en la pared, rodeada de efebos deste-
ñidos. En ella sí descubrió un muy antiguo rostro, en
ella sí reconoció, de pronto, infinidad de rostros, de
voces, de palabras quizá: pero patentes, visibles y familiares. Como surgidas del misterioso baúl de la memoria (su memoria, que no sabía si remota o aún no
sucedida). Ella parecía apoyada en los torsos desnudos, planos y vivamente sonrosados, de unos locos
muchachos. Sus ojos ofrecían una fijeza diáfana, casi
translúcida, cerca de la luz. Esto avivó aún más su curiosidad: no apartó la luz de ella, mientras oía la voz
de Mario. Le escuchó sin mirarlo, sólo mirándola a
ella. Como preguntándose la razón de haber sido alguna vez, allí dentro, un inmundo grumo de tapioca.

Mario dijo:
—Bear, escúchame, Bear.
Pero no le dejó continuar:
—Ya lo sé. No es aquí donde debo estar ahora, sino
esperándote en la calle, dentro del coche, al otro lado
de la tapia.
Le hablaba, pero no le miraba. Porque el rostro
de él ya no ofrecía interés alguno. Sólo el de ella
podía aún desvelar algún nuevo, desconocido país.
—Bear —repetía Mario. Y parecía, poco a poco,
recuperar una firmeza que, ya, ninguna falta hacía
a nadie—. Debí habértelo dicho antes, pero no es-

tabas en la casa, tu madre no te encontró. Te fuiste antes de la hora convenida; quería que ella te llamase, porque tenía que decírtelo. Siento mucho lo que he de decirte. Tal vez ahora no lo vas a entender, pero algún día quizás...

"¿Cómo es posible?", se dijo Bear, dolorosa, profundamente divertido. "¿Como es posible? ¡Mario, repitiendo las viejas frases consabidas!"

—No va a ocurrir — prosiguió Mario —; he desistido. No se va a llevar a cabo nuestro plan. No puedo explicarte más. Pero no te preocupes por mí.

Le dejaba proseguir su explicación, ya inútil, ya fuera de razón: le dejaba seguir.

—Volveré solo, no te ocupes de mí, olvídalo todo, Bear. Olvídame a mí. Lo siento, pero...

Entonces se volvió, despacio, y lo iluminó con la lámpara. En su reloj — cronómetro que no fallaba nunca, porque las máquinas difícilmente fallan — las manecillas corrían inaudiblemente vertiginosas. Le dijo:

—No me preocupo, no importa, ya está hecho.

Entonces, dejó que el silencio se deslizara paredes abajo; junto a las casi invisibles gotas de humedad, sobre las nalgas, los brazos, las sonrisas descaradas de los efebos. Permitió aquel silencio el tiempo justo para adelantarse a otro comentario, más o menos inadecuado, de Mario, o de ella:

—Sabía que no lo harías, lo he oído cuando se lo decías a mamá. No pensaba espiaros: a mí no me importa la vida privada de mamá, ni la tuya. Pero no pude evitarlo, lo oí, cuando se lo dijiste: *Ya no va a ocurrir nada. No lo haré. Se lo diré a Bear. No lo haré.* Bueno, ya ves, no hay que preocuparse. Lo hice yo solo.

Sacó la mano del bolsillo, y a la rosada luz mostró el arma. Aquella que Mario le entregara (ahora parecía que muy remotamente), "porque no deben olvidarse los imponderables".

Entonces oyó algo que, verdaderamente, no esperaba. No era un llanto histérico, ni la queja de una desolada mujer, ni un grito reprimido. Era una especial suerte de mugido, quedo, que no pertenecía a ser humano o animal conocido; un aterciopelado, casi dulce mugido; infinitamente más desesperado, más desolador que el llanto. Y aquel mugido le hizo una pregunta insólita. Una pregunta que pareció arrastrarse suelo adelante, hacia sus pies. Una ladina y amarguísima pregunta:

—Pero... ¿te han visto?; ¿o no te ha visto nadie?

El estupor, de pronto salado, acre, como el aire que entraba y corroía la desnuda habitación, ahuyentó su sonrisa, le hizo retroceder hacia la puerta, pararse en el dintel. Tardó en recuperar su propia voz, desde el asombro:

—Sí, me ha visto todo el mundo, porque no me he escondido de nadie.

"Ya no serán necesarios —pensó vagamente, mientras devolvía la lámpara al suelo, en un silencio y un resplandor que iban convirtiéndose paulatinamente en algo cada vez más irreal— los últimos jirones de caballerosidad, de hidalguía, de honor, que reserva púdicamente el tío Borja. Ya no le van a servir a nadie."

V

DIARIO EN DESORDEN

Aquí aparece, otra vez, este desgraciado cuaderno, estas estúpidas palabras. Siempre el mismo cuaderno, este infinito desorden. Pero ¿no lo había destruido, no lo había quemado, o tirado? Siempre aparece, cuando más inoportuno. Lo leo, lo tomo, escribo otra vez: y lo que leo, lo que escribo, me parece indescifrable. Lo releo, y no entiendo una sola de estas líneas. Como si estuviera escrito en un desconocido idioma. He pensado, muy a menudo, que nadie puede escribir un diario, un verdadero, serio, ordenado diario. Y ahí está este cuaderno, apareciendo cuando no lo busco, cuando creo que hace tiempo, no sé cuanto, lo perdí.

Yo hubiera querido escribir un buen diario, algo que se pudiera leer después; vivir dos veces, como dicen los anuncios de máquinas fotográficas, o de libros. Pero, ya lo he dicho muchas veces: nadie puede reconstruir, pedacito a pedacito, día a día, el acontecer de las gentes. Porque, después, ¿quién va a entender, a descifrar, un tiempo siempre remoto?

Por ejemplo, Bear tenía las manos grandes, doradas, suaves; unas hermosas manos de muchacho. Me acuerdo muchas veces de las manos de Bear. Pero por

más que yo escribiera en mi diario: Bear, mi hijo
(yo tenía un hijo que se llamaba Bear: es decir, Roger,
o más bien Osito, porque se parecía a un osito de
trapo); pues bien, aunque escribiera aquí: Bear tenía
unas hermosas manos, incapaces de hacer daño a
nadie, incapaces del mal; aunque yo hablase, días,
años, páginas y páginas, de las manos de Bear, o de
mis propias manos de niña, o de las manos de otro
muchacho (un desgraciado, un pobrecillo, criatura
necia, estúpidas criaturas, perdiendo el tiempo, el
precioso tiempo que no se recupera jamás, perdiendo
la vida en inútiles afanes, en gestos inútiles que a nadie van a aprovechar), ni aunque yo hablase años y
años de mis manos, de las manos hermosas y morenas
y arañadas de Manuel, o de Bear, ¿quién devolverá
las manos de él, o del otro? ¿O mis manos de niña, a
lo largo del quicio de las puertas, buscando un nudo,
una rendija, una curva suave y pulida como la piel de
un niño...?

Y Bear, ¿dónde estás?, ¿dónde estás, ahora? ¿Adónde vas?

Barcelona - Bloomington (Indiana University) - Sitges